1. Il ragazzo morto e le comete (1951)
2. La grande vacanza (1953)
3. Il prete bello (1954)
4. Il fidanzamento (1956)
5. Atti impuri (1959)
6. Il padrone (1965)
7. Cara Cina (1966)
8. Gli americani a Vicenza (1967; 1987)
9. L'assoluto naturale (1967)
10. Il crematorio di Vienna (1969)
11. Guerre politiche. Vietnam, Biafra, Laos, Cile (1976)
12. L'eleganza è frigida (1982)
13. Sillabari (1972-1982)
14. Arsenico (1986)
15. Odore d'America (1990)
16. L'odore del sangue (1997)

Goffredo Parise

L'odore del sangue

romanzo

A cura di Cesare Garboli e Giacomo Magrini

RIZZOLI

Proprietà letteraria riservata
© 1997 RCS Libri S.p.A., Milano

ISBN 88-17-66076-0

Prima edizione: maggio 1997

PREFAZIONE

Goffredo Parise morì il 31 agosto 1986. Erano dieci anni che stava male. Gli avevano diagnosticato, con generica precisione, un'arteriopatia. Parise era un fumatore accanito, e il primo organo a essere colpito fu la pompa del sangue, il cuore. Si trattava di un semplice disturbo anginoso, quella carenza di sangue di cui, a una certa età, soffriamo quasi tutti. Ma nella primavera del 1979 sopravvenne una crisi acuta, un infarto. Parise ne uscì malconcio e invecchiato. Toccava allora i cinquant'anni. L'anno dopo, ripresosi, partì per un lungo viaggio in Giappone, ospite dell'ambasciatore Boris Biancheri. Da questo viaggio nacque il reportage, o meglio quell'interpretazione o meditazione sull'Estremo Oriente che porta il titolo *L'eleganza è frigida*. Al ritorno i dolori anginosi si fecero sempre più allarmanti. Gli furono applicati quattro by-pass, le coronarie erano ormai fuori uso. Ma tutto il sistema vascolare era compromesso. Alla fine dell'81 fu la volta delle arterie renali. Parise entrò in dialisi, e qualche anno dopo morì.

L'odore del sangue fu scritto nell'estate del 1979, subito dopo l'infarto. Mi sono un po' dilungato sulla patologia di Parise per una ragione che al lettore risulterà presto ovvia. Non solo il titolo e il prologo, ma l'argomento, la *donnée*, l'epilogo di questo romanzo si con-

V

nettono direttamente a un pensiero fisso, all'ossessione del sangue, nel cui odore dolciastro e nauseabondo Parise riconosceva l'origine della vita, la traccia crudele, e appunto sanguinosa, che lasciano al loro passaggio la gioventù e la passione di vivere. Il desiderio, l'avidità di vita, la gioventù non sono forse istinti selvaggi? Animali, pensava Parise, che escono dalla tana per uccidere o per essere uccisi. Appena ultimato il romanzo, Parise ne avvolse il dattiloscritto in una custodia, lo sigillò coi piombini e la ceralacca, e lo chiuse in un cassetto. Non lo riaprì e non lo rilesse fino al giugno del 1986. Era ben consapevole di avere scritto un romanzo sotto tanti aspetti maledetto, sulla gelosia, sul sesso, sulla malattia, sulla morte. A quell'epoca, sembra che Parise fosse rimasto molto turbato da una lugubre storia bolognese, un fatto di cronaca, protagonista e vittima, se non sbaglio, una certa Alinovi. Ma sotto altri aspetti, soprattutto nella cornice, Parise si servì di materiali autobiografici. «Se fossi stato un'altra persona» disse prima di morire a Giosetta Fioroni «sarei andato da uno psicoanalista per liberarmi dalle mie ossessioni. Ma siccome sono uno scrittore, me ne sono liberato scrivendo.» Aggiunse che alcune parti del romanzo erano buone, altre da rifare. Ma non riscrisse né ritoccò. Aveva riaperto il plico giusto in tempo per la sola rilettura. Di lì a pochi giorni fu portato in ospedale e dopo due mesi morì.

Come attesta il dattiloscritto originale, *L'odore del sangue* è stato scritto di getto. Non esistono correzioni o varianti che siano il frutto di ritocchi a distanza di tempo, intervenuti dopo un ripensamento. Il processo correttorio coincide con la battitura. Le correzioni sono tutte *in progress*, simultanee alla stesura, e si limitano alla sostituzione di qualche parola o al massimo di una frase (in un solo caso, per il quale vedi la Nota al testo, Parise rinuncia a una sequenza narrativa di una certa ampiezza, sostituendola con altrettante pagine introdotte nello scartafaccio senza soluzione di continuità, con la stessa numerazione di quelle rifiutate). Non esistono correzioni autografe, a inchiostro. Solo una o due, come Milano al posto di Bologna e Monza in luogo di Ferrara. La battitura porta i segni inequivocabili di una costante e concentrata ispirazione. Le parole sono spesso appena accennate e incomplete, e bisogna interpretarle. Le preposizioni articolate, i pronomi sono quasi indecifrabili. Si direbbe che Parise abbia battuto a macchina questo romanzo senza mai guardare i caratteri lasciati dal nastro sulla pagina. È un'impressione che si accorda con una certa intonazione orale, e col silenzio che c'è intorno alla narrazione. Sembra quasi che l'autore racconti a voce la storia a se stesso. Questa intonazione lascia tracce evidenti sul dattiloscritto e fa viaggiare il testo, a volte, verso una sintassi libera. Ma non bisogna fraintendere. Il risultato non è uno scartafaccio confuso, informe o disordinato. Tutt'altro. Dappertutto regna l'ordine. L'organizzazione del discorso è sempre coerente e precisa, la grammatica, la sintassi, la costruzione del periodo rispettate. Solo che la battitura si deve essere svolta non tanto a grande velocità ma in una sorta di estasi, di separazione dalla realtà, di *excessus mentis*, per così dire, fuori dal corpo e dal tempo, senza mai alzare lo sguardo dai tasti e quindi lasciando affiorare sulla pagina, simili ai resti di un'ondata, dei segni astrusi e incompleti nei quali è arduo riconoscere il comune alfabeto.

Si tratta dunque di un testo che non presenta alcuna riflessione esterna su se stesso (mentre rappresentatissimo è invece quel tipo di riflessione interna, incorporata alla narrazione, in cui può esercitarsi di volta in volta – e si esercita qui a un grado maniacale – la finzione del Narratore). Una riprova di questa macroscopica vacanza di lima e di rilettura è data dalle frequenti ripetizioni. Ci sono nel romanzo delle scene o degli spezzoni di dialogo che si ripetono pressoché uguali a distanza. Si tratta di sequenze particolarmente funzionali allo sviluppo della vicenda. Parise, probabilmente per distrazione, ha scritto due volte, o meglio ha ripetuto – ripetuto, non ricopiato – in punti più avanzati, ma sempre nevralgici del romanzo, ciò che gli stava a cuore e che aveva già scritto. Se Parise avesse avuto il tempo e la voglia di ritornare sul suo romanzo, che cosa avrebbe fatto? È una domanda che appartiene al dominio dell'irrealtà. Parise non ha distrutto il suo dattiloscritto, si è limitato a tenerlo nascosto per tanti anni. Vicino a morire, lo ha riletto e lo ha in parte approvato. Nessuno sa o può dire che cosa ne avrebbe fatto se fosse vissuto più a lungo. Sicuramente ne avrebbe riconosciuto le sviste, le imperfezioni, le ripetizioni, gli errori, le incongruenze. Avrebbe corretto e modificato. Ma nessun editore ha il diritto di sostituirsi all'autore e di farne le veci. Il dattiloscritto che Parise ha consegnato alla posterità, senza curarsi di lasciare istruzioni ai suoi eredi, deve essere riprodotto così com'è, intervenendo e rettificando solo quando sia strettamente necessario. Il lettore troverà esposti, all'occorrenza, in qualche nota a piè di pagina, nonché riassunti e argomentati qui subito oltre, nella Nota al testo redatta da Giacomo Magrini, i criteri oltranzisti, se posso chiamarli così, che ci hanno assistito nel fornire del romanzo un'edizione scrupolosamente conservativa.

VIII

2. Ho parlato poco fa di estasi e di *excessus mentis*: due modi di separarsi dalla realtà che connotano non solo la lavorazione del romanzo e la sua battitura, ma anche la sua trama, il *plot*. All'origine dell'*Odore del sangue* sta un'esperienza divinatoria, dolorosamente divinatoria, una veggenza che è fonte di angosce e di incubi. Il romanzo nasce da una visione, da un sogno, e si svolge passando da una sorpresa all'altra – tutte in qualche modo annunciate – con quel thrilling che può dare un torbido e infausto presentimento che di volta in volta, progressivamente, trovi riscontro e conferma nella realtà. Si tratta inoltre di un presentimento oscuramente colpevole, perché direttamente interessato allo sviluppo della realtà divinata, e quindi complice nel determinarne l'esito sciagurato. La divinazione è uno strumento di difesa, la veggenza un esorcismo. L'estasi, l'*excessus mentis* sono la sola arma che il protagonista-narratore, il personaggio che dice "io" e racconta la storia, un medico del profondo, un intellettuale, con tutta la sua razionalità e la sua scienza, riesce a usare per difendersi dagli assalti della sofferenza e della gelosia. Osserviamo come parte il romanzo.

Un uomo, un marito, passata la cinquantina, si sente tradito da una moglie con la quale per tanti anni ha vissuto un fantastico e avventuroso rapporto nutrito di sessualità romantica, o meglio, precisa il Narratore, platonica. Il platonismo di questo rapporto coniugale non è immune da carnalità. Non esclude l'erotismo, anche se lo limita. Nella sessualità platonica, secondo Parise, l'erotismo rinuncia a quella reciproca e selvaggia scoperta animale, alla gioia cruenta e feroce, fatta di antagonismo e conflitto fra maschio e femmina, in cui esplode di regola il sesso, e si esprime in quel modo ammansito e addomesticato che nasce da una reciproca dedizione e da una profonda affettività. Per dare realtà e concretezza alla sua idea, Parise ricorre a un'immagine vegetale, attinta al patrimonio dei suoi ricordi di viaggio nel Sud-Est asiatico. Pensa all'abbraccio inestricabile e anche mostruoso che si celebra nei templi di Angkor-Vat fra la vegetazione della giungla e le sculture in pietra dei Khmer. Altrettanto inestricabile, altrettanto unita e mostruosa è la coppia platonica: una sola persona in due, un intreccio di liane e di pietra.

Posta questa simbiosi – come la chiama Parise – la scoperta del tradimento produce un trauma. Il marito, di fatto, divide una metà di sé con la moglie. La donna – una cinquantenne bella e piacente – si è innamorata di un giovane picchiatore dall'eterno giubbotto di pelle nera, un ragazzo, un teppista, un fascista dei quartieri alti e dalle idee confuse, che si muove in branco e vive in palestra, con il culto del cazzo sempre eretto, della violenza e della forza fisica. Siamo a Roma, alla fine degli anni Settanta. Il marito immagina, fantastica, sogna, e proietta sulla donna delle fantasie erotiche, dei filmini che sono altrettante idee coatte, ma che finiscono, prima o poi, col cogliere sempre nel segno. La confessione della moglie non gli basta. Vuole dei dettagli, dei particolari. Che cosa fanno insieme, lei e il ragazzo. Com'è il sesso del ragazzo. Il Narratore vorrebbe sapere di più. Conosce sua moglie e non stenta a identificare il meccanismo sentimentale, materno, possessivo, nostalgico, masochista che ha dato origine a un amore insensato e malato. E così interroga, e ritorna in eterno sulle stesse domande, con un'ossessione e una ripetitività concentriche e maniacali che danno al romanzo un ritmo da bolero.

La gelosia, si sa, risucchia se stessa, si nutre di sospetti, curiosità, volontà di sapere, e trae alimento dalla forza dell'immaginazione. Come Arnolphe, il vecchio geloso dell'*École des femmes*, i cui vapori fantastici mettono in essere gli amori di Agnès, così le angosce e le paure di Filippo – il Narratore dell'*Odore del sangue* – danno corpo a un incubo, e occupano poco a poco, usurpandola, la realtà. Non si esce mai dalla mente del Narratore e dal mulinello delle sue analisi. Per Parise, il quale fa confluire in questo romanzo la sua vena visionaria con un'altra razionalista (a un grado termico più elevato che nel *Padrone*), è la malattia a creare la realtà, non viceversa. La malattia, e la veggenza: le visioni, le ossessioni, i presentimenti. *L'odore del sangue* è un romanzo fermo, quanto più la storia si muove e le novità si succedono. È un romanzo che ritorna sempre su se stesso. I fatti camminano, e intanto si raccolgono tutti all'indietro, nella fissità di una visione. Il Narratore può prevedere, non prevenire gli sviluppi di tutto ciò che accade. Così la vicenda narrata sembra svolgersi come in un torbido globo di vetro, sciagurata e lugubre sfera dove la realtà ci appare lontana e murata, e le nitide, limpide sembianze della natura sprofondano trascinate in un pozzo senza più via d'uscita. Con *L'odore del sangue* Parise ha scritto di proposito un romanzo mentale, la storia di un incubo, pagando ancora una volta un certo debito alla collaudata coppia dei suoi modelli, sempre genialmente e stranamente appaiati: il passo marziale, sommario, avvincente, il raccontare lucido di Moravia e quella capacità, che l'autore ha imparato da Kafka, di denudare ogni più piccolo fatto mostrandone la radice irreale, ma senza violare la superficie della realtà, senza alterarla, anzi lasciandola intatta.

3. *Excessus mentis* è un'espressione cara al Pascoli dantista, il quale la prese in prestito a Riccardo di San Vittore. Essa designa un *raptus*, quella morte dei sensi per cui «l'anima esce dal corpo per virtù dell'estasi». Grazie a questa morte mistica Dante si rese protagonista, secondo il Pascoli, della sua visione ultraterrena. Nell'esperienza dantesca il *raptus* è preceduto, faceva notare il Pascoli, da uno stato di torpore, dalla sonnolenza descritta ad apertura di poema («Tant'era pien di sonno…»), come se un'anestesia morale, un narcotico interiore intervenissero ad allontanare, a placare, e perfino a esilarare la disperazione e la percezione della propria incapacità di uscire dalla selva, di volere e di agire. Anche in *Parise* la disperazione e il dolore prodotti dalla gelosia, prima di manifestarsi in una visione al di là dei sensi, si manifestano in una sorta d'indifferenza dello spirito, di narcosi della volontà e dell'intelligenza. Par quasi che Parise abbia letto il Pascoli della *Mirabile visione* e di *Sotto il velame*. Il tradimento della moglie, la qualità ottusa e animale di questo tradimento, e la sofferenza che ne nasce, provocano nel medico-intellettuale dell'*Odore del sangue* un languore e una paralisi della volontà, mentre sviluppano, proprio nel mezzo della narcosi, un aguzzo istinto veggente. Una notte, sdraiato vicino al corpo della moglie sprofondata nel sonno, il Narratore è visitato dalla cognizione a distanza, sciamanica, per così dire, di ciò che accade fra lei e il giovanotto; ha la visione di una *fellatio*, rito erotico che riassume la dedizione materna e insieme il bisogno di cibo della donna, la sua assoluta dipendenza dal maschio. Volto adorante e incantato, bocca protesa e tremante, la donna si sta assoggettando al rito. Succhia e lavora «un cazzo scuro ed enorme, tremendamente rigido», dalla forma ricurva a scimitarra, e dalla

«grossa e larga testa violacea che ricordava quella di un cobra». Il passo in cui Parise descrive con grande precisione di particolari questa fellatio immaginaria – doppiata, in simmetria, da un analogo episodio che ci verrà in seguito raccontato dalla donna – è un passaggio emblematico, la scena madre in cui si concentra tutto o quasi il significato del romanzo. Nella sua visione, il marito sembra incantato dalla gloria ottusa del fallo non meno e forse più della moglie. Dopo l'*excessus mentis*, la stessa scena viene non più immaginata, ma sognata, e il Narratore si sveglia di soprassalto: «dovevo avere urlato e pianto». Parise pensa, come un secolo fa pensava un giovane e famoso sessuologo, che il membro maschile eserciti sulla donna una fascinazione ipnotica, e ne tiranneggi tutta la vita. Sarebbe questa la ragione per la quale la donna non ne lascia mai trasparire il desiderio. Innominabile e innominato, il fallo *è il suo destino*. Il fallo è ciò che rende la donna irrimediabilmente soggetta.

Basteranno queste poche indicazioni per catalogare *L'odore del sangue*, a tutti gli effetti, come un romanzo maschile, concentrato su temi e problemi maschili, e, soprattutto, nei confronti del sesso, prigioniero di una psicologia maschile, anche se non sono poche le domande che ruotano intorno a due tipi di donna – domande capaci di dar forma a due ritratti simmetrici e speculari (una signora borghese che vive senza pregiudizi ma con le lacrime agli occhi tutte le sue contraddizioni, e una semplice ragazza di campagna, schizzata con mano quasi maupassantiana). Domande penetranti, intelligenti, ma estranee alla psicologia femminile. Domande provenienti da un pianeta lontano. A promuoverle è una tortura di segno maschile. L'alter ego di Parise, il Narratore che dice io nel romanzo non si dà pace del tradimento della moglie e lo vive come un supplizio, tragicamente, doppiamente, da marito e da medico analista. Mentre il marito soffre, il medico ragiona sulle sue visioni, le studia, le confronta. Mette a confronto il presente e il passato. Costruisce intorno alle sue domande un coerente sistema interpretativo. Cerca la verità, vuol saperla. La cerca e la vuole come una liberazione. Vuole che la moglie, con una confessione piena, con la voce della realtà, gli confermi ciò che le sue intollerabili visioni gli dicono.

S'ingaggia allora una lotta, una guerra tra due poteri antagonisti: la potenza del fallo, che ha sedotto la donna e ingelosito il Narratore, e la potenza della mente, che fronteggia la gelosia e la combatte con armi intellettuali. L'analisi si articola su più livelli, mescolando veggenza e raziocinio. Il primo livello, il più semplice, è un presagio funesto. Al fondo dei procedimenti analitici del Narratore c'è un istinto di protezione, il sospetto che la moglie sia minacciata da un pericolo oscuro e incombente, una minaccia e un destino di morte. Si tratta di un tema centrale non meno che diversivo. *L'odore del sangue* può essere letto come una tragedia, un dramma satiresco, nel senso per cui all'origine della tragedia c'è sempre una falloforia, ma anche come un romanzo nero, che si sviluppa per linee coerentemente sado-masochiste. Il tema funebre è dunque d'obbligo. Esso trova la sua consacrazione nell'epilogo e occupa tutta intera la narrazione. In realtà, si tratta di un falso scopo. Più in fondo, nell'oscurità del romanzo, un secondo diavolo corre parallelo al primo e non fa che sgambettarlo. L'analisi, la ricerca della verità è per il Narratore uno strumento di morte, o meglio di mortificazione – il ferro del mestiere – che gli permette di neutralizzare e uccidere la gelosia, affrontandola senza subirne la sofferenza. Quel che il Narratore vuole non è conoscere la verità, ma conoscerla dopo avere ammansito con l'autoanalisi l'emozione insostenibile che proverebbe nell'incontrarla. La ragione esorcizza la gelosia, e seppellisce la verità. L'amore coniugale, la trepidazione, la solidarietà, la pietà, i presagi luttuosi sono altrettanti pretesti, alibi che si affacciano al proscenio quanto più primario è il bisogno di affermare, davanti alla potenza ottusa del fallo, la potenza della mente e della ragione. In questo senso *L'odore del sangue* s'iscrive in quel genere di romanzo, così frequente nel Novecento (quasi un paradigma), dove certe rassegnate figure d'intellettuali più o meno lucidi e negativi ingaggiano con la vita una complicata partita mentale, dalla quale escono regolarmente e sonoramente sconfitti, ma solo per sentirsi, nel loro intimo, amaramente vittoriosi di ripiego e di frodo.

Parise fa sfoggio di grande abilità, tanto più ammirevole quanto più discreta, nel complicare il "romanzo dell'intellettuale" con una varietà ricchissima di temi, motivi, colori che ne coprono la geometria (la tragedia) spingendosi fino al limite del pittoresco. *L'odore del sangue* si fonda sopra un rapporto simmetrico fra coppie, mettendo a partito, con perfetta distribuzione di tempi e grande senso del ritmo, il ben noto talento di uno scrittore-esploratore, di uno scrittore di viaggi. Come la moglie fedifraga, anche il marito tradito ha perso la testa per una ragazza più giovane, e nella sua vita instabile, scissa, pendolare fra il Veneto e Roma, si trascina dietro i ricordi di Angkor-Vat e incontra la moglie e l'amante un po' dappertutto, a Capri, sulle rive incantate del Piave, nell'isola di Cherso, a Bologna, Venezia, Roma – soprattutto nella Roma delle pagine rifiutate (che il let-

XV

tore troverà riprodotte in Appendice), la Roma pestifera e putrefatta della fine degli anni Settanta, quando i monatti correvano di qua e di là e a piazza di Spagna si accendevano invisibili roghi notturni. Parise è assai abile nell'analisi del *chassé-croisé*. Innumerevoli variazioni psicologiche si diramano intorno al tema del rapporto fra i sessi, chi ha bisogno di amare e chi ha bisogno di essere amato. Viene in mente perfino il lontano ideatore di favole cinematografiche degli anni Cinquanta, l'inventore e sceneggiatore di *Ape regina*. Ma non è solo la partita a quattro il sale del romanzo. *L'odore del sangue* è fatto di tante maschere, tanti volti diversi che a turno si presentano, cadono, ritornano in primo piano e subito si cancellano: una storia di gelosia, un libro di viaggi, un ritratto di femmina, un dramma coniugale, un conflitto fra due amori diversi, una diagnosi della vecchiaia, un rimpianto disperato di tutta la vita che non si è avuta, tutte «quelle semplicissime gioie che non sono soltanto le gioie della gioventù ma quelle della vita». Questo rimpianto è la tonalità del romanzo. È un principio uniformatore, la mano che toglie la maschera ai diversi motivi che appaiono e cadono uno dopo l'altro come tante teste di turco. Nella sua diversità, *L'odore del sangue* si rivela parente molto stretto dei *Sillabari*, nei quali lo sguardo di Parise non era – come pensava Natalia Ginzburg – lo sguardo di chi si congeda dalla vita con gli occhi memori e pieni di commozione. Lo sguardo di Parise si allontana dalla vita col rimpianto di non averla vissuta – di non avere vissuto «le gioie che io nemmeno da ragazzo avevo mai provato». È il colpo che manda tutte le biglie in buca. Sul tavolo vuoto cala «un'immensa tristezza simile alla coscienza della morte». Se viviamo in un mondo dove regnano la confusione e l'errore, la ricerca della verità non può essere (diceva Nietzsche) che una volontà di morte. È il modo scelto dal Narratore-analista per guarire dalla gelosia. E con la morte – non dirò di chi – finisce il romanzo.

4. Per quanto io abbia cercato di essere scrupoloso, e di dare dell'ultima fatica di Parise un'immagine il più possibile fedele e compiuta, il mio orecchio mi dice che ho dimenticato qualcosa. Un suono, un pensiero segreto. Qualcosa che ci viene detto e taciuto. L'odore del sangue rinvia proprio all'origine della vita? O è l'odore che spargono intorno le ferite mortali, quelle immedicabili? E perché il Narratore è un analista? Una scelta casuale? Imposta da ragioni di comodo? Promossa dall'analogia, dalla metonimia? Da quel rapporto di contiguità per cui uno scrittore è necessariamente, quasi per definizione, uno psicologo del profondo? O il mestiere di psicoanalista assegnato da Parise al suo alter ego chiama in causa un'area d'interessi professionali che deve farci riflettere? Dal principio alla fine della sua lunga e crudele confessione, il Narratore dell'*Odore del sangue* ci intrattiene sulla sua irrinunciabile sete di verità. Quale verità? Non c'è niente che il Narratore non sappia, o non abbia già divinato nelle sue estasi sciamaniche. La verità sarebbe la conferma ufficiale della fellatio vista con gli occhi della mente? La conferma, con tanto di bollo coniugale, dei riti collettivi a cui la moglie si assoggetta per amore e per devozione? Viene il sospetto che il Narratore insegua una verità che gli è molto più insopportabile. Una verità che gli è stata rivelata dalla gelosia e dalla trasformazione della moglie in sacerdotessa fallica. Questa verità si nasconde nei rapporti fra la moglie e il suo giovane amante, passa di lì, ma solo per

puntare decisa verso il Narratore. Se il Narratore dell'*Odore del sangue* è un analista, vuol dire che il romanzo gira intorno a qualcosa che giace nel fondo della coscienza. Il Narratore sa e non sa. E come spesso succede agli analisti, il medico è conscio del suo problema nel momento stesso in cui lo rimuove e lo vive attraverso il paziente. È quanto basta per autorizzare il sospetto che il Narratore sappia qualcosa che non confessa e non dichiara mai, mentre la tensione dell'analisi accumula tutti gli elementi che ne documentano la confusa coscienza. Il sospetto che Parise, più o meno consapevolmente, abbia consegnato al suo scartafaccio, con la meticolosità e la lucidità che compete alle descrizioni dei fenomeni patologici, un'oscura e dolorosa storia di castrazione.

Che cos'è la gelosia? Non so se la psicologia del profondo, con tutti i passi da gigante che questa disciplina ha fatto nel nostro secolo, abbia mai tentato di stabilire un nesso fra l'odiosa e ben nota sofferenza che ci rende più verdi dell'erba, e quella traumatica mancanza di vitalità e di libido, quel grado minimo di tollerabilità del vivere a cui diamo il nome di castrazione. Tutto farebbe pensare che esistano, in proposito, non poche memorie scientifiche, e innumerevoli tesi di dottorato. Il Narratore dell'*Odore del sangue* le ignora. Ignora, o tace, che la gelosia è il solo modo di percepire una qualunque turba o angoscia da castrazione. La sola opportunità che ci viene data, sciagurata opportunità, di percepire nel vivo delle nostre carni il morso di una mutilazione che altrimenti potrebbe restare per tutta la vita sconosciuta proprio a chi la soffre. Come si fa a percepire ciò che ci manca? Come percepirlo *da soli*? Non basta neppure essere in due. È necessaria una situazione di relatività e di confronto, la presenza di un terzo: A ama B e B ama A, ma se A è attirato da C, vuol dire che C possiede quel che B non ha o non ha più. La gelosia si nutre d'immaginario, nasce molto meno da ciò che è reale che da ciò che è possibile, e presuppone non ciò che è accaduto, ma ciò che lo fa accadere. Non importa che C possieda realmente ciò che a B manca, è sufficiente che lo possieda agli occhi di A. Così la gelosia ci rende più verdi dell'erba.

Condizione atavica nelle femmine, la castrazione è un trauma per ogni maschio. Il mostro si sveglia a volte di soprassalto, e può diventare un'ossessione, un'idea coatta. Non a caso le armi che usiamo per combatterlo, d'abitudine, sono una distratta convivenza, o la sua rimozione. È molto meglio lasciarlo dormire, fin quando non intervenga a disturbarlo la gelosia. La strategia del Narratore dell'*Odore del sangue* mostra di essere molto al corrente di questi mezzi di difesa. Sa utilizzarli, ma sa anche che il loro impiego è limitato. La curiosità, la rassegnazione, l'abulìa, l'indifferenza, la narcosi della volontà sono altrettanti sintomi di riluttanza, di resistenza alla verità. Ma sono anche segni d'allarme, che preludono all'angoscia e alla tensione analitica. Come da un'ondata, o da una forza tellurica, il Narratore è stato investito dalla potenza, dalla trionfalità, dalla gloria devastante di un fallo antagonista. Come reagire? Come limitare i danni? Il problema del Narratore è quello di non nascondere a se stesso la verità, ma anche quello di occultarla quel tanto che gli permetta di guardarla senza restarne impietrito. Il problema è di sfidare la sofferenza ma anche di contenerla. Comincia allora una lotta, una guerriglia fatta d'imboscate, appostamenti, agguati. L'intelligenza si dà un oggetto d'indagine ma non sa o non vuole raggiungerlo. Non sa afferrarlo. Si può ben capire il disagio del Narratore. Il suo scopo è di fare chiarezza nella propria sofferenza, non di connotarla. È una lotta difficile, una lotta col drago. Il Narratore impiega le sue energie per stanare la verità e uccidere il mostro. Ma ne impiega altrettante per non vederlo. Di qui l'impressione, così bene riferita da Magrini, che la chiarezza e l'ossessione del Narratore non abbiano altro oggetto che il loro reciproco. L'oggetto c'è, ma è rimosso. A volte il Narratore sembra assistere impotente all'esproprio della propria virilità. Si sente un intruso, viene cacciato di casa, la sua solitudine, le sue stravaganze non sono più quelle di un padrone, sono i capricci di un malato. Ma in altre occasioni ha l'aria di condurre lui il gioco. La sua mente goccia sangue, è una corona di spine, ma non vuole cedere, non abbandona la presa, non si arrende alla tortura. Il punto debole del Narratore non è altro che il punto nevralgico di tutto il romanzo. In gioco è la virilità.

Gli assalti più minacciosi provengono dalla fragilità della moglie. Fragilità, il tuo nome è femmina. Fragilità vuol dire ingenuità, sincerità, cecità, pietismo sentimentale, romanticismo, gusto femminile di potenza e vendetta. Le reticenze di Silvia – la moglie – non meno e forse più delle confidenze, sono frecce intinte di veleno micidiale. Mentre il Narratore è impegnato a contenere la sofferenza, a misurarla, a circoscrivere la prepotenza del fallo antagonista ragionandoci sopra, cercando di abbatterlo con argomenti intellettuali, dandogli una connotazione fascista, gli arrivano dalla moglie dei messaggi vaghi e rassicuranti, ognuno dei quali è una pugnalata. La felicità che nasce dall'esaltazione erotica, lo stato di grazia di un amore simile a una droga, è una felicità passeggera e irreale. L'amore di una donna di cinquant'anni, sedotta da un ragazzo incolto e brutale, appagata dalle imperiose richieste di un membro virile ottuso, immemore, cieco, che si srotola prepotente fuori dai jeans, sempre e subito duro, subito avido, subito eretto, fonte inesauribile di estasi e rapimento, non può durare a lungo, purtroppo. Quel fallo giovane, immemore, senza volto – la povera donna lo sa bene – è una divinità. Andrà incontro ad altre avventure. Non conosce affetti, non ha sentimenti. È un fallo, per così dire, "umanoide". Agisce fuori dall'umano, è animale e divino, come l'eros nelle poesie di Penna. Che fare se non inchinarsi al dio e spegnere la sete? E che può fare la virilità del Narratore? O si ritira, come la religione di Porta, «scrusciada in d'on canton», o si ribella con le armi che ha. Con la stesura forsennata delle pagine che il lettore ha ora sotto gli occhi, scritte con la calma disperazione che è l'eterno rimedio dei perdenti.

5. Ancora negli anni Settanta – non parliamo di oggi – al tempo in cui Parise, zitto zitto, scriveva queste pagine, si discuteva a non finire di metafisica della letteratura, di letteratura postuma, di crisi del romanzo, e molto volentieri anche di crisi della virilità. Non ci sono più uomini, oggi è diventato un luogo comune. La specie è in estinzione. E non ci sono più romanzi. Le due estinzioni sembrano andare appaiate. Un po' prima di lasciarci, Parise è andato dritto al pus, ha centrato insieme i due fenomeni. Si sente subito quando un romanzo è necessario, bastano due o tre pagine. Il suono dell'*Odore del sangue* è quello della necessità. Ecco, dicevo a me stesso, un romanzo che non vorrei avere scritto. Ecco un'immagine precisa, insostituibile degli anni Settanta. Bisogna trovarsi a pochi passi dalla morte per lasciare un testamento così sanguinante. Esso chiude la parabola di Parise in modo inatteso. Parise non ha mai scrit-

to, o poco, sul sesso. E il sesso è qui il solo protagonista – ma non in quel modo saputo, ironico, semiserio, programmaticamente spiritoso e motteggiatore che ha dato origine a tante storie, anche moraviane, su "lui", sul cazzo. È stata per me una sorpresa. Ricordo bene l'atteggiamento che Parise aveva nei confronti del sesso – ironico, spiritoso, riduttivo, da amico e sodale di Montale e di Gadda. Ricordo i grandi, iperbolici falli di cartone che Parise costruiva per dileggio e disseminava per la casa quando invitava Gadda a colazione. Come è avvenuta la conversione? Che cosa ha prodotto un interesse così drammatico, così tragico? Che cosa si nascondeva in Parise, tanto da scatenare una fantasia erotica spiritata, infiammata e insieme glaciale, degna del suo Tanizaki? Un'esperienza autobiografica? Sono cose che non hanno importanza. Qui c'è un testo che appartiene ormai alla letteratura. C'è un inferno, e un romanziere che lo racconta. Uno che si è trovato davanti la Gorgone, e non ha chiuso gli occhi.

CESARE GARBOLI

Nota al testo

Il romanzo di Goffredo Parise *L'odore del sangue* ci è tramandato da un testimone unico, 196 cartelle dattiloscritte, numerate, in alto, da 1 a 4 e da 1 a 186. Le cartelle 1-4 corrispondono al Prologo, parola aggiunta a mano dallo stesso scrittore. Le cartelle 1-186 costituiscono il romanzo.

La differenza di 6 cartelle, tra le 196 effettive e il totale numerato di 190, si spiega così: ci sono 6 cartelle ognuna delle quali ha il proprio numero ripetuto una seconda volta: sono le cartelle 58, 59, 60, 64, 66, 168.

Mentre le doppie cartelle 64, 66, 168, non sono, coppia per coppia, alternative tra loro, ma appartengono tutte quante al *continuum* narrativo (il numero ripetuto è dunque soltanto una distrazione); le seconde cartelle 58, 59, 60 sostituiscono le prime di ugual numero, espunte dall'autore con una riga trasversale e con l'indicazione finale, in carattere stampatello, RIFARE. Si tratta dell'intervento più cospicuo compiuto da Parise sul proprio testo. Questa parte eliminata iniziava subito dopo la prima notte passata dal Narratore a Roma in casa del suo amico Giovanni, esattamente dopo la frase «Ancora l'agguato, il silenzio» (p. 72). A queste pagine, che si possono leggere nell'Appendice, Parise aveva dato, eccezionalmente, un titolo, aggiunto a mano e sottolineato, *Roma*; infatti, a parte Prologo, non se ne trovano altri nel romanzo. *Roma* è un blocchetto di carattere antropo-sociologico, che Parise deve aver sentito troppo condensato, troppo giornalistico o saggistico, troppo pasoliniano. In parte lo ha utilizzato, sciogliendolo qua e là nel romanzo, con sicuro guadagno.

Le modalità e i criteri, stabiliti da Cesare Garboli e da me, secondo i quali è stata fatta questa edizione, sono i seguenti:

1. Costanti interventi correttori ortografici e tipografici (es., *gli* per *li*; *piccolissimo* per *micclissimo*); l'intervento può comportare un margine di congettura, che tuttavia si riduce o si annulla sulla base o della posizione relativa delle lettere sulla tastiera, o del contesto immediato, o del confronto con altri luoghi del testo, o della varia combinazione di questi tre fattori. L'interpunzione è stata mantenuta tal quale, salvo dove potesse nuocere al senso o indebolire la comprensione.

2. Nei casi in cui il dattiloscritto originale presenti più lezioni, nessuna delle quali sia stata cassata, si è scelta quella delle lezioni che appaia, inequivocabilmente o con altissima probabilità, come l'ultima. In un caso, la decisione ha avuto l'appoggio del confronto con un passo parallelo da un altro testo di Parise. Nel Prologo si legge: «Con il turbine di vento sollevato dalle pale il lenzuolo con cui era coperto, a sua volta zuppo di sangue, sbatté per un po' fuori dal portello aperto, poi finì per essere succhiato fuori e volare verso terra come una bandiera ecc.». Nel dattiloscritto *sbatté* è soprascritto a *sventolò*. In *Guerre politiche. Vietnam*, si legge: «1° aprile, ore 12 – Stamane all'alba mi sono svegliato al pas-

saggio degli elicotteri che portavano via i morti e i feriti. Passavano a uno, due metri sopra la mia testa sollevando un vento bollente. Da uno di essi è scivolato un lenzuolo pieno di sangue che schioccava nell'aria come una bandiera» (Opere II, Mondadori, Milano 1989, p. 795).

Sbatté sembra ricordare *schioccava*, mentre il paragone comune ai due testi, *come una bandiera*, rende più ovvio, assorbendolo, per così dire, in sé, *sventolò*.

3. In alcuni casi Parise cancella il già scritto senza curarsi di ritoccare la sintassi e la grammatica guastate dalla cancellatura. Es.: «con la trepidazione delle donne innamorate e così romantiche da considerare la fuga della persona amata come una sorta di romantica irraggiungibilità» (p. 9), dove *così romantiche da* figura chiaramente cancellato. È evidente che Parise ha cassato per evitare una ripetizione a breve distanza. Non ha però provveduto a sostituire le parole cassate, così che l'infinito *considerare* resta sospeso. In tali casi è stata ripristinata la lezione originale inserendola tra parentesi quadre.

4. Nel fissare una lezione molto conservativa, si sono rispettate, quando la costanza escluda la casualità, le peculiarità fonetiche e grammaticali di Parise, anche se in contrasto con l'uso più corrente: *sopratutto* vs *soprattutto*; *cosidetto(a)* vs *cosiddetto(a)*; *l'uno per l'altro, l'uno dell'altro* ecc. (maschili neutri) vs *l'uno per l'altra, l'uno dell'altra* ecc. Questa forma di reciproco è adottata da Parise almeno fin da *Il padrone*: «Ho approfittato di quel sopore per volgere il pensiero ai miei: anch'essi in quel momento certamente pensavano a me: mia mamma guardando il mio posto vuoto e mio padre dicendo: "Oramai è un uomo ed è giusto che egli sia andato per conto suo a vedere il mondo. [...] Avremo, per merito

suo, una casa e il benessere di una tranquilla vecchiaia. [...] Moriremo tranquilli, senza preoccupazioni economiche e sopratutto dentro una casa e non dentro un ospizio dove, certamente, ci separerebbero uno dall'altro".» (1ª ed., Feltrinelli, Milano 1965, pp. 23-4). Più generale, ma pur sempre affine a questa forma di reciproco, è la tendenza di Parise al trattamento globale, e quindi al singolare neutro, di una pluralità di oggetti, per es.: «Dare cioè per scontato e interessante quelle giovani e sconosciute amicizie di Silvia...» (p. 20); «Non avrei avuto sotto gli occhi e nessun altro l'avrebbe avuto quella sua eterna e trepidante ansia [...] quel suo bel corpo, quelle sue belle mani...» (p. 29). Il primo di questi due esempi si trova all'interno di uno di quei non rari momenti di sintassi libera, orale, che nella Prefazione Garboli riconosce struttura portante del romanzo: «Pensai che il modo migliore era quello di partecipare. Dare cioè per scontato e interessante quelle giovani e sconosciute amicizie di Silvia e, in qualche modo, anche indiretto come quello telefonico, di far parte della brigata». Parise considera parentetica tutta l'espressione da *Dare* a *telefonico* e si riallaccia, per la costruzione conclusiva della frase, al periodo precedente il punto fermo, instaurando il parallelismo *di partecipare – di far parte della brigata*.

5. Sono state fatte integrazioni, segnalate da parentesi uncinate, nei casi in cui l'elemento mancante abbia probabilità scarsissima o nulla di essere diverso da quello integrato.

6. Quando ritenuto opportuno o necessario, si è intervenuti su fatti di grammatica, di senso, di coerenza interna, di referente. Poiché tali correzioni non appaiono segnalate nel testo, si danno qui, nell'ordine, ognuna preceduta dalla forma che ha nel dattiloscritto originale:

p. 10	*Una ragazza di ventisei anni che non mi decidevo ad abbandonare* → *Una ragazza di venticinque anni che non mi decidevo ad abbandonare*
p. 26	*tra Silvia ed io* → *tra Silvia e me*
p. 40	*Si riprese subito, si alzò per baciarmi ma anche in quel bacio, un bacio anche quello frettoloso rapido ma lei mi cercò la bocca* → *Si riprese subito, si alzò per baciarmi, un bacio anche quello frettoloso rapido ma lei mi cercò la bocca*
pp. 47, 49, 50	Il nome dell'ospite fiorentino del Narratore e di Silvia è ora *Carlo* ora *Giorgio*; è stato uniformato in *Giorgio*.
p. 57	*non cessò più di abbandonarmi* → *non cessò non mi abbandonò più*
p. 58	*Santa Margherita in Montici* → *Santa Margherita a Montici*
p. 87	*lei badava bene ad ascoltare* → *lei badava bene a non ascoltare*
p. 98	*E infine per quella parte di sicurezza che ogni donna, d'istinto, ha bisogno* → *E infine per quella parte di sicurezza di cui ogni donna, d'istinto, ha bisogno.*
p. 100	*non poteva prendersi in giro* → *non poteva non prendersi in giro*
p. 113	*attraverso la vita sessuale di Silvia, specie in questi ultimi tempi, io ero spinto* → *verso la vita sessuale di Silvia, specie in questi ultimi tempi, io ero spinto*
p. 114	*con risultati non meno belli quanto funebri* → *con risultati non meno belli che funebri*
p. 149	*con una voce a volte tanto neutra che innocente* → *con una voce a volte tanto neutra quanto innocente*

XXVII

p. 151   *È come se me lo avesse già raccontato → Era come se me lo avesse già raccontato*

p. 160   *ma come se una bambola vestita da altri → ma come una bambola vestita da altri*

p. 178   *accetta sia l'estremismo di sinistra come quello di destra → accetta sia l'estremismo di sinistra sia quello di destra*

p. 180   *Questa volta però non era stato così → Quella volta però non era stato così*

p. 190   *Silvia fu subito molto eccitata quale non era quasi mai → Silvia fu subito molto eccitata come non era quasi mai*

p. 204   *le sue emozioni erano le mie e le sue, mie → le sue emozioni erano le mie e le mie, sue*

p. 211   *«E poi siamo tornati di là?» → «E poi siete tornati di là?»*

p. 217   *perché Silvia si ostinava caparbiamente di esaminare i suoi letarghi → perché Silvia si rifiutava caparbiamente di esaminare i suoi letarghi*

p. 221   *Paloma non era donna così semplice che la sola società a cui apparteneva, quella di campagna, poteva far supporre → Paloma non era donna così semplice come la sola società a cui apparteneva, quella di campagna, poteva far supporre*

p. 222   *abbiamo vissuto insieme quindici anni → abbiamo vissuto insieme venti anni*

p. 222   *«Lo dice Kant, vero?» → «Lo dice Hegel, vero?»*

p. 227   *non posso pensare a te → non posso non pensare a te*

XXVIII

Si noti, inoltre, a p. 153, la compresenza "leopardiana", a settembre, nella campagna veneta di pesche e ciliegie.

In altri casi particolari, per i quali un intervento correttorio avrebbe comportato arbitrio o forzatura, si è mantenuta inalterata nel testo la lezione originale; una nota a piè di pagina segnala e discute il problema che il singolo passo pone.

Quanto alle ripetizioni, il fatto massiccio che Garboli segnala nella Prefazione, ricoprenti una gamma dall'elemento minimo del discorso al segmento narrativo di una certa estensione e consistenza, si è ritenuto di mantenerle tutte, sia per l'evidente soggettività di qualsiasi scelta, sia perché, in questo caso, la facoltà di giudizio del lettore non viene inutilmente gravata, ma piuttosto riconosciuta e stimolata, sia, infine e soprattutto, perché la stragrande maggioranza delle ripetizioni si situa in quella zona dove perfino la battologia è prossima a convertirsi in *Leitmotiv*.

Quest'ultima considerazione mi induce a manifestare altre riflessioni ad essa collegate, che sono sorte durante il lavoro dalla vicinanza ai testi e alla scrittura di Parise, e che non sono state ininfluenti sulla visione che ho avuto di questo testo e sulla costituzione del medesimo.

Partirò da un'osservazione tanto giusta quanto spiritosa di Cesare Garboli, contenuta nel suo saggio *Gli americani a Vicenza*, che è una compiuta mappa fenomenologica della produzione di Parise.

«Una nube tossica, non so definirla altrimenti, scese sul talento di Parise, a offuscarlo e a mortificarlo, negli anni Sessanta. [...] I racconti che Parise scrisse sul "Corriere della Sera", raccolti nel '69 nel *Crematorio di Vienna*, portano nella fuliggine che li ricopre i segni del contagio e del passaggio in quel terribile tunnel. Ci fu anche una concorrenza, una reciprocità, un contagio virale, in quell'occasione, tra il Parise diagnostico dell'uomo-cosa e il Moravia più meccanico e maniacale, che si fa ancora oggi incessanti domande su quello che sta scrivendo: "Amavo mia moglie. Perché ho detto che l'amavo?", "Mia moglie mi piaceva e io piacevo a lei. Che cosa significa che mia moglie mi piaceva e io piacevo a lei?" e così via, riempiendo di significati enigmistici e di rompicapo intellettuali la più qualunque delle banalità. Parise fu il primo ad annoiarsene. Finché un giorno ebbe un soprassalto e si risvegliò. Saltò giù dal letto, corse alla finestra, aprì e aspirò una boccata d'aria.» (*Falbalas*, Garzanti, Milano 1990, pp. 184-5.)

È facile indovinare che cosa quel risveglio produsse, in che cosa si risolse quella boccata d'aria. Nelle prose, nelle "poesie in prosa" dei *Sillabari*.

Orbene, *L'odore del sangue* è stato scritto quando quasi tutte le prose dei *Sillabari* erano state composte, quando, insomma, l'esperienza dei *Sillabari* sembrava segnare un punto di non-ritorno. Come si spiega, allora, il ritorno al romanzo che avviene con *L'odore del sangue* e, per di più, in modi non molto lontani dal lacerto parodico che ci ha appena divertiti? È vero che, come Garboli precisa nella Prefazione, la genesi del romanzo è del tutto particolare, al posto di una cura psicoanalitica, la sua destinazione mai dichiaratamente pubblica, neppure per una piccola cerchia. Ma, anche prescindendo dal fatto che il romanzo è uscito dai suoi sigilli, e si è sottratto alle fiamme a cui l'autore aveva anche deciso, in un certo momento, di darlo, anche senza questo argomento che fa sogghignare gli stolti sulla falsa distruttibilità della letteratura, è indubbio che il romanzo c'è, nella sua integrità. E poiché, secondo la giusta osservazione di Garboli, né la velocità, il raptus, della composizione, né la materia dolorosa, hanno pregiudicato in nulla la chiarezza della costruzione e dello stile, con maggior forza si ripresenta l'interrogativo: si tratta di un ritorno al romanzo, dopo la svolta non reversibile dei *Sillabari*? La risposta che mi sento di dare è questa: non di un ritorno si tratta, ma di un inizio, in quanto *L'odore del sangue* è il vero romanzo di Goffredo Parise. Un inizio, va da sé, pienamente maturo, data la lunga e molteplice carriera dello scrittore. Nel passo sopra riportato, Garboli ci mostra una reazione, e quanto feconda!, di Parise al virus, al nucleo «meccanico e maniacale»: fuggire, allontanarsene al massimo. Essa poteva essere, ma evidentemente non è stata, la sola. L'altra reazione possibile era di immergersi in quel fondo torbido e argilloso, affrontandolo senza risparmio e senza riserve. Parise ha percorso anche questa strada, con la fiera schiettezza che gli conosciamo, e l'esito è stato *L'odore del sangue*. È un distretto nuovo, che va ad aggiungersi alla mappa descritta da Garboli.

L'Aristotele della *Poetica* e il Propp della *Morfologia della fiaba* presiedono a questo romanzo, ne sono i numi tutelari. Ne fu consapevole Parise? Forse no, o forse, invece, più di quanto si possa pensare. Perché ci sono due parole, e nessuna delle due è la tanto ripetuta parola *destino*. Le due parole stanno all'inizio e alla fine e sono pertinenti alla forma: Prologo e, in riferimento alla storia di Giulietta e Romeo, *favola*. Una favola tragica. Nella cui economia le ripetizioni fanno un po' la parte del coro. Che cosa ci terrebbe in ansiosa attesa e sospensione per tutto il tempo che intercorre tra la visione allucinatoria che il Narratore ha della scena erotica tra Silvia e il ragazzo e la conferma della sua realtà da parte della donna, se non fosse, data l'estrema prevedibilità della coincidenza, che ci troviamo all'interno di una favola tragica? ("Conferma", come del resto "coincidenza", è approssimativo e di comodo: in realtà, come nella tragedia, ci si guarda bene dal chiudere dicendo: «Sì, era proprio così»; si mettono invece in parallelo, ciascuna imitata nella sua pienezza, due azioni materialmente uguali, quindi quasi uguali: nel *quasi* sta la fonte tragica, la necessità che rinasca la tensione appena placata.) Il carattere progressivo, senza mai guardare indietro, della composizione, messo in luce da Garboli, è lo specchio della progressione inflessibile della trama, la quale, se, per esempio, nella serie degli aiutanti, madre medico prete, è memore delle leggi della fiaba, non disdegna nemmeno di servirsi del più canonico, basico, copione pornografico, per descrivere la parabola erotica della protagonista, di colei che, secondo il profondo ossimoro di Corneille, *aspire à descendre*.

Il vero finale del romanzo – dico "vero", l'ultimo paragrafo non essendo che un conciso ragguaglio sul dopo – è bellissimo, aristotelicamente perfetto. «Poi entrò Giovanni e mi portò fuori, a Roma, nell'odore del sangue.» Non che, nel corso del romanzo, l'odore del sangue significhi debolmente o univocamente e che non includa, dunque, anche questa dimensione della sua polisemia (non leggiamo forse, nel Prologo, la stupefacente frase: «Quell'odore era un'opera d'arte»?), ma soltanto in quella conclusione si attua il suo passaggio all'universale, il suo risuonare, veramente, *urbi et orbi*. Nell'ultimo *odore del sangue* c'è insieme peripezia e riconoscimento, «il volgere delle cose fatte nel loro contrario» e «il volgere dall'ignoranza alla conoscenza», ed è appena il caso di dire che il terzo elemento, il *pathos*, è già lì da sempre, raggrumato o liquefatto, appunto il sangue.

Oltre alla frase finale, voglio indicare altri due momenti di suprema qualità intuitiva ed espressiva. Il primo è riferito al Narratore, il secondo a Paloma. «L'amore casto non soltanto prolungava e sublimava l'amore tra noi due ma era una mia necessità molto forte, alle volte violenta, più violenta di qualunque desiderio» (p. 68). «Altre volte, invece, mi sfuggiva in tutti i modi e mi guardava, sempre con quegli occhi un po' complici un po' accusatori di donna che sa e condanna quello che sa» (p. 159). L'odore universalmente esteriore del sangue, l'inaudita violenza dell'amore platonico, il sapere e la sua simultanea condanna, sono le costellazioni tra le quali è tesa la tenda notturna del romanzo.

Durante la lettura, ho avuto spesso l'impressione di avvertire qualcosa, il ritmo, l'essenziale bosco in movimento o in rovina, di Thomas Bernhard. Ho poi chiesto a Giosetta Fioroni se, a sua conoscenza, lo scrittore austriaco fosse noto a Parise prima della stesura del romanzo. Benché non sicurissima, tendeva ad escluderlo; ma ricordava benissimo la lettura, fatta in un periodo successivo, di, almeno, *Perturbamento* e *Il soccombente*: Parise preferiva quest'ultimo all'altro.

Il nome di Bernhard ci riconduce al punto di partenza, alla ripetizione. Ma ci conduce anche al vincolo di ossessione e di chiarezza. Come in Bernhard, così nell'*Odore del sangue*, l'ossessione si esercita soltanto in apparenza su un oggetto tangibile; ugualmente, soltanto in apparenza la chiarezza è una preliminare e generale funzione della ragione. In realtà, l'ossessione non ha altro oggetto che la chiarezza, la chiarezza non vede nient'altro che l'ossessione. Questo recinto formale del romanzo ha la sua chiave in un oggetto rimosso, quella sanguinosa mutilazione di cui Garboli traccia l'identikit nella Prefazione. Rendere chiara l'ossessione, ossessiva la chiarezza, questo sembra essere il profondo progetto che ha guidato Parise quando ha scritto *L'odore del sangue*.

Desidero ringraziare vivamente, per i diversi aiuti che mi hanno dato, Benedetta Centovalli, Giosetta Fioroni e mia moglie, Paola Raspadori.

GIACOMO MAGRINI

L'odore del sangue

Prologo

Il lettore si chiederà la ragione di questo titolo che fa pensare molte cose, alcune, anzi, la maggior parte sinistre, funebri. Me lo chiedo anch'io e dirò che mi è venuto improvvisamente (e un po' ossessivamente) alla mente una sera a Milano parlando con dei miei amici (marito e moglie) un po' in crisi. Capii e sentii nel rapporto tra le due persone che a lui, e soltanto a lui, mancava l'odore del sangue. Non mi chiesi di più ma fui affascinato da queste parole che avevo pensato a più riprese guardandoli e continuai a ripetermele durante la notte. Pensai ai due amici, sposati felicemente e ora non più felicemente, con due figli piccoli. Lui, uno scienziato, magro, magrissimo, rossiccio, calmo e lento e preciso nell'esprimersi, razionale al massimo: una specie di frate laico, un certosino, uno tra i moltissimi e ignoti certosini grazie a cui la scienza va avanti. Il suo lavoro era la ricerca, esattamente la ricerca genetica. Ogni giorno partiva prestissimo da Milano, con un modesto treno,[1] e

1. *treno*: in un primo tempo Parise aveva ambientato la situazione che sta descrivendo tra Bologna e Ferrara anziché tra Milano e Monza. Si spiega così il riferimento a un treno locale. Evidentemente Parise si è dimenticato di precisare in seguito un altro mezzo di locomozione più adatto a ricoprire la distanza tra Milano e Monza.

andava a Monza dove era la sede dell'istituto: partiva con un panino e fino alla sera non mangiava altro. Per molte ore dimenticava la famiglia, i figli, la moglie e si assorbiva nelle ricerche. Poi tornava e con i figli e la moglie era quello che si dice, un marito e un padre perfetto. Lo guardavo a tavola, nella grande casa borghese, quali ne esistono ancora, e dove dovrebbero abitare e spesso abitano quel particolare tipo di laici religiosi, la cui religione, nel suo caso, era la scienza. Era veramente perfetto: si sentiva che si sentiva a casa, dentro il suo nucleo famigliare, che amava la moglie e i figli e che questi erano, al di fuori dei suoi studi, certamente tutto per lui. Ma attraverso la sua camicia bianca e un po' larga, di là e dentro il suo collo un po' largo anche quello, non c'era la carne e il sangue, c'era un'altra cosa che non saprei in quale altro modo chiamare se non "spirito". Intendendo con questo una vita composta, appunto più di spirito che di sangue.

Guardavo lei: una donna giovane con seni e fianchi rotondi, occhi neri in un volto improntato con chiarezza, specie di profilo, ai tratti dell'ebraismo. Degli ebrei askenazi, quelli dell'Europa orientale: un volto insomma un po' schiacciato ma forte, vagamente smarrito da quello che lei chiamava "esaurimento nervoso" e che non era niente altro invece che fame e sete di sangue. Nei volti dei due c'era però apprensione: smarrita, quasi rassegnata, ma in profonda attesa di qualcosa, quello di lei; trepidante ma tranquillizzata dalla fede nella ragione, quello di lui.

Mi rimaneva però ancora oscuro il martellamento ossessivo e carico di fascino delle parole l'odore del sangue. Ricordavo benissimo questo odore per averlo sentito, per così dire in profondità due o tre volte: subito dopo un combattimento in Vietnam; dove un soldato, ferito gravemente dallo scoppio di una mina, stava dentro un elicottero in partenza. Era un elicottero-ambulanza, con un piccolissimo ospedale di emergenza. Mi trovai così solo insieme al soldato ferito in barella: la ferita, se così si può dire, era tremenda: più che altro un ammasso di carne annerita dall'esplosione e costellata di flussi di sangue. Gli innestarono immediatamente il becco di un enorme flacone di sangue e uno di plasma dentro quello che doveva essere un braccio e l'elicottero partì. Con il turbine di vento sollevato dalle pale il lenzuolo con cui era coperto, a sua volta zuppo di sangue, sbatté per un po' fuori dal portello aperto, poi finì per essere succhiato fuori e volare verso terra come una bandiera, lenta e a enormi chiazze rosse, di un rosso che è soltanto il rosso del sangue. Fu in quel momento che mi colpì l'odore, un odore molto simile a quello dei macelli all'alba, ma infinitamente più dolce e lievemente nauseabondo, anzi, per essere più precisi, esilarante. Mischiato a quell'odore c'era quello di alcool, di etere e ancora altri ma l'odore del sangue, con la sua dolcezza, con il suo zucchero umano, con la sua linfa, dominava su ogni altro e nemmeno i flussi d'aria che entravano violenti nell'abitacolo, riuscivano a portarlo via: stagnava, nella sua dolcezza, e per così dire parlava; si esprimeva, un po' come potrebbe esprimersi un quadro. Quell'odore era un'opera d'arte e, proprio come l'opera d'arte, quando è veramente tale, esprimeva soprattutto il mistero, l'attesa, il rimando a capire. A capire che cosa? Non lo sapevo.

Lo tornai a sentire, forse inconsciamente a cercare, e a cercare per capire, altre due o tre volte in sala operatoria. Era lo stesso, stessissimo odore, ma nel corpo

prima di un uomo sui cinquant'anni (il soldato ferito ne
avrà avuto venticinque), poi in quello di una donna, poi
in quello di una ragazza. Non cambiava, era lo stesso
odore, dolce, leggermente esilarante, dolcemente nauseabondo. Il che significa che, almeno in materia emati-
ca, gli uomini nascono con uguali diritti. Ma continuavo però a venirne attratto e a non capire. Sì, era chiaro,
quello era l'odore della vita, l'odore più profondo essenziale ed unico della vita, ma perché mi attraeva tanto? Perché mi attraeva tanto, quale tipo, qualità di attrazione esercitava su di me? Forse quel tanto di bellui-
no, perfino di antropofagico e vampiresco che, nel
profondo più profondo, esiste ancora nell'uomo? Forse. Forse come una metafora, cioè come qualche cosa
che allude ad altra o altre cose, per esempio alla brevità
della vita, alla sostanza di cui siamo fatti, al fagotto di ossa carne e appunto sangue di cui siamo al tempo stesso
contenuto e contenitore? Forse al Dove andiamo, chi
siamo, da dove veniamo? a cui appunto allude Paul
Gauguin in un suo famoso quadro? Certamente a tutto
questo perché in quell'odore, nella dolcezza di quell'o-
dore c'era anche una punta dell'odore di secrezioni, di
sperma, cioè di acque e di ittico, una punta di quell'o-
dore di mare che si coglie alle volte quando si ingoia
un'ostrica fresca insieme alla sua acqua marina. Ma non
più di una punta che bastava a spiegare tutto in una sola, chiara, ma in realtà vaghissima parola: la vita. Ancora, dunque, non capivo. E di tanto in tanto quando mi
capitava di pensare a quell'odore, a risentirlo netto e
chiaro dentro le mie narici, o quando mi capitava di sen-
tirlo davvero (ma fu raramente) ancora continuavo a
non capire. Ma, come accade da bambini, le due parole, l'odore del sangue, mi impauriva, mi eccitava, la

mente, il cuore e in un modo, quello, più oscuro di tutti, la sensualità, l'amore, la sensualità, il sesso.

Continuai per molti anni a non capire fino in fondo il senso di questa emozione che sapevo però si sarebbe potuta afferrare e capire; l'odore del sangue restò lì, nelle zone incerte della mia coscienza come appunto certi sogni che si ricordano solo a mezzo, o certe frasi che appaiono magiche, inspiegabili ma tanto più affascinanti e misteriose proprio per il loro suono e niente più. Poi, un bel giorno, accadde qualche cosa che era, appunto, l'odore del sangue.

Ho guardato, anzi visto Silvia per la prima volta quando ho avuto la sensazione che mi tradisse. È questa una reazione diffusa, anzi banale, un po' meno banale quando ciò accade a un uomo di cinquantacinque anni come me per una donna di cinquanta come Silvia. È vero che Silvia è ancora quello che si dice una bella donna, "ben tenuta", e anche piena di fascino, è anche vero che si può essere gelosi a tutte le età come dimostrano le cronache ma nel mio caso non si trattò di gelosia, cioè di una passione antica come il mondo, bensì di curiosità, anch'essa una passione terribile ma di pochi e molto moderna. Sono un solitario, un saturnino, come dicono alcuni, e tendo alla fuga, a quella condizione di solitudine selvatica di certi animali. In particolare tendo a fuggire da lei nonostante la ami molto, anzi proprio perché la amo. Lei lo sa e per vent'anni di matrimonio mi ha sempre visto fuggire e anche tradirla: non con la rassegnazione tipica delle mogli sottomesse e sotto sotto interessate, ma, a sua volta, con la trepidazione delle donne innamorate e [così romantiche da] considerare la fuga della persona amata come una sorta di romantica irraggiungibilità, di mistero, dunque di fascino.

Credo che lei non mi abbia quasi mai tradito o, se

l'ha fatto, questo è accaduto al tempo stesso per eccesso di solitudine, per disperazione dovuta ai miei tradimenti, per affermare l'autonomia della propria persona sempre in totale dipendenza da me. Ad ogni modo nessuno di questi tradimenti di cui ho avuto sentore e anche aperta confessione, ha veramente turbato il nostro legame, anzi, sempre è servito a rinsaldarlo. Anche qui, siamo nel banale, infatti accade a un sacco di coppie.

Quando è nata in me la gelosia, anzi la curiosità, per un suo supposto tradimento? Non lo posso dire con precisione ma solo per approssimazione. Non ci fu un fatto preciso ed esterno (ci furono, ma la loro importanza era marginale e per così dire di dettaglio) bensì uno impreciso ed interno. Fu il seguente: io avevo una giovane amante, nel paese di montagna dove sto spesso, per cui Silvia soffriva e ancora più aveva sofferto. Una ragazza di venticinque anni che non mi decidevo ad abbandonare nonostante e forse proprio per la pazienza di Silvia: ero attratto, molto attratto, la ragazza era quello che un mio amico definì con una sola geniale parola a vederla in fotografia. Sospirò, essendo un uomo di mondo e assai pratico di cose del genere, disse: Eros, e non ci fu e non c'è bisogno d'altro. Stavo il più del tempo fuori da Roma, in quel paese, e con Silvia ci si telefonava tutti i giorni perché, non l'ho ancora detto, io amo Silvia come un ragazzo. È possibile? Sì, è possibile. Nonostante l'amante? Sì, nonostante l'amante. Che amavo come un vecchio e non come un ragazzo. All'inizio della mia relazione Silvia si disperò, poi, piano piano, sembrò accettarla e quando me ne accennava io non sapevo cosa dire, paralizzato dal silenzio, frutto di ciò che consideravo colpevole nei confronti di Silvia. Anche qui siamo nel banale. Quando Silvia accennava a qualcosa e trovavo la voce di rispondere dicevo: «non esistono diritti di esclusiva tra le persone» una evidente bugia; su cui però costruivo un intero comportamento, saggio, sociale e cinico. Senonché sapevo benissimo che di noi due, me e Silvia, nessuno dei due era veramente cinico e non lo sarebbe mai stato. Questo il prologo del fatto. Il fatto invece fu che, una sera, squillò il telefono nella nostra casa di Roma. Silvia rispose. Con disinvoltura perfetta disse: «Scusami un momento, passo all'altro apparecchio» e se ne andò in camera a parlare per un bel po'. Tornò, le chiesi chi era.

«Cose mie» rispose, «non esistono esclusive.» Disse questo con un leggero riso tra lusingato e ironico, ad un occhio di persona che avesse conosciuto la mia ultima burrascosa storia si sarebbe potuto dire una chiara quanto gentile e perfino vezzosa risposta polemica. Ne aveva tutta l'aria, sia le parole, sia il tono, sia la civetteria. Invece io sentii chiaramente in quell'istante che non c'era in Silvia nessuna polemica, che la sua tranquillità era totale e finalmente rilassata, che non era una risposta data per ripicca, insomma che era innamorata di un altro, e che quest'altro, quello con cui aveva parlato al telefono era pericoloso, molto pericoloso e portava con sé qualche cosa di buio e di tragico. La interrogai, garbatamente, ironicamente, come si fa in questi casi sempre stando dentro il banale, il sociale, il cinico, tutte cose che non c'entravano nulla, specie in quel momento, con me e il mio animo inspiegabilmente e assurdamente sconvolto.

«Ma niente» rispose sorridendo, «è un ragazzo, figurati, un ragazzo che ho conosciuto per strada. Fascista per di più. Figurati, alla mia tenera età.»

Disse queste parole come ho già spiegato con la

massima disinvoltura, con la massima sincerità, si sentiva, e tuttavia sentii che se pure queste parole corrispondevano esattamente alla verità, tuttavia erano una menzogna: non una menzogna detta da Silvia a me, ma da Silvia a se stessa. Da quell'istante si impadronì di me una strana passività, quasi narcotica, di cui mi resi conto perfettamente ma come il malato steso sul letto operatorio si rende conto che sta per precipitare in quel sonno artificiale e non naturale che è appunto la narcosi. E in quell'istante, l'ultimo di coscienza, sentii l'odore del sangue umano, quello della sala operatoria, quando si è curvi sopra il paziente già aperto, quell'odore dolce un po' nauseabondo e un po' esilarante, ma sopratutto dolce, e dolcemente funebre.

Partii il giorno dopo sempre in quelle condizioni di lieve narcosi e raggiunsi la mia casa di montagna. Silvia, perfetta come al solito, mi accompagnò al treno, come sempre mi baciò in modo affettuoso, veramente affettuoso, e al mattino successivo eravamo già al telefono a comunicarci allegramente la nostra giornata. Ad un certo punto della telefonata (erano sempre lunghe, lunghissime telefonate le nostre, anzi, si può dire che, come i ragazzi, si faceva all'amore per telefono ormai da anni) domandai con un sorriso:

«E i tuoi corteggiatori, anzi, il tuo corteggiatore?»

Rise subito. «Sta' zitto» rispose, «me lo ritrovo che cammina su e giù sotto casa, cose dell'altro mondo.»

Di nuovo l'odore del sangue: di nuovo la narcosi.

«Ma è proprio fascista?»

«Più che altro è un confusionario, un disadattato.»

«Ma è molto giovane?»

«Venticinque anni, potrei essere sua madre.»

Ancora l'odore del sangue, più forte, come ricordavo tra i feriti in Vietnam, ammassi di carne con polle di sangue qua e là, che buttavano. E quell'odore dolce, di macelleria al mattino, ma molto più dolce e di sperma e di linfa e di secrezioni.

«Te l'ho sempre detto che sei una donna bella e piena di fascino. Anche i venticinquenni abboccano. Sarai lusingata spero.»

Inutile. Non sono cinico. Sentivo la mia voce forzata e ancora più forzata doveva apparire al telefono. Poi di nuovo la narcosi dovuta a quell'odore, che io conoscevo bene e che è, a pensarci bene, l'odore dell'origine della gioventù, della passione, della vita.

Nella narcosi, vedevo la ragazza e facevo all'amore con lei, in modo un po' narcotico anche quello a dire il vero, da molti mesi, badavo sopratutto a starmene lontano da Roma e da Silvia. Perché, se la amavo tanto? Qui la spiegazione diventa più complicata. Ma cercherò di spiegare lo stesso. Il sentimento tra me e Silvia, figli unici tutti e due, nato vent'anni fa era, salvo eccezioni non rarissime ma rare, si potrebbe definire in due parole: amor platonico. Il sesso non è mai stato per Silvia la cosa più importante tra un uomo e una donna, e forse nemmeno relativamente importante. Donna sensuale Silvia ha sempre, nella sua vita, sublimato il sesso come si dice con parola molto moderna: in sentimento, in dedizione quasi religiosa e sopratutto in sentimento materno non avendo mai avuto figli né dai precedenti mariti né da me. Dedizione a chi? Alla persona amata e da amare, perché Silvia ha sempre abbandonato chi la amava e sempre scelto chi amava e da cui temeva di non essere amata. Natura lievemente masochistica, pensavo io sempre con termine psicoanalitico come sublimazione, ma quale donna grosso modo normale non è un po' masochista e quale maschio non è un po' sadico. Senza almeno una goccia di questi due impulsi chi si accoppierebbe più? Ma sia quel po' di masochismo in lei, sia quel po' di sadismo in me erano appunto sublimati nell'amore l'uno per l'altro che si esprimeva però, sostanzialmente, nella lontananza dei due amanti. Infatti io da una diecina d'anni, o per una ragione o per l'altra scappavo sadicamente da Roma e andavo con altre donne e Silvia rimaneva a Roma sublimando e non amando masochisticamente nessun altro all'infuori di me. Non era una convenzione, era una necessità, a cui, a dire il vero, ero stato io a dare il la dopo qualche anno del nostro matrimonio. Ma avevo dato il la perché avevo intuito che Silvia mi amava proprio perché ero così, perché fuggivo, perché non c'ero, perché, solitario e selvatico come lei pensava e voleva che fossi, a sciare, solo, in luoghi impervi difficili e pericolosi, per così dire irraggiungibile da tutto, da lei per prima, la mia figura si adattava perfettamente alla sua fantasia romantica e infantile, e dunque alla sublimazione.

Stando in montagna con la ragazza inoltre amavo Silvia, e stando a Roma con Silvia amavo la ragazza: era un pendolo che sentivo protrarsi troppo a lungo e da cui tuttavia non riuscivo a liberarmi. A volte pensavo perfino di mettermi con la ragazza, di cambiar vita, di abbandonare Roma e quell'amore, per me troppo platonico ma cristallizzato fatalmente da anni come tale, per Silvia; che mi permetteva di amarla come mai avevo amato una donna, ma mi lasciava, ovviamente, con desideri profondi e insoddisfatti. Con la ragazza stavo bene, anche lei, sotto molti aspetti, sentiva dell'odore del sangue: della montagna, della salute della estrema gioventù di una sessualità normale ma fatta di magnifica carne colore e sapore del latte, e della stessa qualità sostanziale e perfino tattile.

A Roma non mi piaceva molto stare, la società che frequentavamo con Silvia era sempre quella, decisamente noiosa, oltre che cinica, crudelmente realistica e papalina, tutti compresi. E poi avevo le mie telefonate mattutine e talvolta anche pomeridiane con Silvia, in sostanza quell'amore platonico, quella sublimazione (anche per me) da Silvia imposta inconsapevolmente e da me inconsapevolmente subita. Altre volte pensavo di mollare quel noioso e anonimo paese di montagna dove passavo così tante giornate vuote e spesso disperate per stare definitivamente a Roma con Silvia. Allora tornavo a Roma. L'entusiasmo non durava più di una settimana. Sognavo di ripartire per la montagna. E così andavo avanti, per mesi, in modo tra accidioso e ansioso, lo devo ammettere, consumando la vita. Alle volte speravo che questa mia eterna indecisione, che si potrebbe chiamare a questo punto indecisione esistenziale, che la dissociazione tra le due donne si chiarisse dentro di me non per merito mio, ma per merito di una delle due donne, della ragazza o di Silvia. La ragazza, che non sapeva nulla di Silvia se non che ci eravamo separati definitivamente due anni prima, alle volte arrivava vicino alla soluzione: mi chiedeva, nella sua semplicissima e grande intelligenza, di sparire, di non farmi più vedere pur di non vedermi così sempre annoiato, sempre inesistente.

«Certo che mi piaci, mi piaceresti, ma non ci sei, sei sempre altrove e inoltre non posso vivere con te perché tu non vuoi. Sei come una farfalla, puoi affascinare, ma non ti si prende mai.» Erano le parole di Silvia, di molti anni prima, le stesse, stessissime parole. Ma Silvia mi amava proprio per questo, o almeno io lo credevo perché lei me lo faceva, ormai, credere, e la ragazza voleva abbandonarmi proprio per questo. «Voglio un uomo vero, che ci sia, non una farfalla, una lanterna magica.»

«Vuoi un marito» replicavo.

«Sì» rispondeva lei, innocente e sincera.

«Ma io non sono un marito.»

«Purtroppo, per questo ti dico di andartene e di non farti vedere mai più.»

Tutto ciò sbilanciava molto il mio equilibrio, strano dissociato equilibrio in cui vivevo ormai da due anni, ma poi in qualche modo riuscivo a ristabilirlo. E così tiravo avanti, come si dice.

Avevo stabilito, chissà attraverso quali calcoli, che l'amor platonico di Silvia verso di me e mio verso di lei (ma il mio non era troppo platonico) si sarebbe nutrito dalle mie assenze: era sempre stato così. Ma innanzitutto le mie assenze non erano mai state così lunghe e inoltre, cosa assai importante, Silvia sapeva che esse nascevano, non da un irresistibile bisogno di solitudine e di selvatichezza, dovuto alla mia natura selvatica, bensì dal bisogno di un'altra donna, ragazza o donna che fosse, e che dunque quel filo diretto e romantico tra me e lei, che comporta un concetto purissimo e quasi assoluto dell'amore, si era spezzato. Senza dubbio Silvia era gelosa e lo aveva dimostrato fin dall'inizio della mia relazione con la ragazza, ed era gelosa come sono gelose tutte le donne: le mie fughe non avendo più una spinta solitaria come un tempo, ora si indirizzavano verso qualche cosa di vivo, vivente e umano che avrebbe potuto prendere il suo posto anche platonico. Povera Silvia, come deve avere sofferto in quei primi mesi di abbandono, di solitudine. Ma poi io tornai, e furono giorni di amore molto intenso, vero e carnale, come avrebbe dovuto essere e non era. Ma dopo pochi giorni Silvia, simile all'ago della bussola che dovunque si sposti la bussola torna sempre al nord, tornò alla naturale e consueta espressione del suo amore: di nuovo platonico, di nuovo materno, di nuovo infantile e casto. E di nuovo io fuggivo verso una ragazza con cui vivevo ogni giorno un amore che certamente casto non era. Quando Silvia si abbandonava alla sensualità, certo lo era, e non esisteva ragazza al mondo che lo fosse più di lei. Ma era talmente poco, talmente raro e sopratutto non era a questo che tutte le sue forze sentimentali ed erotiche tendevano. Esse tendevano sempre a un punto solo, inesorabilmente al suo nord, cioè ad amare, non ad essere amata.

Nelle nostre telefonate mattutine, c'era l'amore e la dedizione di lei verso di me e l'impossibilità del contrario. Innanzitutto mi chiedeva come avevo passato la giornata, che umore avevo, come stavo di salute (Silvia si è sempre preoccupata enormemente della mia salute), se avevo letto i giornali, si commentava i giornali. Poi ero io a chiedere la sua giornata. Dopo il mio ultimo soggiorno, a differenza dei mesi e degli anni precedenti, dove sapevo tutto di lei perché lei mi informava dettagliatamente e senza essere richiesta di una cena, degli amici presenti e perfino degli argomenti di conversazione, saltava qualche serata. Si limitava a dire: «Sono stata a cena con degli amici.» A questa frase, come un effetto di Pavlov io tacevo: sentivo l'odore del sangue, sempre quello, e cadevo nel silenzio. Lasciavo, come si dice, andare, anche se preso dal capogiro di quell'odore.

Un giorno, sempre a proposito delle mie domande sui suoi corteggiatori, usavo il plurale, lei disse.

«Pensa che quel ragazzo che ti dicevo, vuole mettersi a vivere qui, in casa nostra. L'ho cacciato via, gli ho detto che non lo voglio più vedere.»

Ah, quell'odore del sangue! «Lo vedi spesso! Allora non si limita a farti la corte per strada.»

«Qualche volta, certo che è una strana e disgraziata generazione!»

«Ma che necessità c'è di vederlo, di farlo salire in casa? Visto una volta, basta per tutte, credo.»

«Sono divertenti, i giovani» disse Silvia. E qui, sentii chiaramente la nota della reticenza nella sua voce. Per la seconda o terza volta ormai, sentivo che quel filo amoroso tra me e lei, quel filo platonico come ho detto, assolutamente puro grazie al quale Silvia mi diceva assolutamente e sempre tutto, non era più diretto ma indiretto. Come un cavo telefonico che puoi seguire con gli occhi fino ad un certo punto, poi scompare nei fondi sottomarini.

«Hai addirittura i ragazzi che vogliono mettersi in casa. Ma guarda che io arrivo a Roma e li butto giù dalle scale» dissi, in tono assolutamente scherzoso come per mimare, al tempo stesso, la figura del marito geloso ed energico e quella del ragazzino impulsivo che lei conosceva bene.

Ci fu una reazione immediata. Lei non prese lo scherzo e disse in tono ansioso. «Per carità non fare una cosa simile, quelli sono picchiatori di professione, se dovesse succedere io m'ammazzo.»

Restai folgorato. Quel "io m'ammazzo" di cui ricordo ancora perfettamente il timbro della voce, fu la prima vera spia a quanto sarebbe accaduto. Era un timbro di voce drammatico, appassionato, un timbro di voce che non le avevo mai sentito e, purtroppo, il timbro di voce della donna innamorata, perduta d'amore. Per l'ennesima volta sentii l'odore del sangue e per l'ennesima volta cadde su di me la pacificante narcosi. Ero al tempo stesso cosciente, coscientissimo che qualche cosa di grave di molto grave e pericoloso era accaduto ma mi trovavo come nella condizione di quel paziente all'orlo appunto di un intervento decisivo per la sua vita e già sul lettino operatorio, con l'ago della narcosi già innestato nella vena e già le prime gocce nel sangue.

Non è nella mia natura attendere, pazientare, stare a vedere, calcolare: nella mia natura, e in generale nella mia condotta, anche sentimentale, ho sempre deciso tutto e subito. Con la forza se non con la certezza animale, molto prima che con l'analisi e l'azione razionale. Per esperienza sapevo che questo era e doveva essere il mio metodo che tra l'altro coincideva sempre non soltanto con la ragione ma alla fine anche con la vittoria, se di vittoria si può parlare, nei risultati.

In quei giorni, niente, non mi muovevo: si può dire che, in nuce, avevo già sentito se non capito tutto, ma una forza inesorabile mi tratteneva dall'esprimere la mia vera natura, irresistibilmente animale e impaziente, e spingeva invece la mia natura razionale, analitica e, per così dire, culturale. Due erano le ragioni. Una che, senza esserne consapevole volevo vedere come andavano avanti le cose; la seconda che tutto ciò, quanto accadeva nella vita di Silvia, altrettanto inconsapevole ma potente nel subconscio, costituiva per così dire un alibi, quasi una giustificazione, quasi un parallelo a quanto accadeva a me con la ragazza. Da un lato i miei sensi di colpa, per aver portato così avanti una relazione con tutto il dolore per Silvia e, di contro, tutto il dolore per me, si attutivano, sparivano, esattamente come capita al paziente in sala operatoria sotto l'effetto della narcosi.

Ma sentivo, ripeto, sentivo tutto. Si trattava ora di sapere. La conoscenza delle cose reali essendo sempre stata per me, durante tutta la mia vita, fonte di incredibile serenità. Infatti quale miglior metodo per esorcizzare qualunque cosa se non quello della conoscenza. Una volta conosciuta, e analizzata con la ragione, qualunque cosa oscura diventa chiara. Se non altro si sa cos'è, qualunque mostro sia, e una volta conosciuto cos'è si accetta, si combatte, si annulla. Del resto questa è stata sempre anche la mia professione e in parte lo è ancora adesso.

Cominciai dunque, sempre con estrema attenzione, con pause giuste, con repentini cambiamenti di discorso, con l'ironia scherzosa, ma consapevole che qualcosa c'era, a interrogare Silvia per telefono. Poche, pochissime domande buttate qua e là durante le nostre solite, solitissime conversazioni e con il solito tono di gioco, di giocosità che è la prerogativa non soltanto delle nostre telefonate, ma della nostra vita coniugale.

Pensai che il modo migliore per conoscere era quello di partecipare. Dare cioè per scontato e interessante quelle giovani e sconosciute amicizie di Silvia e, in qualche modo, anche indiretto come quello telefonico, di far parte della brigata. Silvia parlò, ma poco e sempre in modo inequivocabilmente reticente.

«Li vedo qualche volta alla sera, pensa che stanotte

ho fatto le sei del mattino in una discoteca, che è un luogo incredibile di fracasso. Anzi m'è venuto da pensare che le discoteche sono il luogo della più disperata solitudine. Non si può parlare per l'assordamento dei microfoni, non si può vedere bene perché le luci mutano continuamente, e le persone ballano, in fondo, da sole. Caro mio, sto diventando esperta di discoteche.»

«E ti sei divertita hai ballato.»

«Ma no, che vuoi che abbia ballato, io non so ballare, guardavo ballare questo sì. E ha ragione Moravia quando parla di Travolta: è vero che in fondo questi balli sono un rito erotico, sessuale, come dice lui, liberatorio.»

«Hai fatto tardi?»

«T'ho detto, le sei del mattino. Adesso ho sonno. Cercherò di dormire ancora un po', ciao amore, semmai ti telefono più tardi. Stai sempre in casa tu?»

«Grosso modo.»

«Allora ti telefono più tardi.»

Telefonava più tardi.

«Mi sono anche arrabbiata perché chi me lo fa fare di arrivare all'alba in una discoteca, adesso ho un gran mal di testa. Mi sono anche arrabbiata con loro.»

«Loro chi?»

«I miei nuovi amici.»

Parlava sempre al plurale ma io sapevo che si trattava, fondamentalmente, di un nuovo amico. Certo non era da escludersi, trattandosi di un ragazzo giovane, la compagnia degli amici, ma l'amico era uno solo.

Che fare? La reticenza c'era, e si faceva sempre più forte. Quando le mie domande si facevano appena meno coperte o appena meno discrete la voce di Silvia si faceva dura, a volte durissima.

21

«Abbiamo detto niente esclusive. Io ti dico tutto, ma tu vuoi sapere troppo. Io ti dico quanto la mia natura si sente di dire.»

Cominciavo a sentire la mia impotenza: se avessi insistito lei non si sarebbe aperta di più e tanto più in lei la reticenza aumentava tanto più sentivo, insieme a quel nauseabondo e dolce e orribile odore del sangue, che la sua anima per così dire, non soltanto non mi apparteneva ma non apparteneva più nemmeno a lei. Ero certo che anche lei sentiva tutto questo e che, in fondo, tutto questo era dovuto, ma solo in parte, alla mia assenza, al mio non esserci fisico e materiale in casa nostra, che già di per sé stabiliva una reciproca proprietà. Proprietà non è la parola giusta, né giusta né bella, ma bisognava pure ammettere che in vent'anni di matrimonio Silvia apparteneva a me esattamente come una proprietà, e io appartenevo a Silvia nello stesso modo. Forse è più esatto parlare di simbiosi, di quella inesorabile simbiosi che in natura si manifesta continuamente e che con gli anni si fa sempre più profonda e inestricabile. Questo pensiero m'era venuto naturale e spontaneo alcuni anni fa visitando da solo le rovine del tempio di Angkor Vat in Cambogia. Penetrato senza guida nella foresta e facendomi strada con un machete fui preso a poco a poco dal timore di aver perduto la strada, di non poter più tornare indietro né sapere dove andare avanti. Sapevo, certo, che mi trovavo nel perimetro dell'immenso tempio khmer ma sapevo anche che questo perimetro era di chilometri e chilometri, di foresta tropicale, di cui pochissimi percorribili. Non avevo con me la bussola. Tuttavia sapevo che ero entrato da sud, dal frontone principale del tempio e mi ero inoltrato distrattamente da solo verso nord. Ma non ero certo perché non avevo bussola. Tra le altre cose, in quegli anni, proprio quel territorio era infestato di vietcong, di vietnamiti o come furono chiamati più tardi di khmer rossi. Avrei potuto, come era accaduto altre volte, essere prelevato, fatto prigioniero ed essere trascinato tra malaria, dissenteria e denutrizioni, per anni, di qua e di là nella foresta. Confesso che ebbi paura. Intorno a me stava, come ho detto, la foresta tropicale, densa di quei suoi immensi altissimi alberi di tek e palissandro, con improvvisi ac- quitrini su cui volteggiavano milioni di piccole farfalle bianche tutte uguali. Uccelli esotici, di cui non ricono- scevo il canto, fischiavano qua e là, nascosti nei viluppi arborei. Di tanto in tanto, dai rami degli alberi cadeva qualche sanguisuga che era l'animale che mi dava più pensiero. Alle volte erano visibili e si potevano sentire nel momento in cui toccavano la tela leggera della ca- micia, altre volte me le trovavo già appese al collo. For- tunatamente appese in quell'istante e proprio nell'i- stante in cui si predisponevano a poggiare la loro boc- cuccia a ventosa sulla pelle e cominciare il loro lavoro di risucchio. Una o due volte accadde e le dovetti stacca- re, già un po' gonfie di sangue. Ero preoccupato per la piccola ferita e il caldo. Lontano, nella foresta lontana, mi pareva di udire altri rumori simili a barriti. E sopra, nel cielo, ma irraggiungibili da qualunque segnale pas- sano altissimi aerei di linea o bassi elicotteri dell'eserci- to americano che mai avrebbero potuto scorgermi. Con me non avevo nulla per fare anche la più piccola segna- lazione e se avessi acceso, come avrei potuto fare, un fuoco, questo, con il suo fumo, avrebbe attirato gli eli- cotteri ma per ben altre e ancora più pericolose ragioni. Naturalmente chiamai, sperando che qualche guida con una comitiva casuale, ritardataria e un po' sparsa, mi potesse udire. Mi rispondevano i fischi degli uccelli e niente più. Improvvisamente, in quel mio errabondare tra le felci e l'alto sottobosco, mi parve di intravedere, in quella luce verde e paludosa, qualcosa come un'ombra, un'ombra gigantesca simile a un grande formicaio. Con difficoltà mi avvicinai e vidi che si trattava di uno dei tanti padiglioni dell'immenso tempio disseminato nella foresta, tralasciato dall'organizzazione turistica forse per l'eccessiva difficoltà di raggiungerlo. Si trattava di uno *stupa*, letteralmente fagocitato dalla vegetazione. Gli alberi, le liane, non stavano soltanto attorno alla costruzione, piena di piccole e grandi figure di Budda, ma in mezzo, dentro le sculture, così che, come la scultura stessa con stagioni, piogge e la forza potente della natura era finita essa stessa per diventare una liana, allo stesso modo la liana per stagioni, piogge la forza potente dell'arte era diventata una scultura, con delle sembianze, dei tratti, insomma un'espressione modellata, si sarebbe detto, modellata essa stessa dalla mano dell'uomo.

Rimasi appunto folgorato da quell'insieme, da quella simbiosi, tanto da dimenticare per un certo tempo (non ricordo più quanto tempo fosse passato) la situazione in cui mi trovavo, forse disperata. Intorno a me volavano miliardi di farfalline bianche, il caldo e l'umidità erano tremendi, nessuno aveva udito i miei richiami. Mi distesi per terra senza far caso a nulla e solo contemplando quel viluppo che appariva di cultura e di natura, in uno stato molto simile all'anestesia. Su un quaderno che avevo con me scrissi: da consegnare a Silvia in caso di disgrazia. E aggiunsi l'indirizzo e il numero di telefono della nostra casa di Roma. Poi, lentamente, ancora una volta come avviene nelle lente anestesie dove si ha abbastanza tempo per pensare con abbastanza intensità, pensai a chi nella simbiosi tra me e Silvia che avevo così violentemente riconosciuto in quello spettacolo sepolto nella foresta tropicale e, avrei detto, compiuto apposta perché soltanto io lo vedessi o per caso o per disgrazia, chi era la liana e chi la scultura. E così pensando e ricordando, chissà come e perché mi addormentai. Fui svegliato alcune ore più tardi da un giovane e nerboruto bonzo del tempio, incaricato insieme ad altri delle ricerche. Una sanguisuga stava come un piccolo pallone al mio collo e il bonzo mi raccomandò con vari gesti, di non staccarla come stavo per fare. Con lui come guida tornai al grande e stupendo prato d'acqua di fronte all'albergo dove l'aereo aspettava, mi fu staccato l'animale da un medico e di lì partimmo per Phnom Penh.

Ho raccontato questo episodio perché fu quello che mi diede con esattezza la forma e l'essenza dei miei rapporti coniugali con Silvia e perché anche in quei giorni di telefonate, specialmente le ultime, avevo davanti a me come una visione: quella della scultura del tempio libera dal viluppo della vegetazione, chiara e per così dire assoluta nella sua solitudine creata dall'artista anonimo e quella della liana sola e pur sempre vorace, e potentemente abbarbicata ad altri alberi, ad altre piante ma pur sempre abbarbicata, perché così vuole la natura, a qualche cosa. Ma la visione se così posso dire metteva a posto le cose: la liana agiva per conto proprio, seguendo leggi proprie e assolutamente naturali, nell'ambito del suo mondo che era quello vegetale abbarbicandosi come poteva e doveva ad altri vegetali anche se non della stessa specie. E la scultura invece stava lì, al tempo stesso fragile e solenne, solitaria, ad immagine della irripe-

tibilità e, non so come meglio esprimermi, della inappetibilità[2] dell'arte.

In poche parole sentivo che tra Silvia e me, così
strettamente avviluppati per tanti anni, appunto come
la scultura e la liana, qualcosa stava avvenendo, era già
avvenuto: la liana non potendo diventare naturalmente
scultura sia pure con gli anni e le piogge e il passare del
tempo abbandonava la scultura verso prede più naturalmente adatte alla sua funzione, e la scultura non più
soffocata anche se un po' malconcia tornava, come era
altrettanto naturale, alla sua splendente e misteriosa solitudine. Ma, mi chiedevo ancora dopo anni, chi era la
liana e chi la scultura tra me e Silvia? Tutto mi faceva
pensare che stando le cose come immaginavo che stes-
sero attraverso le telefonate, la liana fosse lei, Silvia, e io
la scultura. Ma se capovolgevo i termini, e amando Silvia e avendola amata appunto come si ama un'opera
d'arte, in quel modo casto irresistibile e fatale che sempre illude e mai disillude, tendevo a pensare appunto il
contrario. In ogni caso pensavo, sia che la liana avesse
trovato il suo appoggio naturale, sia che la statua fosse
tornata alla solitaria espressione per cui era nata, in ogni
caso, la separazione era avvenuta, la simbiosi non esisteva più. A questa conclusione provai come una sorta
di capogiro, lo stesso che si prova sugli ottovolanti durante la grande discesa, ma dilatato al massimo da un
moto centrifugo così potente che ebbi per qualche atti-

2. *inappetibilità*: non si può escludere che Parise, il quale dichiara di non
sapere «come meglio esprimersi», intendesse scrivere qui *inappetenza*, e
che abbia scritto *inappetibilità* per analogia fonica con *irripetibilità* che
precede. Il senso sembra essere che a differenza della liana, che ha bisogno di abbarbicarsi ad altro, la scultura, in quanto opera d'arte, rappre-
senta un assoluto che nella sua «splendente e misteriosa solitudine» (vedi
subito oltre) non ha bisogno d'altro che di se stessa.

mo la sensazione dello smembramento. Subito dopo, stranamente, una grande e vera calma, cioè la sensazione di essere solo, ma gioiosamente felice al mondo come un bambino. Ero come sempre in campagna e mi guardai intorno. Vidi davanti ai miei occhi un prato di erba alta, ai lati degli alberi, pioppi, acacie e noci, e oltre il primo prato, in direzione del fiume e a livello più basso, un altro immenso prato d'erba da poco falciato. Dapprima guardai attentamente, quasi filo per filo l'erba che mi stava davanti agli occhi e ricordai certe felici giornate d'infanzia dello stesso periodo dell'anno, con la stessa erba e dei coleotteri verdastri che riuscivo, solo tra altri bambini, ad acchiappare. In sostanza mi vedevo e mi trovavo solo davanti alla realtà che in questo caso era la natura e anche una bella e piena natura di giugno. E mi chiedevo come mai per tanti anni, durante la mia simbiosi con Silvia, mai avevo visto la realtà da solo e in modo che mi riguardasse personalmente: o non la vedevo e dunque mi annoiavo, o se la vedevo era con Silvia o attraverso Silvia che invece diceva d'amarla e di vederla.

Ma fu questione di pochi attimi. Ripensai alla telefonata. Non c'era dubbio: se non proprio innamorata, così speravo, qualcosa doveva essere accaduto nel suo cuore, qualche cosa che aveva prodotto la rottura della simbiosi tra noi due. E già questo era, per due persone come noi due e in simbiosi si può dire da vent'anni, un fatto enorme, così enorme che non riuscivo ad immaginarlo nella realtà e infatti lo censuravo continuamente come cosa non reale, impossibile. Forse anche a lei doveva accadere la stessa cosa perché le telefonate si susseguivano metodicamente, ogni mattino.

Nel frattempo vivevo la mia accidiosa vita in campagna. Perché dico accidiosa? Perché non avevo nulla da fare, mi annoiavo e la presenza della ragazza non bastava assolutamente ad alleviare questa noia. Mi annoiavo del resto anche a Roma e, io credo, mi sarei annoiato in qualunque altro posto del mondo. Riflettevo, specialmente all'alba, intorno a questo pensiero base e dominante: ho cinquantacinque anni, quello che ho fatto, nella mia professione ormai l'ho fatto e non ho più voglia di farlo perché mi annoia. Anzi, per essere più precisi, i giochi sono fatti. A questa conclusione provavo, lo confesso, una grande paura. Come era possibile che i giochi fossero fatti alla mia età, ancora in perfetta forma, e che, diciamolo pure, il germe della decadenza, della stanchezza, cioè della morte, della fine, fosse già penetrato dentro di me? Ero sano, avevo accanto a me una giovanissima ragazza che mi amava, con cui, se avessi voluto, avrei potuto anche fare dei figli, e con cui, se avessi voluto, avrei potuto andare a vivere in qualunque parte del mondo. Non sono ricco, ma avrei potuto permettermi dovunque una vita seppure modesta, modestissima. Perché non lo facevo? Era chiaro, perché in realtà non mi esprimevo più né con il mio lavoro che avevo lasciato a Roma in mano a degli assistenti, né con l'amore, né con il sesso, insomma con nulla. E perché? Non lo sapevo.

Sapevo che a Roma mi annoiavo per le stesse ragioni e inoltre perché, pure amando Silvia come l'amavo, mi era intollerabile la lenta quanto inesorabile trasformazione di Silvia in mia presenza. Quando io stavo a Roma Silvia viveva esclusivamente in funzione della mia persona, e, agli occhi estranei di persone amiche, il mio rapporto con lei mostrava tutte le caratteristiche del plagio. Chiunque avrebbe detto, e lo stesso avrei detto e dicevo io, che Silvia era plagiata da me e in certi momenti, quasi eterodiretta. Questo mi era insopportabile, tanto più che non ero affatto io a imporre questo plagio bensì Silvia a richiederlo. Questo certo lo potevo dire io e non gli altri: gli altri non potevano arrivare così a fondo e stavano alle apparenze. Non volevo e non avevo mai voluto accettare direttamente questa situazione. Indirettamente, cioè stando lontano da Roma e da Silvia, mi pesava molto meno; anche perché nessuno, nemmeno io l'avrei avuto sotto gli occhi. Non avrei avuto sotto gli occhi e nessun altro l'avrebbe avuto quella sua eterna e trepidante ansia di compiacermi, di obbedirmi, quel suo bel corpo, quelle sue belle mani, quei suoi capelli, quelle sue cosce lunghe e ancora sensuali nonostante l'età, le sue stupende labbra gonfie e dure e prominenti, avvilite, quotidianamente avvilite da quell'obbedienza, sopratutto da quella sua richiesta di comando. Sì, di comando. Se io avessi comandato a Silvia qualche cosa, anche la più impossibile, Silvia l'avrebbe fatto. Insomma non volevo sentirmi ciò che non ero e che lei non era: io un bambino viziato, lei una madre debole e innamorata pronta a viziare.

Con la ragazza in campagna, purtroppo, stava accadendo la stessa cosa: anche lei mostrava ogni giorno di più i segni del plagio, ma per il momento somigliavano di più all'amore. Era una ragazza giovanissima, sana e semplice: avrebbe voluto un marito e dei figli. Ecco tutto. Spesso la vedevo con il suo bel volto infantile improntato a noia, a vera noia. Le chiedevo cosa aveva.

«Mi annoio» rispondeva semplicemente con le sue piccole stupende labbra imbronciate.

«Perché?»

29

«Così.»

«Così non vuol dire niente, spiegami il perché.»

Solo dopo molto tempo riuscivo a farla parlare e con un'irrequietezza in me sempre crescente ma mi dicevo, per calmarmi: «È una ragazza di campagna, è chiusa e fa difficoltà a parlare». Niente di tutto questo. Non parlava perché sapeva che non sarebbe servito a niente, che non avrebbe portato a niente.

«Che futuro c'è tra di noi? Nessuno. Passano i mesi, gli anni e noi siamo qui a guardarci, tu pensi ad altro, sei assente, lontano, e dovremmo andare avanti così perché ormai da molti mesi non vedo altro che queste nostre due facce che non sanno più cosa dirsi.»

Era un discorso elementare ma assolutamente logico e vero. Una volta fatto all'amore non avevamo quasi nulla da dirci. Non avevamo interessi comuni, comuni argomenti di conversazione, linguaggio comune, società comune, nulla. Non avrei potuto portarla con me insieme a nessun altro che non fosse del suo paese o un suo conoscente. I miei conoscenti o amici, quei pochi nella zona, l'annoiavano: sia per l'età, erano tutti più o meno miei coetanei, sia, appunto, per interessi. Eravamo quasi sempre soltanto noi due. A guardarci. Io pensavo: «Domani, con Silvia parlerò di qualche cosa». Ma più che pensarlo lo sentivo con la certezza con cui si sente che al mattino successivo, con assoluta certezza, che il cielo sia sereno o coperto, sorge la luce.

«Non possiamo andare avanti così. Mille volte meglio sarebbe che tu sparissi, te ne andassi, starò male due mesi, sei mesi, un anno, ma poi passerà e potrò guardarmi attorno e vivere la mia vita.»

«Quello che ti fa parlare così è la differenza di età. Io potrei essere tuo padre.»

«Non è così, sai benissimo che non è vero. A me piaci come sei e per quello che sei. Ma vorrei avere almeno una speranza, qualcosa che facesse andare avanti la vita.»

Ancora una volta aveva, almeno in parte, ragione. Era troppo giovane per sapere che la differenza d'età avrebbe contato, ed enormemente, se non oggi, domani e che avrebbe inesorabilmente troncato ogni futuro. Ma aveva ragione, ed era, tutto sommato, la stessa cosa, nel volere almeno una speranza, un punto d'arrivo qualunque esso fosse. Con le mie argomentazioni contro il matrimonio s'era rassegnata che non l'avrei mai sposata e questo, per un piccolo paese come quello dove si stava, era già un bell'atto di coraggio e di amore. Con le mie argomentazioni sulla solitudine s'era perfino rassegnata ad una vita separata, voleva soltanto che io mostrassi i segni esteriori dell'amore. Ma immerso nella mia accidiosa e solitaria disperazione, non le davo nemmeno quello.

Alle volte, specie durante l'inverno, quando la mia casa era immersa nella nebbia o nell'umidore della pioggia, quando, verso le quattro del pomeriggio, cominciava a calare la notte, mi sentivo quasi impazzire. Aspettavo che alle sei, sei e mezzo, arrivasse la ragazza, almeno una persona vivente, qualcuno. Durante un intero inverno vidi soltanto un pastore alla porta: mi chiese un coltello per sgozzare una pecora. Si cenava, per quanto mi riguarda in uno stato quasi di sonnambulismo e poi, molto spesso, dopo lunghe pause silenziose, lei tornava a casa e io andavo a letto. Mi pareva che la casa, che è piccola, puzzasse di vecchiaia, di asilo per vecchi. E non riuscivo a dormire. La notte, immersa nella tenebra, era fatta degli sgocciolii dell'umidità. Niente altro.

Avrei voluto lavorare, ma per lavorare praticamente, attivamente, avrei dovuto stare nel mio studio a Roma. Ma una volta a Roma, mi annoiavo e così, come si dice, vivevo come un cane che si morde la coda.

Vivevo in sostanza per quella lunghissima telefonata del mattino con Silvia. Lì, in quel momento, si placava ogni ansia, ogni disperazione, e si posava su di me, su di noi, quel perfetto equilibrio amoroso tanto crudele quanto ineffabile, a cui mi pareva e tutto sommato volevo essere condannato per sempre.

La ragazza mi diceva: «non ci sei mai, sei sempre assente e io non servo a nulla, nemmeno a darti un po' di buon umore». La stessa cosa mi diceva Silvia quando ero a Roma. E era tutto assolutamente vero, così vero che molto spesso non riuscivo a cavarmi d'impaccio e tacevo, ammutolivo e basta. Non mi usciva parola di bocca. E quasi impazzivo. Sentivo però, con la voce sempre misericordiosa della vita, che qualcosa, qualcosa sarebbe accaduto a rompere quella sorta di maleficio in cui mi trovavo immerso, alla mia età, e di cui vedevo soltanto nella morte, una morte che immaginavo prematura e naturale, la sola ed unica soluzione. Non avrei mai commesso suicidio, perché la vita mi piaceva o mi era piaciuta immensamente, ma mi pareva che le cellule stesse, così pesantemente e insistentemente soffocate dalla mancanza di vita, stanche, semiparalizzate dall'inerzia, comandate dai centri nervosi, così volessero, avrebbero finito per cedere e lasciare la mano ad altri dopo di me.

Questi pensieri mi saltavano letteralmente addosso prima dell'alba insieme, naturalmente, al terrore. C'era, è vero, l'amore fisico con la ragazza: ma quanto durava? pochi secondi. Eppure ricordavo la passione, la vera e propria fame di lei quando avevo deciso che avrei cambiato la mia vita, che tutto si sarebbe rinnovato con lei e nella mia casa di montagna, quando, per brevissimo tempo, avevo abbandonato Silvia.

E poi c'erano, è proprio il caso di dirlo, sola àncora di salvezza, le telefonate con Silvia. Ma anch'esse, quanto duravano, anche se alle volte duravano ore? In realtà non duravano nulla perché anche durante quelle telefonate e fin dall'inizio sentivo che anche quell'amore platonico per lei a cui ero obbligato da lei e dalla forza delle cose, si sarebbe tramutato in un ramo secco, morto anche quello. Finché, come ho già detto, nelle telefonate di Silvia non cominciai ad avvertire, in contrasto a tutto il mio grigiore, mortuario, l'odore e anche il colore del sangue.

Perché avvertivo questo odore? Riflettei a lungo e sempre di più capivo che le telefonate di Silvia assomigliavano nella forma e nella sostanza alle mie, cioè alle telefonate che io le facevo quando mi ero innamorato della ragazza. Senza quelle telefonate giornaliere con lei mi pareva che non avrei potuto vivere e infatti era vero. Con quel mezzo di comunicazione, con le parole che dicevamo, la simbiosi tra me e Silvia era pur sempre completa e intatta. Insomma, in una parola, erano telefonate giustificatorie, rassicuranti, sia per me che per lei. Si parlava, è vero, del più e del meno, ma gira gira si finiva sempre per entrare in argomento. Nei primi tempi in modo molto drammatico e disperato che metteva entrambi in uno stato di terribile agitazione, poi, piano piano, si arrivò a una specie di complicità per cui Silvia partecipava alla mia vita con la ragazza. Era, per così dire, un ménage a tre per telefono. Silvia mi chiedeva se, quando e come vedevo la ragazza, quando e come si faceva all'amore e io, pure avendo la sensazione che si stava compiendo un inutile massacro, che non avrebbe portato nulla di buono né a me né a lei, accondiscendevo. Non sempre, a volte. E rispondevo a tutte le sue domande, debolmente, con la sensazione ogni volta di dissanguarmi, o quanto meno, di una trasfusione di sangue. Ciò che io vivevo con la ragazza, piaceri, gioie, noie, insofferenze, tutto veniva trasfuso in Silvia. Era naturalmente un grande dolore sia per me che per lei, ma questo voleva il nostro destino, o per meglio dire quella simbiosi a cui ci aveva portato il destino. Nessun'altra parola è più adatta a spiegare le cose se non appunto, "destino". Eravamo in balia, come si dice, di una forza più grande di noi. Nessuno dei due poteva rinunciare alle telefonate pure sapendo, io di ferire orribilmente, lei di essere orribilmente ferita. Si fecero tutti i tentativi: di smettere le telefonate, di partire, di rendersi irreperibili. Niente da fare. Se non la trovavo al telefono mi sembrava di impazzire. Formavo tutti i numeri possibili, dove avrei potuto trovarla o di amici che, innocentemente, avrebbero potuto sapere dove si trovava. E sempre riuscivo nell'intento. La scovavo dovunque. E una volta lì cominciava una lunga, disperata conversazione, una conversazione che, come tutte le altre volte, se da un lato ci spappolava il cervello e il cuore dall'altro confermava un sistema, anzi, una vera e propria idea platonica, simile a una stella fissa, lontana e tuttavia brillante: che non si poteva fare a meno l'uno dell'altro, che eravamo sempre e comunque insieme, che le distanze non contavano un gran che, che insomma si viveva insieme, stretti in un abbraccio disperato e impotente ma pur sempre in un abbraccio che aveva le stigmate dell'eternità. In una delle sue fughe, perché Silvia dopo che mi ero innamorato della ragazza era fuggita, Silvia a un certo punto mi telefonò e mi disse di aver fatto l'amore con un paio di uomini. Mi esprimo così genericamente perché sentivo e sapevo che la cosa era generica, che Silvia aveva scelto a caso i primi che le capitavano, o quasi, per mettersi sullo stesso piano mio, inconsapevolmente per vendicarsi, o per tentare di salvarsi. Ricordo una di queste telefonate: era quasi allegra, entrambi si fingeva che ognuno avrebbe fatto la sua vita, con la spregiudicatezza, la libertà, la disinvoltura di moltissimi.

«Come va con la tua ragazza?»

«Ha sempre la pelle del colore e del sapore del latte?»

«Certo.»

«E a te piace sempre?»

«Abbastanza.» Questa mia risposta era dettata dalla reticenza, dal voler dire e non dire, di dover ammettere ma di non voler ammettere.

«Anch'io ho un fidanzato» diceva Silvia. Ed era una voce al tempo stesso allegra e disperata.

«E chi è?»

«Non lo conosci, non lo conosco quasi nemmeno io, l'ho incontrato per strada e mi ha seguita: diceva che ho delle belle gambe.»

«E lui com'è?»

«È giovane, uno studente di medicina, un meridionale.»

«È bello?»

«Non c'è male, tutti i ragazzi di quell'età sono belli.»

«E fai all'amore con lui?»

«Certo che faccio all'amore.»

«E ti piace?»

«Certe volte sì, certe volte no. Lui ha delle difficoltà, sai è inesperto, come sono i giovani. Irruenti.»

«Vuoi dire che fa tutto in fretta?»

«Sì, certe volte non fa nemmeno in tempo.»

«Ma ti piace?»

«Ha un bellissimo cazzo, il più bello che abbia visto in vita mia. È vero che non ne ho visti molti.»

Fui naturalmente stordito. Cominciava fin da allora il gioco al massacro. Ma anche di questo nessuno dei due era consapevole ed esso era stabilito soltanto dal destino. Presi la macchina, corsi a Bologna, incontrai Silvia e, come ubriachi, ci chiudemmo per due giorni in albergo a far l'amore. Mai si era fatto l'amore con quella intensità, quella voracità, quella crudeltà. Io mangiavo, letteralmente mangiavo la carne di Silvia, le sue lunghe cosce, le sue fossette alle caviglie i suoi splendidi piedi, sopratutto le sue meravigliose labbra, gonfie, carnose, contorte da una smorfia ripugnata e ripugnante che era la smorfia di quando l'avevo veramente vista per la prima volta. Era seduta da Rosati a Piazza del Popolo, sola, e forse aspettava qualcuno. La guardai a lungo, specie sulla bocca. Indossava un vestito anni trenta, bianco e nero a losanghe, come fosse stato concepito da un pittore futurista, era estate, non aveva niente sotto quel vestito, salvo forse lo slip. La guardai e lei mi guardò. Aveva occhi sensuali e quasi strabici guardandomi fisso come io la guardavo fisso e la sua stupenda bocca gonfia, dura, etrusca, pareva quasi contorta al tempo stesso di sfida, quasi di disprezzo. Ci guardammo a lungo, lei si alzò d'un tratto, quasi insofferente di qualcosa come un'offesa e se ne andò tra i tavoli. Era bellissima, una cavalla, impennata, pareva di sentire l'afrore delle sue ascelle, dei suoi capelli, del sesso, muscoloso, nervoso e contorto come l'espressione, appunto ripugnata e ripugnante delle sue labbra protese e imbronciate. Scomparve in Piazza del Popolo e in quel momento me ne innamorai, come lo sono tuttora. Allora aveva trent'anni.

Da allora non vedevo quella smorfia, quegli occhi e quella carne; erano passati diciotto anni e ora la rivedevo. Ma non durò. Tornai a Roma, per qualche tempo Silvia era viva, bestiale, come a Piazza del Popolo, come a Bologna, poi rapidamente si spense. Io me ne tornai in montagna dalla ragazza, il nostro amore viveva di telefono. La simbiosi si compiva in quel modo. Silvia era tornata ad unirsi con me, viveva casta nella nostra sfera prestabilita.

Ma, perché le sue telefonate erano diventate giustificatorie, avevano preso quel tono, quel timbro che io conoscevo così bene per averlo sentito nella mia propria voce? Non mi davo pace.

Un giorno le parlai di un film che davano in una città vicina. Non sapevo se andare o no a vederlo. Si trattava di *Tornando a casa* un film con Jane Fonda sui reduci del Vietnam. Pensavo si trattasse di un film di guerra, ero indeciso. La voce di Silvia al telefono sembrò trillare, la reticenza scomparve.

«È una chicca» disse, usando una parola stupida e mondana, stupida proprio perché mondana. La usava spesso.

«È bello?»

«A me è piaciuto. È un gran fumettone rosa, un film per donne.»

37

«Ma si vede la guerra?» chiesi, come un bambino.

«No, si vedono i reduci di guerra, ma che reduci caro mio, anzi che reduce.»

«Raccontamelo un po'.»

«È una ragazza, Jane Fonda appunto, molto brava, bravissima, che è sposata a un capitano che fa la guerra in Vietnam, visita un ospedale di reduci, per lo più paralizzati, paraplegici per ferite di guerra in Vietnam e si innamora di uno. Ti ripeto, è un fumettone rosa, da donne, non so se ti piacerà, anzi non credo proprio che ti piacerà.»

Qualcosa mi diceva di andare a vederlo. Forse il suo entusiasmo? O perché mi diceva che a me non sarebbe piaciuto. Abbiamo gli stessi gusti, anche quelli commerciali come si dice e ci sono sempre piaciuti gli stessi film. Perché non avrebbe dovuto piacermi anche questo? Ero un po' smanioso. Andai con la ragazza. Mi parve un film un po' ripugnante, con tutti quei particolari sui paraplegici e poi mi parve ripugnante che lei si innamorasse di uno di questi, ottimo attore del resto e bel ragazzo americano, sopratutto mi parve ripugnante la scena d'amore. Egli si spogliava nel bagno di una stanzuccia di motel americano, dove viveva, luogo squallido come lo sanno essere soltanto i motel americani, arrivava nudo in carrozzina fino ai bordi del letto, veniva da lei trasportato nel letto dove lei, nuda, si pose su di lui e fecero all'amore. Lui le leccava un seno, lei gli chiedeva, tra materna e imbarazzata: «Non so, cosa puoi fare?».

Il film era ripugnante, e di qui il suo successo, ma portava con sé un'idea. L'idea era questa: anche se paraplegico un uomo, un reduce del Vietnam in quel particolare caso e il fatto è significativo, può fare innamorare una donna, anzi può dar piacere a una donna molto più e più intensamente che altri normali. C'è anche un marito, che sarebbe appunto l'uomo normale, anche lui del resto combattente in Vietnam, ma il marito non conta nulla. Conta l'idea, filantropica e patriottica e al tempo stesso sadomasochistica, tipicamente americana, ma romantica. Una volta di più la visione del film mi turbò fino alla nausea e naturalmente mi chiesi: "come e perché può essere piaciuto a Silvia un film di questo genere". E sentivo, ormai ossessivamente, anche sotto all'idea di questo film in rapporto a Silvia, il dolce e schifoso odore del sangue. Al mattino seguente feci direttamente a lei la domanda. Ma la sua voce, nel rispondermi, era, come sempre ormai, piena di reticenza e perfino con una punta di polemica. «Lo sapevo che non ti sarebbe piaciuto, perché tu sei un testone e non una donna: te l'avevo detto: è un film per donne.»

Avrei voluto dirle: "un film per un particolare tipo di donne, un film masochista e sadico, infine un film per donne appunto di questo tipo e per di più innamorate". Feci il finto tonto, apposta.

«Ma quegli ospedali, all'inizio, lei che si scontra con il lettino dove lui è immobilizzato e rompe il contenitore dell'orina e si sporca di orina. Insomma...»

«Non capisci niente, appunto quello e poi...»

«E poi vorrei capire il senso, cos'è il sugo del film?» Io lo sapevo benissimo il sugo del film ma volevo che fosse lei a dirlo, volevo sentire la sua voce.

«Il sugo del film è che anche se paraplegico lui è il solo a farla felice in amore, in poche parole a farla godere.»

Avevo udito le parole e la voce di Silvia, lievemente esaltate, di difesa, anzi di più, di identificazione con la protagonista. Provai un moto di ripugnanza, quasi un conato di vomito. Cosa mi dicevano e confermavano le mie analisi telefoniche, le analisi delle ripetizioni, dei lapsus, del timbro della voce? Mi dicevano, una volta di più, che Silvia era innamorata; che nascondeva il suo amore sotto le reticenze, le omissioni; che era innamorata di qualcuno che avrebbe potuto assomigliare, in qualche modo, al protagonista del film, anche se non necessariamente un paraplegico. Ma di uno di cui, per la prima volta, cominciava a raffigurarsi nella mia mente una specie di identikit. Fragile, debole, bisognoso in qualche modo di cure, di cure materne, facilissimo ad essere posseduto con l'aria di possedere. Non andavo oltre. Del resto avrei visto Silvia tra pochi giorni a Firenze dove certamente avrei saputo molto di più.

Per prima cosa la guardai. Non la vedevo da circa un mese. Era arrivata poco prima in macchina da Roma, ora stava seduta in un grande divano nel salotto dei nostri amici fiorentini, Grazia le stava di fronte. Forse parlavano. La guardai, ho detto, sarebbe più esatto dire la fotografai, la radiografai. Aveva un volto come dimesso, la sua bella bocca rimpicciolita da qualcosa di corroso, di anziano, i begli occhi intensi umiliati e quasi imploranti perdono. Fu un attimo, forse assai meno di un attimo perché la mia entrata fu rapida perché rapidamente volevo guardare e vedere. Si riprese subito, si alzò per baciarmi, un bacio anche quello frettoloso rapido ma lei mi cercò la bocca e la baciò rapidamente, intensamente, un bacio vero e proprio anche se fuggevole subito seguito da un altro: in altri tempi avrei detto un bacio di amore e perfino di desiderio. Ahimè! oggi dovevo dire baci di colpa e di umile, un po' ripugnante richiesta di perdono. Colpa di che? Perdonare che cosa? Se io sapevo già tutto senza sapere nulla, se io stesso avevo provato e continuavo a provare i suoi stessi sentimenti di quel preciso momento per due anni interi? Né io né lei avevamo nessuna colpa, io di essermi invaghito di una ragazza di montagna e lei di un altro ragazzo, della stessa stessissima età, perché <così> voleva il nostro destino. Insisto su questa parola destino, che non mi piace non mi è congeniale, non si adatta al mio carattere, alla mia cultura, alla mia professione. Ma mi trovavo di fronte, almeno per il momento, a niente altro che al destino, cioè a qualche cosa di oscuro che, per così dire, andava per conto suo e di cui noi eravamo esclusivamente gli umili e inermi strumenti. Quante volte, leggendo *Guerra e pace* mi ero soffermato su questa parola, sul senso di questa parola, e sul senso di tutta la nostra vita. Con il destino Tolstòj spiegava la guerra e la pace, l'amore di Natascia prima per il principe Andréj, poi per Anatole Kuraghin, poi per Pierre. E tutta la vita di Anna Karenina, tutto il romanzo non è che il romanzo di un destino. Quanto ero stato al tempo stesso affascinato e irritato da questo concetto e come lo sentivo, alla fine dei conti, vero per tutti o almeno per coloro che erano stati in un senso o in un altro prescelti dal destino. Dunque quale era la colpa e quale avrebbe potuto essere il perdono? Non esisteva né l'uno né l'altro, ma il destino sì, quello sì e nessuno dei due avrebbe potuto conoscerlo.

Salimmo nel piccolo e antico appartamento che ci era stato offerto dai nostri ospiti, nel modo consueto, con le nostre consuete borse da viaggio che avevano tante volte viaggiato insieme e tante volte erano state svuotate e riposte da Silvia negli armadi. Cosa che anche quel giorno fece, con la sua solita accuratezza. Nessun imbarazzo tra di noi, salvo quei due momenti, quando l'avevo vista e i due baci. Ora tutto si svolgeva secondo i riti di due coniugi di una certa età che si ritrovano dopo un mese. Ma il momento venne, doveva venire.

«E allora, questa storiella con il ragazzo?» La mia voce era improntata sopratutto a famigliarità e in parte lo era: perché, come sempre, appena pensai di dire queste parole sentii il dolce odore del sangue subito seguito da quella lieve narcosi, da quell'anestesia di cui ho già parlato.

Silvia fece un gesto che le era abituale, bastava guardarla e si capiva che se lo portava dietro fin dall'infanzia in certi particolari momenti: abbassò la testa e arruffò i capelli ricci e ancora quasi tutti neri, da capra, con una mano, una delle sue piccole e non più giovani mani. Come dovesse togliersi di dosso, dalla testa, sabbia neve o pioggia. Era in lei il gesto della reticenza, della confusione, dell'indecisione, del disagio, del non sapere che pesci prendere. Lo conoscevo e lo amavo, ma in altre occasioni, non in questa. Infatti disse:

«Già, la storiella con questo ragazzo» e fece una pausa «non è nulla, è una sciocchezza che passerà, una sbandatina.» E aggiunse, seria, con una voce dolorosa e commossa. «Mi hai anche lasciato molto sola in questi due anni. Fuggivi sempre. Mai, mai hai pensato quanto ero sola, e tu non sai cosa vuol dire la casa vuota, sempre vuota, quei quattro amici che conosci anche tu, alla sera, sempre quelli, cari, carissimi ma anche alle volte, noiosi, noiosissimi. E poi ancora la casa vuota, nessuno che si muove...»

Fece una pausa e gli occhi le si riempirono di lacrime.

Era vero, e capivo. Era verissimo ma il dirlo, il sottolinearlo, il ripeterlo come fece immediatamente dopo aveva un altro significato, meno doloroso, meno diretto, aveva il solito significato di un alibi. Silvia voleva alleggerirsi di un fatto che riteneva una colpa e non era, e discretamente cercava di buttare le responsabilità dalla mia parte. Io sapevo di averle, anzi, per due anni non avevo fatto che tormentarmi proprio per questo, per quella che a mia volta ritenevo una colpa e non era, e, come alibi, usavo il telefono. A mia volta avrei potuto dirle che mi ero innamorato di una ragazza di venticinque anni perché lei mi amava troppo, mi accudiva troppo, per dirla in una parola mi annoiava troppo e cercavo una novità. Anch'io. Ma non lo dissi: nulla è più triste delle colpe addossate agli altri, specie in amore dove non vi sono colpe, mai. La condotta della nostra vita, in tutto, anche in amore, è frutto della nostra volontà o del nostro destino o di tutti e due insieme e in ogni caso ricade esclusivamente su di noi stessi. Inoltre avrei potuto dirle che le mie fughe erano state la salvezza in vent'anni del nostro matrimonio e del grande amore, anche se per la più parte degli anni quasi platonico, che esisteva tra di noi. Anzi, erano la salvezza proprio di quella simbiosi da cui sentivo che non ci saremmo liberati mai più.

«Ma che tipo è» chiesi, stupidamente. Perché dopo l'odore del sangue agiva la narcosi ed io, come sempre, ripetitivamente, ero di nuovo sotto narcosi.

«È uno sgangherato» rispose, felice di parlare ancora «un dissestato di nervi, poveretto. Si è anche tagliato le vene. Ah, quelle cicatrici, vedessi quelle cicatrici» ed ebbe come un brivido. «Poi è mezzo fascista, frequenta Ordine nuovo. Come tutta quella gente lì ha il culto della forza, crede solo alla forza e va tutti i giorni in palestra.»

«E dove vi vedete?»

«Ci vediamo qualche volta» e qui sentii immediatamente il suono più della bugia che della reticenza. Infatti non proseguì.

«Già, ma dove?»

«Fuori, a casa...» Disse queste parole con grande calma. Forse si aspettava una reazione, qualcosa di violento, che io non ebbi.

«E... fate all'amore?»

«Mi piace vederlo per casa, come si muove, come riempie le stanze. La casa è così vuota sempre.»

Non aveva risposto alla mia domanda, il che significava in termini di reticenza, che sì, faceva all'amore con lui e che da parte mia era indiscreto chiederlo. E del resto, pareva dicesse, che diritto hai tu a farmi queste domande? Non fai all'amore tu, con la tua ragazza? E te lo chiedo mai, io? La simmetria era perfetta, non faceva una grinza: ed era ciò che mi obbligava a tacere, qualunque fosse stato il mio sentimento. Ma ero, oltre che geloso, curioso. Come lo ero stato due anni prima con quello studente di passaggio. Fa parte come ho già detto e della mia natura e della mia professione, e ancora oggi non saprei dire se fossi più geloso o curioso. In ogni caso credo nell'analisi della realtà, come nell'analisi del sangue: più dati, fatti e dettagli ci sono meglio è, più facile diventa la diagnosi.

A questo punto Silvia, improvvisamente, fece un'aggiunta: «Solo che sta sempre con quel maledetto giubbotto addosso, non se lo leva mai».

Si dice "deformazione professionale" per significare un eccesso tecnico e appunto professionale nella in-

44

terpretazione delle cose. La mia deformazione professionale era, tra le altre, l'analisi del linguaggio. La frase di Silvia aveva un significato elementare: che il ragazzo faceva all'amore con lei senza nemmeno levarsi il giubbotto di dosso.

Come avevo previsto Silvia stessa, capace di mentire solo a metà e in modo maldestro, stava dandomi i dati per ricostruire nel modo più completo il mio identikit del ragazzo. Ma a che sarebbe servito? A nulla, lo sapevo benissimo, una volta che avessi raccolto tanti dati da ricostruire, teoricamente, alla perfezione, anima e corpo del suo amante che cosa avrei concluso? Avrei forse potuto cambiare le cose? No. E allora? Allora niente. La curiosità, professionale personale e passionale, mi pungolava e sapevo anche come soddisfarla, senza dare troppo nell'occhio. Del resto Silvia non chiedeva che di parlare, e avrebbe parlato, da sola, senza bisogno che io le chiedessi nulla. Perché le persone innamorate parlano, dell'oggetto amato, sempre, a chiunque, anche ai muri. Ma sapevo anche che Silvia era prudente, prudentissima, tanto più prudente quanto maggiore era il pericolo. Ero certo che aveva già parlato con altri, con qualche sua amica, ma sempre minimizzando, scherzando, dando al suo amore un significato minore, scherzoso, quasi da ragazzi. «Sbandatina» aveva detto, infatti. Lontanamente, psicoanaliticamente, in quella "sbandatina" io non soltanto sentivo l'odore del sangue e cioè la vita, ma vedevo ben più in là, in zone che si facevano d'ombra sempre più cupa dove non mi era ancora dato penetrare e dove esitavo a penetrare: ecco la ragione della mia curiosità sempre insaziabile, il mio bisogno di dati, di fatti. Credevo, allora, nella ragione e nelle molte possibilità di salvezza che ne derivano. Anche se, come medico, e come medico dell'animo come dicevano gli antichi avrei dovuto dubitarne. Ma ahimè!, sapevo anche che esiste un punto, un epsilon come si dice in linguaggio matematico, dove cessa la ragione e ogni sua azione possibile e impossibile e comincia il destino.

Non parlammo più e scendemmo a cena nel grande salone della magnifica villa fiorentina tra i colli, con i nostri ospiti. Una famiglia di cinque persone, madre, padre e tre figli di differenti età e una signorina inglese au pair. Era una famiglia ricchissima e tuttavia densamente umana, così umana da parere formalmente sgangherata. La madre, Grazia, era una donna che aveva ereditato dal padre, capo di una delle maggiori dinastie industriali d'Italia, e da tutta la compatta e famosa famiglia che la rappresentava, un dato di carattere molto strano e insolito per una famiglia di industriali italiani: quella che i cristiani chiamano "pietas" cioè la capacità di comprendere sempre, in ogni occasione, non soltanto le ragioni ma soprattutto i sentimenti degli altri. Bella donna dai grandi occhi ebraici e ridenti Grazia aveva fatto della sua propria famiglia, del marito, dei tre figli, la sua vera, profonda e appassionata ragione di vita. Ma ragione di vita erano anche le vite degli altri e questo dava a Grazia e alla sua perenne dolcezza quella particolare forza che è appunto la forza della ragione. Nata e cresciuta in una famiglia laica, liberale, di origini però nordiche c'era in lei una vena di quel protestantesimo delle origini che aveva costruito sia l'immenso e famoso patrimonio personale sia il carattere di quasi tutti i componenti. Di tutti lei brillava però come il pezzo meglio: perché a correzione del protestantesimo di educazione c'era appunto quella pietas cristiana che si trasformava nei rari rapporti con gli altri nella massima conquista della ragione: la bontà. Era intelligente, dunque era buona: è proprio il caso di dirlo. Giorgio, il marito, anche lui molto ricco, era un toscano tipico: un po' becero, pieno di un'energia però adolescenziale e quasi da bambino che evidentemente aveva commosso – è proprio il caso di usare questa parola, commozione – Grazia al punto che si era innamorata di lui e l'aveva sposato e continuava ad amarlo. Sotto alcuni aspetti molto più debole di lei e privo, per irruenza giovanile nonostante i suoi cinquanta anni, della grande pietas di lei, Giorgio aveva però una grandissima dote: la carnalità, la carnalità famigliare. Era non soltanto un ottimo padre, ma quel particolare tipo di padre, molto raro, che intrattiene con i figli i soli e veri rapporti che i figli chiedono: appunto la carnalità. Li baciava, li stuzzicava, giocava a pallone, ingaggiava lotte e pugni, si contorceva sul pavimento insieme a loro, in poche parole faceva la parte che nel regno delle scimmie ha il capotribù. Calore, carne, strofinamenti, e anche voce grossa, ma non ce n'era bisogno. I figli, tutti maschi, e specialmente Stefano, di diciassette anni, alto più di due metri, erano tutti innamorati di lui. Così, Grazia, la madre, faceva un po' la parte del capofamiglia, nel senso strettamente borghese e pedagogico del termine, e Giorgio il capotribù. Grazia la ragione, la cultura, la dedizione, tutto ciò insomma che la civiltà ha messo a disposizione di una famiglia ricca e Giorgio la prepotenza, il calore, il gioco, l'irrazionalità, del mondo animale. Era dunque una famiglia perfetta.

Quella sera a cena Stefano, un chiacchierone come il padre e agitandosi ingombrato dalle sue lunghe gambe e dalle lunghe braccia, in quell'età particolare, al tempo stesso protestataria e legalista che dà la mancanza dell'esperienza, cercava di difendere le sue ragioni contro lo studio di Dante, e contro Dante. Diceva che non capiva nulla, si agitava contro una insegnante, insomma reclamava il suo diritto alla noia, sotto sotto approvato dal padre con gesti e pizzicotti. Grazia sembrava sinceramente afflitta e i suoi begli occhi neri di solito così sorridenti e pazienti e ottimisti si erano come ripiegati all'ingiù.

«Ma Stefano» disse con voce dolente, «non puoi dire così di Dante, un grandissimo poeta, solo perché tu non lo capisci. Dante rimane un grande poeta anche se tu non lo capisci: e tu sarai l'asino che non lo capisce. Perché devi dire così?»

Stefano, che si sentiva sorretto dal sorriso ironico e ammiccante del padre, saltò sù.

«Dante è un grande stronzo. È lui che deve farsi capire o sono gli insegnanti che me lo devono far capire, perché se leggo il giornale io lo capisco, se leggo un libro io lo capisco, perché non devo capire Dante?...»

«Ma perché Dante ha scritto la Divina Commedia settecento anni fa, la sua lingua è quella di quel tempo, e il suo pensiero è profondo, non facile ed eterno. Come te lo devo dire?»

Stefano parve riflettere per un momento, dentro quell'enorme bardatura che pareva il suo corpo così giovane e così vorace di spazio.

«Delle due l'una: o è uno stronzo Dante o lo sono io che non lo capisco. C'è una terza ipotesi: la stronza è la professoressa che non me lo fa capire. Fatto sta che non m'interessa un fico. Inoltre non mi serve ora e non mi servirà a nulla in futuro, questo è certo.» «Ma se devi promuovere devi almeno sapere quello che i professori ti chiedono, insomma devi almeno imparare quel tanto che ti serva ad essere promosso» disse Grazia. Qui spuntava in lei, per un momento, e per un momento di esasperazione, quel pragmatismo borghese che aveva fatto la fortuna della sua famiglia. Stefano, come si dice nei termini dei ragazzi, continuò a "rognare". Giorgio taceva, doverosamente quanto debolmente e in fondo senza alcun vero interesse appoggiava gli argomenti, specie quelli pragmatici, della madre; gli altri due bambini, uno di nove, un altro di cinque, litigavano, formalmente contenuti, in lingua inglese, dalla Miss Ross, la signorina. In realtà il più grande, Filippo, diceva al piccolo con voce violenta: «Mi devi baciare i piedi, mi devi baciare, hai capito?».

Per Silvia e me questo bagno di carnalità famigliare era sempre una novità: non avendo figli entrambi si partecipava, devo dire con una certa passione, ai discorsi, alle discussioni, ai litigi, se non alla carnalità. Insomma si viveva nella tribù, esattamente come noi non vivevamo: separati per la più parte dell'anno uno dall'altro la nostra carnalità famigliare, se posso usare ancora una volta questo termine, si limitava alle telefonate giornaliere. Tuttavia, dopo quanto ci eravamo detti di sopra, dopo quanto io sapevo e intuivo, osservai con molta attenzione il comportamento di Silvia. Il suo interesse andava principalmente a due persone: a Stefano e a Giorgio. Li guardava discutere, urlare, muoversi, pizzicarsi in atteggiamento che non potrei definire in altro modo che "rapito". Guardava entrambi senza parlare, un leggero sorriso apriva le sue bellissime labbra etrusche e gli angoli rivolti all'insù e si vedevano i denti incisivi piccoli e divisi da una deliziosa fessura, agli angoli delle labbra due minuscole pieghe a virgola. Senza dubbio

49

non soltanto si divertiva per la elementare vitalità di Giorgio ma sopratutto era felice. Ebbi l'impressione che li sentisse uno marito e l'altro figlio suoi. La felicità, il rapimento, quasi vorrei dire l'estasi erano però per Stefano. Non soltanto lo guardava, ma se lo guardava, la mia impressione fu che se lo coccolava, se lo carezzava, se lo leccava con gli occhi e con le labbra. Perché le labbra, sì, le labbra così sorridenti e felici e per così dire in riposo, assunsero piano piano quella piega leggermente contorta, ripugnata e ripugnante, che conoscevo così bene pure avendola vista così poche volte e che significava in lei la sensualità e, quelle rare volte che facevamo l'amore, il momento del piacere. Non durò molto, ma neppure poco, qualche minuto ma mi bastò, anche in questo caso, per stabilire delle analogie: Silvia ritrovava in Stefano, nei movimenti e nella irruenza e prepotenza e nella se così posso dire verginità adolescenziale eppure già prepotentemente maschile di Stefano altri movimenti, altra irruenza, e verginità: quella del suo sconosciuto ragazzo. Essi appartenevano, anche se in modo ridotto, anche a Giorgio, a Giorgio che tutto sommato era rimasto pur sempre un ragazzo, e anche in lui Silvia guardava rapita le stesse cose come se, nel suo intimo, e certamente senza saperlo lei avesse voluto infilarsi tra i due come avviene nei giochi del branco di scimmie, dove la femmina si infila tra il pelame del maschio e del figlio che giocano. Ero certissimo che tutto questo era del tutto inconsapevole in Silvia, e questo si vedeva, non fosse altro che per l'innocenza e la sincerità inerme dei suoi sguardi. Intanto però, sapevo qualcosa di più.

Si andò tutti a letto. Come al solito, come accadeva da vent'anni, Silvia ed io ci abbracciammo subito per prepararci al sonno. Dico al sonno perché raramente, sempre più raramente si faceva all'amore e veramente quasi mai di sera. Di sera si dormiva ma anche il sonno a due aveva tra di noi delle positure che mimavano, in certo qual modo, quelle dell'amore platonico. Io stavo sempre sul lato sinistro del letto matrimoniale e Silvia sul destro. Ma appena entrati a letto io allungavo una gamba e la lunga coscia di Silvia vi si adattava, poi io mi giravo sul mio lato sinistro e anche Silvia si girava così che i due corpi si trovassero di taglio ma appiccicati uno all'altro come la cera al suo calco. Col sopraggiungere del sonno che avveniva quasi allo stesso tempo per tutti e due, già mezzo addormentato, io afferravo una gamba di Silvia e la ponevo sul fianco sopra di me e da quel momento tutti e due si dormiva. Durante la notte avvenivano vari spostamenti che però io registravo a metà e ci davamo molti baci, infantili, casti, e si cambiava positura, talvolta più allaccianti, strettissime, altre volte allungate e più serene: dipendeva, come si dice, dal subconscio. Il subconscio era però in me molto forte e anche prepotente, tendeva a prendere sempre di più lo spazio di Silvia, ad allacciarsi, a cacciarla verso il bordo estremo del letto, non tanto per espellerla quanto, evidentemente, per rincorrerla. Spesso al mattino ci si risvegliava con le coperte tutte dalla mia parte o con Silvia all'estremo limite del letto, sul punto di cadere.

Era tutta lì la nostra "carnalità" animale, il senso del branco. Ma al tempo stesso, come ho detto, tutti questi movimenti degli arti, della bocca, non facevano altro che mimare, in naturale come per un istintivo balletto di carnalità, la stretta del nostro animo, le affinità elettive, la passione dei sentimenti, insomma l'amore, appunto platonico. La contemplazione e sublimazione che questo tipo di amore richiede aveva la sua rivalsa anziché nel sesso, nel sonno.

Anche quella sera fu così. Senonché al mattino prima dell'alba mi svegliai, e come sempre, per quel genere di riflessi condizionati di telepatie perfino oniriche che l'amore platonico produce, anche Silvia si svegliò. Ci scambiammo due parole, non ricordo quali, certo due parole affettuosissime ed equivalenti a tutti quegli allacciamenti notturni, poi Silvia si addormentò. Io rimasi disteso, ormai completamente sveglio e pensai.

Dunque il mio identikit del ragazzo, dell'amante di Silvia si arricchiva ogni momento di più grazie proprio a Silvia che, nella sua reticenza a parole, non era e non avrebbe potuto essere reticente più di tanto nel comportamento. Sapevo che si trattava di un ragazzo giovane, di venticinque anni, questo me lo aveva detto lei; che era fascista, forse per educazione famigliare, ancora di più per influenze esterne, che certamente era nel comportamento molto più giovane della sua età, e tuttavia sbruffone come tutti i ragazzi della sua età, bello, certamente bello e muscoloso perché andava tutti i giorni in palestra, irruento, prepotente, ignorante allo stesso modo di Stefano per questione di energia e di età. Che si era tagliato le vene. Che portava sempre, anche facendo all'amore, un giubbotto di pelle, che in qualche modo apparteneva o diceva di appartenere a Ordine nuovo, una pericolosa società mezza segreta di teppisti fascisti romani. L'identikit non era ancora completo ma sarei arrivato facilmente a completarlo, con un po' di tempo. Nelle mani avevo già parecchi elementi che facilmente, quasi banalmente, avrei potuto completare con un poco di immaginazione e di esperienza: portava naturalmente blue-jeans e scarpe da ginnastica. Una catena d'oro al collo con una croce (se era fascista doveva portare la croce bene in vista, si trattava di vedere il peso della catena, molto importante per l'estrazione sociale: se fosse stata di grosso peso si trattava di un proletario, di un borgataro, se sottile di un borghese). Certamente, oltre che bello, e conoscendo i gusti di Silvia, un mediterraneo, un mezzo arabo o indio, [giunto a] questi risultati mi perdevo. Di ragazzi così, con queste caratteristiche, ce n'erano migliaia a Roma: seminati in Piazza del Popolo, a Piazza Euclide, al Pantheon nelle ore piccole e in mille altri posti. Il fatto che appartenesse o dicesse di appartenere a Ordine nuovo mi portava in direzione della borghesia, di quella borghesia romana detta generone, fascista e papalina, che produce quel genere di figli, nullafacenti, debolissimi, fragilissimi, così deboli e fragili nonostante gli atteggiamenti politici, le palestre, il virilume abbandonato a marcire come mondezza nelle strade di Roma dal fascismo; e ancora ritrovabile dopo quasi quarant'anni dalla sua caduta; ma così è, così è Roma, la città più fascista e ancora fascista d'Italia. Me lo vedevo davanti, nella stanza vagamente rischiarata dai primi barlumi dell'alba, lo vedevo perfettamente. Vedevo lui e Silvia dormiente, con una delle sue piccole mani fuori dal lenzuolo. E pensavo, naturalmente, cosa ci fosse in comune tra questo ragazzo che avevo davanti a me e Silvia che stava accanto a me. La prima risposta che mi venne fu che ci stava l'amore: con tutte le sue misteriose inspiegabili incongruenze, le sue attrazioni irresistibili che non guardano certo il colore politico, l'estrazione sociale, e via dicendo. Insomma l'amore e basta. Invece non mi bastava, perché alcuni elementi si sovrapponevano a turbare questa logica che, come tutte le logiche che funzionano, tiene conto sopratutto della non logica. Uno di questi elementi, il primo, che il ragazzo si era tagliato le vene. Che Silvia aveva così tanto amato quel film, *Tornando a casa*, dove appaiono tutti quei paraplegici, così affamati d'amore da produrne essi stessi. Ancora un altro e fondamentale, gli sguardi di Silvia a Stefano quella sera stessa. Quel tipo di rapimento che avevo visto nei suoi occhi e che altro non era se non analogico, era un rapimento certamente sessuale ma prima di tutto, prima di ogni altra cosa materno. Mettendo insieme questi tre elementi e avendo davanti a me la figura del ragazzo e accanto a me quella di Silvia addormentata cominciavo ad intravederne i contatti. Come se le due figure, appena rischiarate dall'alba che andava penetrando sempre di più la stanza, si muovessero, l'una, quella del ragazzo, uscendo viva e vivente dalla mia immaginazione per entrare nella realtà, e l'altra, quella di Silvia, dal suo sonno infantile, per entrare anche lei nella realtà. Quanto a me era come se non ci fossi, non esistessi e le due figure si muovessero da sole ai primi raggi del sole nascente che cominciava a filtrare nella stanza.

Ecco la figura atletica del giovane avvicinarsi al letto a passi lenti lunghi e leggeri sulle sue scarpe da ginnastica, [senza] fare alcun rumore e dirigersi verso la parte di Silvia; ecco Silvia aprire gli occhi, sorridere felice in silenzio, arruffare i capelli con una mano, poi alzarsi di colpo, sfilare la corta camicia dal corpo e mostrarsi nuda al ragazzo: con le sue lunghe gambe e fianchi ad anfora, il ventre piccolo e tondo e tirato biancheggianti nella semioscurità. Ecco il ragazzo, alto e completamente senza volto perché a tanto il mio identikit non era giunto, avvicinarsi a lei con i fianchi inarcati e due soli passi molto lenti come in una danza e afferrarla alla vita. Ecco Silvia schiacciare il pube contro di lui e cedere immediatamente all'abbraccio e al bacio. Un bacio lungo e violento dove, a tratti, la bocca di Silvia pareva riempita dalla lingua di lui come da un frutto troppo grosso; eccola staccarsi dalle labbra di lui per respirare e di nuovo subire e allo stesso tempo chiedere quel bacio; eccola staccarsi da lui e lentamente spogliarlo del giubbotto e poi appoggiare labbra, guance e volto e strofinare i capelli sul petto di lui.

Ecco il ragazzo stringerle forte i seni ed ecco Silvia guardarlo quasi strabica e con la bocca contorta come l'avevo vista guardare Stefano poche ore prima. Eccola infine baciarlo e strofinarsi contro tutto il corpo di lui, contro i pantaloni e il pube, giù giù fino alle scarpe da ginnastica e levargliele e poi strofinarsi ancora contro i piedi di lui. Ecco il ragazzo abbassare lo zip e slacciarsi i pantaloni e tirarli giù fino a metà coscia, una coscia scura e pelosa, ed ecco allo stesso tempo rovesciar fuori il cazzo dagli slip: un cazzo scuro ed enorme, tremendamente rigido, dalla strana forma: una forma curva, a scimitarra, quasi piatto ma sorretto da un vero e proprio nerbo che lo inarcava verso l'alto: non era fermo, pulsava e si inarcava, alzandosi e alzando e muovendo il volto di Silvia che gli stava appoggiato e strofinato con la sua grossa e larga testa violacea che ricordava quella di un cobra. Ecco infine Silvia avvicinare lentamente le sue labbra contorte al cazzo e ingoiarlo. Sì, ingoiarlo fino alla radice. Poi cominciare lentamente a succhiarlo, con gli occhi chiusi, accosciata, a gambe larghe e sorretta dalla punta dei piedi con le cosce tremanti per lo sforzo. Ingoiava a fatica e di tanto in tanto, quando, a qualche pulsione, il cazzo le sfuggiva lei lo riprendeva con la bocca e per poterlo ingoiare apriva tutta la bocca e le labbra fino a tenderle. Quindi ricominciava a succhiarlo: finché il ragazzo eiaculò, molte volte: dal gesto, dall'inarcamento dei fianchi e dagli spasmi della gola di Silvia nell'ingoiare il ragazzo eiaculò molte volte, dieci, dodici, non finivano mai. Silvia attese molto tempo con il cazzo dentro la bocca, sempre tesa e tremante sulle punte dei piedi e il ragazzo stava sempre così inarcato. Poi, ma dopo un tempo che pareva non finire mai, Silvia ritirò le labbra dal cazzo e lo guardò: deglutì ancora una volta e si passò la lingua sulle labbra da un lato e dall'altro: come un gatto si lecca i baffi. Sospirò e sedette sulla moquette abbracciandosi alle gambe di lui. Provai uno spasmo al cuore, alla testa, poi alle braccia, insieme a un dolore molto forte avrei detto alle vene fino ai capillari. Fu il massimo della tensione, immediatamente dopo cominciò a calare, sempre più rapidamente fino al collasso. A mano a mano che la tensione diminuiva anche le figure della scena, quella di Silvia e del ragazzo anch'esse diminuivano di spessore, parvero assottigliarsi fino a quando, pure ombre, svanirono. Tutto era avvenuto nel più completo silenzio e ora Silvia, che feci appena a tempo a vedere prima di precipitare nel sonno, era, come prima, come sempre, accanto a me che dormiva. Era stata una allucinazione, una visione. Nel sonno, brevissimo, sognai la stessa scena, ma al momento dell'eiaculazione, della lunga deglutizione di Silvia non resistetti e mi svegliai. Dovevo avere urlato e pianto, almeno così mi disse Silvia che mi aveva sollevato dal cuscino e ora mi guardava e mi carezzava con ansia. Certo era stata una visione, ma da quel momento, impressa ancora più forte dal sogno assolutamente identico che l'aveva seguita, non cessò non mi abbandonò più e da visione divenne ossessione.

Naturalmente nessuno meglio di me era in grado di esorcizzarla quella visione: con gli strumenti del mio mestiere, innanzitutto, con la ragione e con l'analisi del mio carattere. Dopotutto si trattava di una ossessione mia, non mia e di Silvia, qui la simbiosi, la identificazione tra me e lei aveva mostrato una volta di più i suoi caratteri malefici e ossessivi. Si trattava dunque, come prima cosa, non tanto di staccarmi da Silvia ma staccarmi quel tanto che avrebbe permesso l'esistenza separata di due individui. Mi rendevo conto che riuscire a questo equivaleva per me alla solitudine e molto probabilmente anche al disinteresse totale per Silvia: essendo proprio la simbiosi, la simbiosi esistenziale, dentro l'universo di me e Silvia, il nucleo centrale, l'essenza vera del nostro amore. Aggiungerò: del nostro amore romantico, idealista e forse perfino nazista. Tentai tuttavia, aiutato da tranquillanti e da psicofarmaci che conoscevo molto bene, di ottenere se non altro un certo straniamento artificiale, una dissociazione prodotta chimicamente perché di dissociazione c'era bisogno, e non di associazione. Era stata proprio l'associazione, tra me e Silvia, fatta più di anima e di mente che di corpo, a produrre la simbiosi e la simbiosi a produrre la visione, l'allucinazione e subito di seguito l'ossessione. Ma l'ossessione non penetrò dentro di me di colpo, subito dopo l'allucinazione, bensì lentamente e inesorabilmente, con il tempo.

Quel mattino si fece colazione poi si andò, noi due, a passeggiare in quelle meravigliose stradine di Firenze, così ben dipinte da Rosai, che attraversano longitudinalmente, tra olivi, cipressi, lecci e stupende mura le colline a nord di Firenze. Si partì dalla chiesa di Santa Margherita a Montici su e giù, su e giù in lenti declivi e salite, si costeggiò Arcetri, fino alla discesa di San Lorenzo. Poi si tornò indietro. Ripeto: l'ossessione non era ancora penetrata interamente in me, ma era ancora lì in forma di allucinazione e di sogno. Infatti alle volte ricordavo, altre volte non ricordavo più se avevo avuto una visione o un sogno. Eppure la sentivo crescere mostruosamente in me senza che io potessi farci nulla. Non avevo né forza né strumenti per esorcizzarla. Perché sapevo benissimo come si esorcizza un'ossessione ma sapevo anche che la sola persona in grado di aiutarmi ad esorcizzarla era Silvia, cioè la sola persona a cui non avrei potuto appoggiarmi. D'altra parte Silvia, proprio lei, come se fosse comandata da un istinto esattamente contrario a quello di cui avevo immediatamente bisogno, aveva imboccato sempre più inesorabilmente la strada della reticenza. Parlava e non parlava. Parlava perché, come è noto, tutti gli innamorati parlano, ma taceva, mugolava, miagolava, si immusoniva se, tra i suoi racconti spontanei, io infilavo qua e là una domanda, insomma se in qualche modo cercavo di penetrare la sua vita che sentivo era diventata privata, sua e non più nostra.

Parlò infatti, profondamente convinta di essere sincera, e invece mentiva prima di tutto con se stessa e naturalmente con me.

Mi disse che aveva conosciuto per caso, per strada questo ragazzo e che lui l'aveva un po' seguita, anzi molto seguita, fino a restare ore ad aspettarla sotto la porta di casa. Si sentiva lusingata, non lo negava. Cominciò a rivederlo, a farlo salire in casa. Parlava della vita dei ragazzi, una novità. La presi alla lontana.

«Che fa, studia?»

«Macché, non fa nulla dalla mattina alla sera, sta fuori a bar e discoteche tutta la notte, con gli amici, ha il culto degli amici, dell'amicizia, della virilità, della forza... ha studiato, sì, ha fatto un anno di università, sociologia, poi ha piantato lì tutto, poi si è iscritto a una scuola di recitazione, poi ha piantato tutto un'altra volta, insomma, una disgrazia.» Si arruffò i capelli, gesto che ben conoscevo e che significava questa volta come le altre la grande confusione che aveva nella testa, nel cuore, nei sensi.

«Ma di che famiglia è, dove sta?»

«Ah, se è per quello è di ottima famiglia» disse Silvia e nella voce, in quell'"ottima famiglia" c'era quasi un alibi, una giustificazione, per giustificare e giustificarsi se non altro attraverso la classe sociale del ragazzo. Silvia era borghese, quello che si dice una signora borghese romana, e non [si sarebbe mai messa se non con un] accettato se non un borghese.

«A casa sua devono essere disperati: figurati, un ragazzo di 25 anni, un uomo, che ciondola tutte le notti per la città e torna a casa all'alba o dopo. Si mette a letto e dorme fino alle quattro del pomeriggio. Ma è anche dissestato, proprio malato, mi pare di aver capito che ha avuto, in passato, degli attacchi di epilessia. Sai, da quella famiglia lì, da quei genitori, da quei borghesoni, cosa può saltar fuori? È già moltissimo che non sia drogato. È dissestato, con tutte quelle idee di potenza che ha per la testa, farnetica...»

«Mi dicevi che è fascista, addirittura di Ordine nuovo...»

«Ma, sono cose che dice, appunto farnetica. Ho conosciuto anche dei suoi amici: leggono Evola, Nietzsche, e poi non sanno niente. Sono di una ignoranza spaventosa.»

«E tu ti diverti...»

«Sai, la novità, è un modo di vivere di pensare di parlare molto diverso dal nostro. Non sono certo gli amici che frequentiamo noi...»

Disse anche queste ultime parole con una sorta di compiaciuta fierezza: come dire che gli amici che frequentavamo noi, nostri coetanei, erano noiosi, e questo poteva anche essere vero, ma sopratutto non capivano, non potevano più capire, non avevano più la vitalità e la curiosità e l'interesse di capire il mondo delle nuove generazioni, appunto così nuovo, così diverso, anche se sgangherato, ma infinitamente più vitale e potente.

Leggevo, come si dice, tra le righe, e purtroppo leggevo giusto: Silvia, alla sua età, cinquant'anni, aveva sentito semplicemente l'odore del sangue. Avrei potuto, da medico, spiegare la cosa in modo molto più banale: era nell'età della menopausa, grande trauma per tutte le donne, e grazie a questo ragazzo si era sentita ringiovanire: insomma la cotta per la gioventù, per quella gioventù che se non nell'animo, perché Silvia continuava a mantenere in sé molti elementi addirittura adolescenziali, certamente sentiva di andare sempre più rapidamente perdendo nel corpo. Ripeto: non che Silvia fosse invecchiata, anzi le si davano dieci anni di meno, ma un po' sciupata era, specie negli ultimi tempi, col prolungarsi delle mie assenze e in generale con l'assenza di un uomo che l'avesse fatta sentire ancora giovane e desiderabile. Ad un certo punto, negli ultimi tempi, Silvia era diventata, certamente suo malgrado, disponibile. E disponibile per una donna vuole dire disponibile all'amore. Se non fosse stato il ragazzo sarebbe stato un altro. Alla sua età quasi tutte le donne cadono nella trappola: sono, come si dice brutalmente, le ultime cartucce.

Ma questa spiegazione, così fisiologica, così brutale e purtuttavia così vera, sentivo che purtroppo si adattava a Silvia solo in parte. Sì, era tutto vero, era nell'età giusta, era un fatto naturale e comune ma sentivo, oscuramente sentivo che c'era qualche cosa di più, di molto più vischioso e profondo e fatale, e l'identikit, del resto incompleto, che mi ero fatto di questo ragazzo coincideva con questo sentimento e lo confermava.

Cercai di dire, con la maggior disinvoltura possibile nella voce.

«E fate all'amore?»

Silvia dapprima non rispose, poi ebbe un piccolo miagolio e finalmente si risolse: «Ci diamo dei gran baci, sai come sono io, sono sempre stata una sentimentale, molto più sentimentale che sessuale, dei baci da ragazzi». Mi guardò e sorrise, come per rassicurarmi. Ma mentiva. Dissi: «Non ci posso credere, i ragazzi se trovano una donna come te vogliono scopare, cara mia».

Parve seccata e dal tono della mia voce e dal tono della frase che le parve volgare. In realtà tutto ciò che avrei potuto dire era volgare rispetto al sentimento che lei provava per questo ragazzo, che non era volgare, era, come sospettavo, sublimato, ed era un sentimento proprio per questo materno.

«Guarda Filippo, credimi, è una sbandatina, lo ammetto e non ho difficoltà a riconoscerlo, che passerà nel giro di poche settimane. Una simpatia, una novità, divertente, un capriccio, chiamalo quello che vuoi.»

Mentiva, continuava a mentire, a sé stessa e a me. Non c'era nulla da fare, sopratutto io non potevo fare nulla. Ne ebbi la conferma subito dopo. Stavamo seduti su un poggio a guardare Firenze ai nostri piedi. Il cielo, che al mattino si era annunciato terso e pieno della prima calda luce del sole, si era qua e là coperto e ora grosse nuvole nere e grigie erravano nell'azzurro. Vidi gli occhi di Silvia inumidirsi, quando cominciò a parlare.

«Se penso a tutti i giorni e le notti che mi hai lasciato sola, in una casa vuota, per stare con quella ragazza in campagna. Se penso alle tue fughe continue, se penso alla stupida, ottusa, cretina pertinacia con cui io ti ho sempre aspettato, ho sperato che tu tornassi a casa, fossi qui, abitassi quelle maledette stanze, se penso a tutti questi mesi e a molti altri indietro, in cui non hai fatto altro che andartene, andartene, andartene...» e cominciò a piangere a brevi singhiozzi, in quel suo modo di bambina, il volto tutto contorto dal dolore.

Non avevo nulla da dire: era tutto vero. Ma come spiegarle che così facevo inizialmente proprio per salvare il nostro amore, l'integrità, l'assolutezza, ora sapevo quanto astratta e idealista, della nostra unione, insomma per salvare quella simbiosi che ci aveva uniti dandoci l'illusione dell'eternità per vent'anni. Pure avendolo detto molte volte, lo ripetei.

«Lo so, lo so» rispose tra le lacrime, «so benissimo che è così, ed era veramente così. Veramente tu partivi e io ti aspettavo e quell'aspettare non faceva che unirci di più, che tu fossi in Cina o in America, lo so, ma ora con questa ragazza, ti avevo pregato, scongiurato di fare una prova, di starci lontano qualche mese, di provare. Se ti scongiuravo significa che in me si era venuto a creare un tale vuoto, un tale vuoto...»

Ancora pianse e ancora io non potevo farci nulla: e sopratutto sentivo e sapevo che, del tutto inconsapevolmente ma con tenacia sempre maggiore, Silvia cercava una giustificazione, un alibi, non tanto per quella che lei, mentendo con se stessa, definiva una "sbandatina" quanto per una vera e propria passione che lei sentiva inesorabilmente crescere nel suo cuore. E poi Silvia non era tipo da sbandatine: era sì una signora romana ma non totalmente cinica, anzi, romantica e appassionata, era tipo e lo era sempre stata, tipo da grandi amori: proprio da passioni. Tutta la sua vita era stata così, pervasa da grandi emozioni, da grandi impulsi, sia che io partissi, sia che io tornassi, sia che io, quella sì, davvero, mi prendessi una sbandatina, sia che mi annoiassi, come può accadere in vent'anni di matrimonio, con lei. Aveva sempre sofferto e goduto molto intensamente ogni tipo e qualità e sfumatura del sentimento amoroso come un'eroina romantica dell'Ottocento, dei romanzi che lei conosceva a memoria. Perciò niente sbandatina. Silvia si trovava per la prima volta nella sua vita di fronte a una passione, e passione proprio perché si rendeva conto che una passione di quel genere, per un ragazzo di più di vent'anni meno di lei, era impossibile, irreale, senza nessun futuro. L'inestricabile nodo romantico per eccellenza. Lo vedevo già predisposto in un romanzo come *Anna Karenina*, *Le diable au corps*, e moltissimi altri. Se così fosse stato, anche così, anche una passione romantica di una donna di cinquanta anni per un ragazzo di venticinque, ciò che era necessario era la famosa risposta di Kutuzov a chi, dello stato maggiore russo, gli chiedeva di attaccare Napoleone: "Pazienza e tempo:

tempo e pazienza". Ma io sapevo che non era così, e la visione del mattino me lo aveva suggerito, non tanto per la parte violentemente sessuale, quanto, se così posso dire, per la forma, per lo stile di quella sessualità. Ricordo e ricorderò sempre infatti la forma di quella dedizione che era, se così posso dire, casta, passiva, succube, e sopratutto materna. Era la forma di un plagio, non di un plagio dei sensi, bensì dell'anima. E già le poche parole che stavamo scambiando sui colli fiorentini, me lo confermavano. Si passeggiava, come ho detto, e ogni tanto Silvia mi baciava appassionatamente una mano o strofinava la guancia contro il dorso della mia mano. Così facendo e dopo una lunga pausa di silenzio, mi chiese.

«A proposito, dopo Firenze che cosa hai intenzione di fare? Torni in campagna?»

«No, vengo a Roma» dissi e la guardavo. Continuava a sfregare la guancia sul dorso della mia mano.

«Uhm, saranno un po' guai» disse con un sorrisetto, come divertita.

«Guai perché?»

Ci fu una piccola pausa poi Silvia, con un piccolo mugolio, disse:

«A dire il vero preferirei che non venissi a Roma».

«E perché?»

Miagolò, arruffò i capelli. «Perché mi mette in imbarazzo.»

«E perché in imbarazzo?»

Miagolò ancora. «Capisci anche tu...»

«No, non capisco, vuoi dire per questo ragazzo?»

«Insomma, non per questo ragazzo in particolare, sei stato tanto tempo via e proprio ora devi tornare a Roma. Devi proprio venirci?»

«Certo, ho degli impegni lo sai anche tu e poi ho voglia di vedere un po' di gente, insomma non posso venire a Roma?»

Silvia parve contrariata. «Certo, certo» disse.

Ci fu una lunga pausa, poi disse. «Certo, se vuoi venire a casa vieni ma preferirei che tu non venissi, non so, non potresti andare a stare allo studio, o da Giovanni? Cerca di capire...»

«No, non capisco» la interruppi. «Non dovrei venire a Roma perché devi vedere questo ragazzo?»

Fieramente disse: «Sì», e subito dopo aggiunse: «Del resto io non ho mai potuto venire in campagna perché c'era questa ragazza. È vero o no?».

«È vero» dissi, «ma la cosa è diversa.»

«No, è esattamente la stessa cosa.»

«Non è la stessa cosa.» Sentivo il sangue montarmi alla testa. Per molte ragioni. La prima, che l'alibi di Silvia cominciava a diventare perfino ricattatorio, anche il suo volto. Poi perché il luogo dove abitavo io era un piccolissimo paese e Roma una città enorme dove tutto si confonde. Poi perché mi vedevo praticamente cacciato di casa da un ragazzo sconosciuto. Infine e soprattutto perché l'analisi della forma della visione, cioè la forma del plagio, veniva confermata dopo pochi minuti in tutto e per tutto. Vedevo cioè mia moglie, con cui avevo bene o male vissuto e, qualunque cosa si pensi, amata da venti anni, plagiata, o con parola forse più efficace, totalmente posseduta da un ragazzo al punto di cacciarmi di casa. Pure avendolo presentito ero sconvolto, come sempre quando si ha a che fare direttamente con la realtà e non con la sua immagine. Insomma, in casa nostra era entrato un padrone, al posto mio che non ero mai stato un padrone. La casa non era mia, era intestata a Silvia. Anche sotto questo aspetto non avevo nulla da dire, la richiesta in termini, come si dice, di legge, non faceva una grinza. L'intestataria della casa era lei e il padrone vero, se è vero come è vero che la proprietà è data molto più dall'uso che dagli indici del catasto, era un ragazzo di venticinque anni. Che fare? Da un punto di vista pratico potevo benissimo andare a stare allo studio o a casa di Giovanni, come aveva subito e sornionamente suggerito Silvia, ma non era questo il punto. Il punto era il plagio, nato dalla allucinazione del mattino, e l'ossessione confermata punto per punto dalle parole di Silvia, con una crudeltà che, anche se mascherata da pianti e mugolii, non si presentava nella realtà meno spietata. "A tanto può giungere l'amore in una donna" mi dissi e subito mi risposi che molto più che di amore si trattava ma ancora una volta di plagio.

Tornai ancora una volta sull'argomento: «Mi cacci di casa e poi dici che non fai all'amore con questo ragazzo?».

Altro miagolio, subito seguito da una voce fiera e dura: «Sono cose mie, me l'hai detto tu, niente esclusive e non ho voglia di parlarne. Ho dei problemini. Ecco tutto». Problemini. Ancora una volta Silvia minimizzava, mentiva con se stessa e con me, o soltanto con me, insomma tendeva a volere a tutti i costi sdrammatizzare quello che, era chiaro come il sole, a questo punto drammatico era. Feci uno sforzo su me stesso e tentai, conoscendola, di entrare nel suo animo quasi professionalmente. Tentai cioè di guardare il suo animo con la freddezza e l'interesse scientifico con cui, in una sala anatomica, si guarda e si scruta gli organi di un corpo umano. Ci riuscii immediatamente: il suo animo era diviso, tra l'amore per me, molto forte, con tutte le spire avvolgenti dell'amore platonico e dell'abitudine di vent'anni, e la passione per il ragazzo. Non andai oltre, volevo approfittare del fatto che Silvia era lì, per così dire sotto mano, e volevo sapere da lei il più cose possibile.

«Che tipo è?»

Silvia intese subito.

«Te l'ho detto, è giovane, è muscoloso, sì, è muscoloso, dei muscoli della gioventù, è antipatico, è solitario, ispido, è ignorantissimo, è anche malato e sopratutto prepotente. Cosa vuoi sapere di più?»

«E ti piace.»

«Sì mi piace.»

«Perché?» ma in quel momento mi resi conto della stupidità della domanda. Perché. Come si fa a chiedere il perché in amore? Inoltre io lo sapevo. Le piaceva perché era giovane, muscoloso, dei muscoli della gioventù, perché era antipatico, solitario, ispido, disgraziatissimo e anche malato, e sopratutto prepotente. Silvia aveva detto tutto, veramente tutto, e quel "sopratutto prepotente" serviva a spiegare più che tutto. Anche il fatto che Silvia mi cacciava di casa, perché non era Silvia a farlo, ma lui, con la sua prepotenza. Bisognava accettare i fatti. Dopo tutto io amavo Silvia, l'idea di perderla mi era assolutamente inimmaginabile, se la statua e la liana si stavano liberando per il momento del loro reciproco intreccio esse esistevano pur sempre, e la statua e la liana, nella loro identità appunto esistenziale. Fin qui, pure se con un dolore immenso, potevo arrivarci, c'ero già quasi arrivato. Ma che la statua fosse sul punto di essere ingoiata da un'altra liana, con tutti gli adattamenti e i contorcimenti delle stagioni e del tempo, mi era intollerabile. Fu la prima volta nella mia vita che pensai alla morte, o dell'uno o dell'altro o di tutti e due. O, più semplicemente, al suicidio. Ma fu veramente questione di un attimo, un attimo di sangue, a cui subentrò subito, provvidenziale come al solito, l'anestesia, la narcosi.

Il giorno successivo, dopo aver dormito, come sempre allacciati uno all'altro per tutta la notte, al risveglio Silvia si avvicinò a me accarezzandomi. Come spesso al mattino ero eccitato e lei mi carezzò. Molte altre volte avevo evitato di far l'amore con Silvia; non mi veniva più naturale da parecchi anni e solo rarissime volte si compiva quel semplice e naturale miracolo del desiderio sessuale impossibile da accoppiarsi con l'amore platonico, quello che io provavo e dovevo provare per Silvia. Anche se lo desideravo, lo evitavo e questo per ragioni apparentemente oscure, in realtà a me chiarissime: l'amore casto non soltanto prolungava e sublimava l'amore tra noi due ma era una mia necessità molto forte, alle volte violenta, più violenta di qualunque desiderio. Per cui, quel mattino, non ebbi nessuna difficoltà ad evitarlo ma, chissà come, aggiunsi: «Non te ne basta uno, ne vuoi due», che era, invece, proprio una frase erotica per rompere quella reticenza e talvolta quella ripugnanza che mi impedivano di fare l'amore con Silvia. Silvia si ritrasse immediatamente e mi parve di vedere le sue labbra atteggiate a un leggero disprezzo. «Cattolico e moralista» disse. «Ce l'hai duro, vuol dire che ne hai voglia, non farti tante domande, scopa e basta.» La frase, ma più che altro il tono della frase, il timbro della voce, oltre al contenuto assolutamente inaspettato e inedito in Silvia, mi raffreddarono sull'istante. Era come se avesse detto: «Ma guarda questo qui, quando c'è chi fa l'amore senza tanti problemi e subito». Era press'a poco la frase che mi rivolgevano le prostitute nei bordelli quando mi capitava, da ragazzo, di avere qualche difficoltà ma di genere opposto. La sbrigatività un po' sprezzante un po' brontolona era la stessa. E naturalmente bastò questa frase non soltanto per raffreddarmi immediatamente ma per tornare alla mia ossessione.

Partimmo nella sua macchina per Roma. E a ripensarci non mi parve poi così grave di andare a stare nello studio o dal mio amico Giovanni. Durante il viaggio l'ossessione che si era impadronita di me intanto, sotto sotto, lavorava. Ma in modo quasi calmo, quasi sereno, con l'aspetto della razionalità, della razionalità appunto dell'analisi, che è il mio mestiere. Arrivai subito alla conclusione che quello che mi interessava, della nuova storia di Silvia, che quel mattino non chiamavo già più passione, per scaramanzia, era conoscerla. Partivo dall'idea che conoscere le cose significa esorcizzarle. Avrei fatto così in modo, durante il mio soggiorno romano, di sapere da lei quanto più potevo. Ci saremmo certamente incontrati durante il giorno, se non alla notte, e avremmo parlato. E nessuno più di me era adatto a cavarle fuori tutto, nei più minuti particolari. Come prima cosa avrei liberato me dall'esorcismo,[3] poi avrei liberato

3. *esorcismo*: espressione che può sembrare dubbia, perché l'esorcismo è appunto lo strumento funzionale alla liberazione. Ma è probabile che Parise intenda che il Narratore si sarebbe liberato una volta per sempre, e subito, dal compito gravoso e ingrato di esorcizzare. D'altronde, in questa zona del dattiloscritto, figurano non poche distrazioni. Il periodo che precede, *E nessuno più di me [...] particolari*, termina con un patente punto interrogativo, come se Parise si fosse convinto in fine di frase di avere scritto: *E chi più di me...* Più oltre, cioè *la persona meno indicata*, presenta una variante rimasta per metà nella penna: *cioè quanto la persona* da interpretare verosimilmente *cioè quanto <dire>*. Ancora più oltre l'espressione *Diceva quello e quanto voleva* sembra lacunosa e va probabilmente integrata: *diceva quello <che voleva> e quanto voleva*, a meno che *quello* non si riferisca a *sbandatina* che precede. Così la copula *è* nella frase *quella sì è davvero una nevrosi* figura nel dattiloscritto come una semplice congiunzione.

lei dall'ossessione. Non mi passò nemmeno per la testa che tutto questo era un errore fatale, perché io prima di essere un analista ero suo marito, cioè la persona meno indicata a fare un'analisi. Ma allora mi parve giusta e semplice questa soluzione come se l'animo umano, preso da una passione, fosse la stessa cosa che un organo colpito da una malattia. Nel pensare ai sistemi tecnici dell'analisi, che avrei per l'occasione rivoluzionato in senso sperimentale, mi imbattei però nel primo grande intoppo: la reticenza di Silvia. Sapevo che Silvia sarebbe stata reticente, lo avevo sentito fin dalle prime battute al telefono quando si accennava alla sua "sbandatina". Diceva quello e quanto voleva, quanto, come lei stessa si espresse, "le permetteva la sua natura". Ero certo che sarebbe ricorsa a qualsiasi mezzo per difendere e conservare la sua reticenza, per non parlare, e per una semplice ragione: che era innamorata e che anche l'amore, anzi sopratutto l'amore, essendo il contrario di un tabù, non vuole affatto essere esorcizzato ma vivere libero e felice della esistenza. Tuttavia di una cosa ero certo: avrei tentato con tutte le mie forze di partecipare al suo amore, di conoscerlo; se non altro sarebbe servito ad esorcizzare la mia ossessione, quella sì è davvero una nevrosi. Tentai qualche battuta, così, svogliatamente e scherzosamente in macchina. Poi giungemmo a Roma, alla nostra casa. Cominciai da lì le mie ricerche, non vere e proprie ricerche, più che altro occhiate, fiutai, come si dice, l'aria allo stesso modo dei cani che fiutano immediatamente le tracce della presenza di un altro cane. La casa era perfetta, naturalmente in ordine, ma fin troppo in ordine. Qualcosa mi diceva, come gli odori parlano ai cani, che quell'ordine, non che fosse predisposto, era impossibile dato che Silvia era stata fuori e con me in quei giorni, ma era, per così dire, un ordine a uno anziché a due. Mancava la mia presenza. Molte altre volte ero stato assente anche per un mese o due, ma, nel ritornare a casa, trovavo, vedevo, toccavo immediatamente le tracce della mia presenza: il pacco delle lettere in entrata, un mio giubbetto o un impermeabile appeso all'attaccapanni, i miei occhiali per leggere sul tavolino da notte. Tutto era sparito, perfino la mia vestaglia dal bagno, la bombola del sapone da barba, tutto. Regnava un ordine che era suo, di Silvia e di nessun altro. Provai un senso molto profondo di tristezza, di desolazione, e perfino di morte. Perché anche tutto ciò che apparteneva a Silvia, e i mobili, e i tappeti, le bottiglie di liquore, la cucina, il nostro letto, il bagno, pareva abbandonato appunto come accade nelle case dove è morto qualcuno da pochi giorni. Ma non era tutto, ciò che mi colpì di più fu un impalpabile quanto inesorabile senso di agguato. Come se dietro le porte, in terrazza, da qualche parte ci fosse qualcuno, appunto, in agguato. Non dissi nulla a Silvia, ma cercai di uscire il più presto possibile. Quella casa, non c'era alcun dubbio, non mi apparteneva più.

Silvia mi accompagnò in macchina, con la mia borsa, a casa di Giovanni, che mi aspettava. La guardavo mentre guidava. Era in preda, al tempo stesso, a un grande dolore e a una grande gioia. Era possibile? Due o tre volte fece il tentativo di trattenermi dicendo «Ma, ormai che sei qui, sta qui», oppure «Trovo assurdo che tu vada a stare da Giovanni», ma le sue proteste suonavano deboli, debolissime, così deboli che infatti non vi prestai ascolto e andai a stare da Giovanni. Si fece colazione, Silvia, Giovanni ed io, poi Silvia se ne andò. Ma prima di andarsene volle vedere la stanza dove avrei dormito, si assicurò ancora una volta se vi sarei stato comodo e a mio agio quando era chiarissimo che non mi trovavo comodo né a mio agio. Inoltre provavo disagio anche nei confronti di Giovanni che, pure essendo una persona elegante e distratta, non aveva potuto fare a meno di chiedersi la ragione di quella mia scelta stravagante. Silvia non si decideva ad andare, come dovesse abbandonare un malato, ma alla fine uscì.

Alla sera però ci rivedemmo in casa di Silvia, come mi viene naturale chiamarla da questo momento. E cenammo lì ancora insieme a Giovanni. Silvia aveva preparato il mio posto al solito posto, a capotavola, tutto avveniva esattamente come un mese prima, un anno prima, vent'anni prima. Ma tutto era tragicamente mutato. E aleggiava sempre, percettibile soltanto al mio olfatto, ed equivalente all'ozono per i temporali, quell'odore di agguato così noto a chi ha subito imboscate. Le imboscate possono scoppiare da un momento all'altro oppure no, ma quell'odore, quella percezione è nell'aria. Se le imboscate avvengono la percezione cessa e diventa certezza, se non avvengono significa che il nemico ha rinunciato all'imboscata: in ogni caso è lì a pochi metri di distanza, con le armi spianate e ti guarda. L'agguato in casa di Silvia, che io percepivo dovunque, era un agguato calmo, tranquillo, distaccato, come di un nemico che si dà tempo e attaccare sarà affar suo quando e come lo vorrà. Ero naturalmente molto inquieto, e me ne andai presto insieme a Giovanni. Dormii poco, quasi niente nella stanzetta che mi era stata destinata e prima di metterci a letto non parlai nemmeno con Giovanni, come facevamo sempre di solito, quando ci si trovava a dormire nella stessa casa: mi pareva imbarazzato, al corrente di qualcosa. L'ossessione, più che attaccare, covava. Ancora l'agguato, il silenzio.

Passai due giorni a Roma in quello stato di narcosi che conoscevo ormai così bene e che seguiva l'odore del sangue anch'esso ormai famigliare: un po' come chi vive nel pericolo costante di un'imboscata, di un agguato, di una mina che salta, uno stato di guerra, anzi di battaglia. L'odore del sangue era più tremendo della paura, dove tutte le mie energie si concentravano nell'offesa e nella difesa, si potrebbe dire una potente e a volte lunghissima, interminabile scarica di adrenalina; subito dopo il collasso, appunto la narcosi. In sostanza mi dicevo: devo agire perché Silvia non sia innamorata di qualcun altro, chiunque sia, devo fare qualcosa per non perderla. E architettavo infinite azioni per così dire belliche affinché la cosa potesse avvenire; al tempo stesso, proprio nel momento dell'azione, ecco la [narcosi], l'anestesia, l'impossibilità di agire. E una volta subentrata l'anestesia che corrispondeva a una certa relativa calma della mente e dei nervi, come avviene appunto durante la pausa di una battaglia, ragionavo.

Come posso agire e che cosa posso fare? Assolutamente niente. La mia è una posizione di scacco matto. Se Silvia è innamorata di un ragazzo al punto di avermi cacciato di casa, perché questo era accaduto quando lei mi aveva cortesemente pregato di dormire allo studio o da Giovanni, non c'è più quasi niente da fare se non accettare la realtà. Forse che lei non ha accettato la realtà della mia amante, della ragazza, ha accettato di non venire mai in campagna dove stavo perché, allo stesso identico modo, io le avevo fatto capire con maniere quasi uguali che non era opportuno? Io, però, circa una volta al mese andavo a Roma, e stavo da Silvia, non perché Silvia era mia moglie e in nome di quei compromessi che si fanno sempre in queste occasioni, bensì perché, quando andavo a Roma, io amavo Silvia e tornavo da lei soltanto ed esclusivamente per questo. Era possibile amare contemporaneamente due donne? mi ero chiesto per quasi un anno e per quasi un anno la realtà, che certo non guardava in faccia la mia dissociazione, mi rispondeva, tanto realista quanto brutale: Sì, è possibile. La stessa cosa, per un oscuro, e quasi telepatico quanto diabolico parallelismo, avrebbe potuto accadere anche per Silvia: e io una volta atteso lo scadere dell'anno avrei riavuto Silvia in tutta la sua purezza di sentimenti; senonché io sapevo Silvia inesorabilmente monogama, se mi aveva tradito due anni prima, era stato per difendersi, per affrontare in qualche modo la vita e in certo modo, tra consapevole e inconsapevole, per provocare la mia gelosia. Che puntualmente aveva reagito e risposto con una azione immediata. Ero piombato su di lei, che sapevo innamorata di me, e lei aveva smesso immediatamente di tradirmi. In quel caso l'azione era stata velocissima, sicura e per così dire vincente. Ma ora mi trovavo davanti tutte le strade chiuse fuorché una, che, come ho già detto, mi pareva la più sicura: quella dell'esorcismo, dell'analisi. Mi rendevo conto che era un terreno molto rischioso ma era il solo su cui io sentivo di potermi muovere con una sicurezza infinitamente maggiore; innanzitutto era il mio mestiere, poi, anche se dolorosissimo, era quello che l'istinto, e proprio l'istinto della battaglia, del sangue, mi spingeva violentemente a scendere.[4] In poche parole: Silvia era innamorata, e come sempre e inesorabilmente accade a chi è innamora-

---

4. ... *scendere*: passo molto tormentato. *Quello* si riferisce a terreno, naturalmente. In un primo tempo Parise aveva scritto *la strada* e *scegliere* in luogo di *scendere*.

to, plagiata. Plagiata da un sentimento. Dovevo plagiarla ancora di più con la ragione, perché il mio sentimento e quello di lei per me erano per lei, oggi come oggi, assolutamente insufficienti e marginali. Conoscevo molto bene il carattere di Silvia, caparbio sì, ma quasi sempre incerto, reticente, indeciso, pauroso: prova più chiara di tutte era la patofobia. Innanzitutto sapevo che Silvia, dato appunto il suo carattere, non poteva aver cessato di amare me per amare un altro: dunque, per quanto marginale, un sentimento amoroso nei miei confronti persisteva senza alcun dubbio: non fosse altro che per quei vent'anni di matrimonio sotto molti aspetti felice che nessuno al mondo riesce a cancellare di colpo. Poi c'era il suo buon senso, la sua assennatezza, l'aspetto sociale del suo carattere che si ribellava di fronte alla "pazzia" di mutare completamente vita, di mettersi a fare la vita, lei di cinquanta anni, di un ragazzo di venticinque anni. Ma c'era anche, e questo era il vero e solo grande pericolo, il fondo del suo carattere che, ripeto ancora una volta, era dolce, materno, e romantico: romantico nel vero senso del termine: il fondo del carattere di Silvia credeva nell'amore a costo di qualunque pazzia. L'aveva già dimostrato, lo avrebbe potuto dimostrare ancora una volta, anzi, ancora di più proprio alla sua età che è l'età delle pazzie. Pochi, quasi nessuno se non forse io e gli altri due uomini della sua vita, erano riusciti a conoscere in profondità il cuore di Silvia: era, per dirlo in una parola, un cuore fanatico. Se amava, fanatica era la sua dedizione, la sua fedeltà, insomma tutta la sua vita. Ma non appariva. Vista da un occhio estraneo appariva invece dolce, equilibrata, dedita sì, ma soprattutto carica di quel buon senso che mai l'avrebbe portata ad eccedere, in nulla. Come è noto, amore e buon senso

75

fanno a pugni. Specialmente se si tratta di amore totale, di dedizione totale, insomma di passione. E io sapevo, sapevo perfettamente che Silvia di fronte a questa scelta, e se così le era accaduto, avrebbe scelto senza esitare l'amore e non il buon senso.

Tuttavia era ancora incerta, lo sentivo e lo sentivo proprio grazie alle sue reticenze. La reticenza, in Silvia, è sempre stata sincera. Lo era anche in questo caso. Era una reticenza che nasceva da un conflitto, ancora aperto, quello appunto tra l'amore e il buon senso, anzi tra l'amore e la saggezza. Evidentemente sentiva dentro di sé grandi energie amorose trattenute o frustrate dagli ultimi anni di vita coniugale e aveva trovato su chi indirizzarle, ma possedeva al tempo stesso abbastanza esperienza e saggezza da giudicare, quello tra lei e il ragazzo, un gioco d'azzardo in cui lei risultava sicuramente perdente. E con lei anch'io, e tutta la nostra vita. Anch'io, nella mia storia con la ragazza di campagna, nonostante il trasporto dei primi tempi, esclusivamente sessuale, sapevo la stessa cosa. Ma io non ero romantico quanto Silvia e non avevo e non ho un cuore fanatico: inoltre, io avevo bisogno di essere amato più che di amare, e Silvia di amare più che di essere amata. Il vantaggio era sempre stato dalla parte sua. Infatti chi ha bisogno di amare sceglie e chi ha bisogno di essere amato, è scelto. La differenza tra i due sta nel fatto che l'oggetto d'amore è sempre inerme rispetto al soggetto; che può illudere e disilludere, prendere e abbandonare.

Dovevo dunque forzare la reticenza di Silvia ma già queste stesse parole, che seguono quelle precedenti, davano l'idea della mia debolezza. Se io ero stato per vent'anni l'oggetto dell'amore di Silvia, cioè inerme e tutto sommato illuso, come tutti gli oggetti, sempre passivi, come avrei potuto diventare attivo, pensare di poter fare in qualche modo una azione di forza? Avrei potuto agire soltanto assecondando il mio destino: di passività e non di attività. Avrei cioè dovuto accettare la realtà del nuovo amore di Silvia e mettermi, tutto sommato, sotto il suo ombrello, se ancora c'era posto per me. E come tutte le persone di indole in realtà passiva, agire come potevo per lenire le mie pene: costringendo in un modo o nell'altro Silvia a raccontarmi tutto, ogni cosa, ogni minimo particolare del suo amore con il ragazzo. Dovevo sapere di più molto di più, e cominciai il mio lavoro, perché di lavoro si trattava, quel giorno stesso. Senonché, ma questo allora non potevo saperlo, io in realtà non amavo Silvia e più che salvarla volevo distruggerla.

Ho detto che la reticenza di Silvia era naturalmente sincera. E tuttavia questa volta, per la prima volta, essa non lo era: era una reticenza che per così dire andava oltre se stessa e si immergeva in grandi profondità, buie e insondabili. Essere reticente significa innanzitutto non voler dire la verità ma al tempo stesso non voler mentire. Di solito la reticenza si esprime con una mezza verità, cioè con quel tanto di verità che non può fare né male né bene. È una caratteristica diplomatica, mondana e dunque sociale. Silvia era una donna sociale e molto spesso l'avevo vista e sentita reticente nei confronti di altri con molta disinvoltura. Atteggiamento per me molto difficile, anzi impossibile, non tanto perché io voglia essere a tutti i costi sincero quanto perché la mia sincerità di carattere si stampa sulla mia faccia anche quando non lo voglio essere. Silvia invece da quei pochi giorni di Firenze era diventata reticente ma al tempo stesso brutale.

Quel mattino ci vedemmo a colazione. Lei stessa venne a prendermi allo studio come migliaia di altre volte e con lo stesso atteggiamento amoroso e allegro. Ci si diede il solito bacio, ci fu uno verso l'altro il solito trasporto, da parte mia sincerissimo ma, sono sicuro, sincero anche da parte sua, si andò a un ristorante accanto allo studio tenendoci per mano. Tutto sincero. A un certo punto del pranzo mi parve fosse venuto il momento buono e dissi.

«Ma ti piace fare l'amore con questo ragazzo?»

Silvia fece una lunga pausa, e poi, come chi con un immenso sforzo vuole dominare l'espressione esterna dei suoi sentimenti, disse semplicemente e candidamente.

«Mi piace e non mi piace, lo sai come sono fatta, ho le mie difficoltà. E poi non si tratta di una faccenda sessuale. Magari fosse così. Avrei le idee più chiare.»

«Ma allora l'amore lo fai, questo non me l'avevi detto.»

«Che importanza ha?»

Infatti, a pensarci bene, che importanza aveva? Silvia dava per scontato che io avessi già capito tutto e che l'aspetto sessuale non avesse nessuna importanza. Tuttavia dissi:

«Ha importanza, perché chiarisce le cose».

«Invece io ti ripeto che non chiarisce nulla, che l'aspetto sessuale non ha nessuna o pochissima importanza e tu dovresti saperlo conoscendomi.»

Lo sapevo, ma lo stesso volevo sapere.

«Allora ti sei innamorata, diciamo così, sentimentalmente.»

«Semmai è così, mi conosci.»

«Sì, ma in che senso, in che modo?»

«Mi fa sentire giovane, non mi annoio mai, e per di più riempie quelle stanze che tu per tanto tempo hai lasciate vuote con i suoi movimenti, con la sua energia, con la sua gioventù.»

«Al punto di cacciare me di casa...»

Silvia cominciò a miagolare, proprio a miagolare come accade quando si vuole costringere un gatto a stare sulle nostre ginocchia e il gatto si rifiuta, divincola, alla fine trova il modo di scappare. Infatti anche Silvia scappò.

«Ma è una cosa provvisoria, te l'ho detto, una cosa che durerà un paio di mesi poi lui andrà al mare come tutti i ragazzi e la storia finirà. Del resto tu puoi venire qui quando vuoi, questa è la tua casa lo sai benissimo.[5] Sarebbe un'assurdità.»

«Ma tu desideri che la storia finisca o che vada avanti? Tu dici che finirà, ma nel dirlo sembra che tu voglia disperatamente che continui. Non capisco.»

Di nuovo Silvia diede in un miagolio, lungo, lamentoso, simile appunto a quello dei gatti quando non ne possono proprio più di essere trattenuti. Infatti arruffò i capelli con una mano.

«Ma non lo so, non lo <so,> come faccio a rispondeti? Questa storia non può andare avanti, non è una cosa reale, è impossibile. Come vuoi che possa andare avanti? Sono venticinque anni di differenza, questo qui è un ragazzo, e io sono una donna quasi vecchia... è una storia che non ha e non può avere nessun futuro; lo ca-

---

5. Evidente distrazione, la conversazione avviene in un ristorante vicino allo studio del Narratore.

pisci anche tu. Che mi metto a vivere con un ragazzo che potrebbe essere mio figlio? Deve finire, per me e per lui.»

Queste ultime parole erano un esempio della doppia, tripla reticenza di Silvia dovuta appunto al conflitto tra il buon senso e l'amore. Il suo cuore innamorato le diceva di sperare e pensare, come sperava e pensava, che l'amore sarebbe durato a lungo tanta era la sete di lei, il buon senso invece le opponeva, con la ragione, la logica, che non poteva e non doveva sperare. Inoltre, a complicare la reticenza, stava anche il grande e reale amore per me, di tipo diciamo così famigliare, che era dalla parte non soltanto del buon senso che è pur sempre un calcolo, quanto del sentimento. Silvia insomma, esattamente come era capitato a me per mesi nei confronti di lei e della ragazza, era lacerata tra due sentimenti e, naturalmente, non sapeva e non poteva decidere nulla, non si sentiva di poter essere sincera perché non lo era con se stessa.

Ricordavo che Silvia, ma in modo infinitamente più discreto anche se non meno sofferente, più di un anno fa accennava a farmi le stesse domande a cui io davo, se le davo, più o meno le stesse risposte. Anch'io ero stato lacerato tra due sentimenti, anch'io ero reticente con lei e con me stesso, anch'io miagolavo come lei miagolava per non voler essere trattenuto su un argomento in cui non sapevo rispondere, e non sapevo rispondere perché non potevo, mi era impossibile rispondere. Eppure ora, nella stessa identica situazione, perfino nell'età dei nostri rispettivi amanti, io volevo sapere ciò che Silvia, per non soffrire oltre, non mi aveva mai chiesto.

Silvia allungò la mano attraverso il tavolo e disse:

«Un giorno ti racconterò tutta questa storia. Per il

momento lasciami viverla, così giorno per giorno. Capisci anche tu che non può andare avanti. Passerà».

«Non capisco perché dici che non può andare avanti. L'amore tende sempre ad andare avanti; e, caparbia come sei, sarai innanzitutto tu a farlo andare avanti.»

Ebbe un lampo di gioia quasi di fierezza negli occhi.

«Se è per quello, prepotente come è, lui la farebbe andare avanti per forza. Vuole a tutti i costi venire a stare a casa nostra. Questa è una cosa impossibile figurati.»

«Perché impossibile. Hai detto che vuoi viverla questa storia, allora vivila fino in fondo e fallo venire a stare da te.»

«Questo non lo farò mai.»

«E perché?»

«Se vuoi che te lo dica, per istinto di conservazione. Lui sta in giro per la città tutte le notti fino all'alba e io, a cinquant'anni, dovrei seguirlo? E poi non si combina con nulla: né con i miei orari, né con i miei amici, né con la mia vita.»

«Non l'ha visto nessuno, non l'hai presentato a nessuno?»: quest'ultima frase la dissi con aria un po' ironica, un po' amara, sbagliatissima perché si sentiva il rancore, l'invidia, la gelosia, insomma la meschinità. Me ne vergognai, anche perché Silvia si trovava in una condizione dell'animo in cui la meschinità nemmeno la vedeva.

«No, non l'ho presentato a nessuno. È impresentabile. Sembra un ragazzo di borgata, ha i capelli così ricci e fitti, un groviglio in cui il pettine non riesce a passare. E poi, come ti ho già detto, è ignorantissimo, è scorbutico e antipatico.»

Provai una fitta al cuore; dunque l'aveva anche pettinato, o cercato di farlo, appunto come una madre innamorata del figlio. Non dissi nulla. Ma ancora una volta rividi la scena, la visione di quell'alba a Firenze pochi giorni prima. In quella scena d'amore non c'era soltanto il sesso, come poteva apparire, c'era molto di più, c'era, appunto, la dedizione e la possessività materna. Proprio come nella scena or ora indirettamente raffigurata da Silvia, di lei che tenta di pettinarlo. Era la stessa scena dopo tutto, la stessa visione, dunque la stessa ossessione. L'aver immaginato Silvia, accucciata su quelle dita dei piedi frementi per poter afferrare, ingoiare il cazzo del giovane e lentamente succhiarlo fino all'eiaculazione e deglutire poi il suo sperma con quella gioia, era la stessa cosa. La Silvia della visione non badava a soddisfare il suo desiderio, bensì quello del ragazzo, appunto come una madre così amorevole che si dedica fino in fondo al bene del figlio. Questa era la sessualità di Silvia, semmai. Far godere lui e solo indirettamente, al massimo della dedizione, godere lei.

«Perché, lo pettini? gli fai anche il bagno, i massaggi?»

La mia voce doveva essere alterata e ancora una volta Silvia miagolò. Chiaramente voleva uscire dalla mia stretta e mi pregò.

«Non chiedermi troppe cose, a che serve? Fa soffrire te e me. Quanto sarebbe stato meglio che tu non avessi saputo niente, che tutto fosse cominciato e finito senza che tu avessi saputo niente. In questo modo tu ti tormenti, io mi tormento e la cosa, che potrebbe essere e deve essere una cosa leggera, una sbandatina, diventa un dramma, tu stesso la fai diventare molto più grande di quello che è.»

«Ma non è una sbandatina, ed è un dramma» dissi cupamente.

82

Silvia ebbe come una smorfia di disgusto. E così aggiunsi:

«Sei tu che vuoi che sia una sbandatina, pur sapendo che non lo è, per evitare che sia un dramma. Insomma ti vuoi mettere il prosciutto negli occhi, vuoi non vedere e soprattutto vuoi non vedere dentro te stessa. La prova è che non ne vuoi parlare nemmeno con me, perché parlarne con me equivale a parlarne con te stessa. E tu non vuoi parlarne con te stessa, non vuoi sapere».

Rimase colpita da quanto le dissi, ma rimase soprattutto colpita, io credo, dalla sicurezza e perfino dal magnetismo delle mie parole. Questo mi confermò ancora una volta che la mia diagnosi era vera.

«Ora basta, Filippo, tutto questo parlarne non serve a nulla, e poi, te lo prometto; un giorno ti racconterò tutta la storia. Sappi che è stato però un caso, un puro caso e che non c'era in me nessuna ripicca, nessun desiderio di vendicarmi con te, insomma un caso, un puro caso. E che io sono la prima a soffrirne perché, come ti ho già detto mille volte, questa è una storia che deve finire e finirà.»

Disse queste parole con grande determinazione, ma io sapevo e sentivo che ancora una volta a parlare in lei c'era la ragione e non l'amore.

Purtroppo la sua reticenza a quello che chiamerò il mio piano, il piano dell'esorcismo attraverso l'analisi, era molto forte e determinata. Come certi malati per cui ci vogliono mesi e mesi di analisi prima di scalfire la dura durissima scorza della reticenza, cioè della censura, anche Silvia prometteva di essere un malato difficilissimo, per di più sano di mente e di nervi, che non sarebbe stato facile trascinare nel torrente della confessione piena e totale e liberatoria e a cadere così finalmente nelle mani del medico. E la mia curiosità e impazienza erano tanto più forti e trascinanti quanto era forte e resistente la reticenza di Silvia. Chissà quanto saremmo andati avanti e nel frattempo, credendo di essere innamorato di Silvia, vedevo avanzare sempre più minacciosamente l'altro torrente, quello dell'amore, sempre rilassante, sempre liberatorio, in cui Silvia avrebbe potuto ogni giorno di più precipitare fino a scomparire ai miei occhi. Allora addio analisi, addio Silvia, addio anche a me stesso. L'idea di questo pericolo mi fece desistere dai miei mezzi interrogatori. Del resto il pranzo era finito da un pezzo e i camerieri giravano qua e là nel salone vuoto, segno che bisognava andarsene.

Accompagnai Silvia al tassì. Mi disse «Ciao amore, ci chiamiamo oggi» e partì.

Andai allo studio e tentai inutilmente di dormire. Ah, dormire, ero così disperato che si trattava più della invocazione amletica che di un vero e proprio sonno. «Dormire, sognare forse?» dice Amleto. E infatti non feci a tempo a distendermi sul divano e a chiudere gli occhi che il sogno era già lì in agguato e come predisposto. Sognai la stessa scena di Firenze, con una variante; che non si trattava di una visione, come era accaduto quel mattino, in cui i due mimi non si accorgevano della mia presenza, per la semplice ragione che erano appunto due fantasmi evocati da me. Qui invece io ero presente, nella stessa stanza in piedi presso la finestra, i due, Silvia e il ragazzo, sapevano benissimo che c'ero e li vedevo e li guardavo, e tuttavia la scena si svolse identica come io non ci fossi affatto e la mia presenza fosse, nonché ignorata, disprezzata da loro due. Quando Silvia nel sogno ingoiava e deglutiva lo sperma e subito faceva seguire a quegli spasmi felici della gola

84

quel gesto di leccarsi i baffi, come di gatto nutrito e felice, mi svegliai naturalmente di soprassalto. Era il telefono ed era Silvia. Guardai l'orologio: avevo dormito,
come al solito, un'ora e, come al solito, a quest'ora Silvia telefonava.

«Cosa facciamo stasera?» le chiesi.

«Non so, quello che vuoi.»

«Ho ricevuto un invito dall'ambasciata americana
per vedere quel film televisivo, *Holocaust*, vuoi che andiamo?»

«Ma, a dire il vero ne ho visto parecchie puntate in
televisione, forse non è che mi interessa tanto. Forse sto
a casa, o vado con i soliti amici.»

«Vedi tu.»

Ero ancora agitato dal sogno ma mi parve che Silvia,
solo se avessi insistito un po', era pronta a venire anche
lei con me. Pensai invece di andarci da solo.

«Allora ci vediamo domani» disse Silvia con perfetta naturalezza, la solita naturalezza di sempre, e risposi:
«Va bene». Poi tornai al mio divano e naturalmente ripensai al sogno. Questa volta, a differenza delle altre
volte e di quanto avviene di solito nell'analisi, lo inter-
pretai molto facilmente, così come si presentava e cioè
senza interpretazioni. Cosa diceva il sogno? Diceva che
Silvia faceva l'amore con il ragazzo, specialmente nel
modo rappresentato nel sogno, e che entrambi sapevano che io lo sapevo; che Silvia così reticente, in realtà conoscendomi bene, sapeva che io sapevo tutto, perfino
quel suo modo nuovo, al tempo stesso religioso e ingor-
do, di fare all'amore. E che il ragazzo, come avevo presentito del resto da quella percezione di agguato in casa
di Silvia, anche lui sapeva che io sapevo, ma dall'atteggiamento con cui si accostava a Silvia, così sicuro, pre-

potente ed esibitivo al tempo stesso, sapeva anche che il vero padrone di Silvia, della sua casa e anche di me era lui. Non che ne fosse totalmente cosciente, era più che altro un diritto che egli sentiva gli veniva dal cazzo che Silvia adorava. Era vera o non vera l'interpretazione del mio sogno, corrispondeva perciò alla verità? Impossibile saperlo. In un solo modo avrei potuto saperlo, con la confessione di Silvia. Se così fosse avvenuto avrei saputo a che cosa mi trovavo davanti e pensavo che, una volta sapute le cose, esse si sarebbero in qualche modo oggettivate e dunque esorcizzate. Ma Silvia era di tutt'altro parere e, con la sua reticenza che sarebbe durata senza dubbio molto a lungo, avrebbe contribuito sempre di più a lasciare la verità nel fondo oscuro del suo animo dove si trovava, così che nessuno e in nessun modo la potesse conoscere e portare alla luce e quindi, come nel mio caso, esorcizzare. Se così fosse stato, lei temeva, l'amore che stava vivendo sarebbe cessato di colpo. Ma, mi chiedevo, perché lei pensava che sarebbe cessato di colpo? C'era una sola risposta: Perché si vergognava. Silvia si vergognava orribilmente di essere caduta, alla sua età, in una simile trappola, che non aveva nulla di male, anzi era fenomeno diffuso e banale, tra le persone della sua età, ma evidentemente il senso morale di Silvia, il suo pudore erotico era talmente forte che costituiva una censura invalicabile. Del resto il conflitto di cui lei stessa mi parlava stava tutto lì. Lei, pure godendone e non sapendo assolutamente farne a meno, aveva sorpresa e orrore di essere caduta, come lei stessa avrebbe pensato, o detto in riferimento ad altri, "così in basso". Non si sa perché in basso ma appunto la sua morale riteneva "basso" e inconfessabile ciò che faceva con il ragazzo. E non ne avrebbe mai parlato con nessuno, con la sua migliore amica né con me e tanto meno con se stessa. La lotta da sostenere per vincere la sua reticenza era perciò enorme. Solo quando se ne fosse liberata e avesse parlato, con me o con chiunque altro, allora se ne sarebbe liberata: ma si sarebbe liberata anche dell'amore che era strettamente connesso a quel peccato e a quella censura ed era proprio questo che Silvia non voleva.

La cosa in parte era accaduta anche a me nei primi tempi, quando m'ero innamorato della ragazza, ma in minima parte. Io non avevo censure, né con me stesso né con gli altri. Dicevo chiaramente a me stesso che provavo un piacere enorme, allora mi pareva mai provato prima d'allora, a fare l'amore con la ragazza. E, sotto sotto, l'avevo fatto capire anche a Silvia, senza fare tuttavia confessioni. Non era necessario. Anche per me, come ora per lei, si era trattato di una "sbandata", era proprio il caso di dirlo, sessuale: la gioventù, l'odore del sangue insomma, ma quello che spiccia dalle origini della vita e dà vita. La gioventù, la freschezza della carne, l'appetito sessuale elementare di lei, i suoi piaceri fisici elementari che a me, che li avevo provati tutti e mi ero anche annoiato, dicevano ormai ben poco. Non lo trovavo uno scandalo, verso me stesso, semmai ero tormentato dal fatto che Silvia ne soffrisse. Ma lei badava bene a non ascoltare non dico i particolari, i dettagli, che non dicevo, ma nemmeno le linee generali del mio sentimento che non avevo difficoltà a dire, a confessare se me le avesse chieste, allora. Che male c'è, mi dicevo, che un uomo di oltre cinquant'anni perda la testa per una ragazza di venticinque. Capita a un sacco di gente. E, ripeto, non me ne vergognavo affatto. Ma poiché Silvia ne soffriva tanto, allora mi vergognavo con lei. E con il passare, purtroppo, del tempo, non potevo tollerare se non con il silenzio, il mutismo totale, ogni accenno di Silvia alla ragazza.

Ma qual era e come era congegnato il meccanismo che inibiva Silvia dal dire la verità, a sé stessa e agli altri? Era, a quanto mi pareva di capire, la sconvolgente novità della cosa e insieme, ma sopratutto, lo stato di dipendenza che imponeva, insomma il plagio. Chi è innamorato è anche plagiato, si sa. Se l'amore diventa passione sessuale il plagio è totale, e anche questo è noto. Con quelle due parole "molto prepotente" con cui Silvia aveva descritto il carattere del ragazzo, Silvia aveva commesso quello che in psicoanalisi si chiama lapsus. Molto prepotente, nel nuovo linguaggio reticente di Silvia, significava che questo ragazzo aveva su di lei, come si dice, pieni poteri. Che lei era alla sua mercé; anzi, per essere più precisi e brutali, alla mercé del suo cazzo. Era quello ad essere "molto prepotente" non il ragazzo, anzi le due cose si identificavano e nella figura del ragazzo Silvia vedeva il padrone, un particolare tipo di padrone che di solito, in storie di questo genere, si configura molto simile al magnaccia, al protettore delle prostitute. Debole, vile, mammone, ma dotato di quel particolare tipo di psicologia proprio appunto dei magnaccia: il dominio su di una donna, che si esprimeva, nei fatti, con la prepotenza del cazzo; e dimostra sempre nella donna, in termini molto reali, l'interesse per lei. Ogni prostituta plagiata dal proprio magnaccia, infatti, ragiona così: "Sì, è vero, è prepotente, mi picchia, mi considera una proprietà sua, un oggetto da usare e sfruttare a suo piacimento, ma mi desidera perché ce l'ha sempre duro e vuole fare all'amore. E questo è pur sempre un segno di interesse, anzi, il maggior segno di interesse di un uomo verso una donna". Ne avevo sentito molte di queste confessioni, anzi di confessioni felici, e avevo visto molte donne alla mercé di certi uomini a cui non si sarebbe dato un soldo. Mistero, appunto, dell'amore. Per Silvia stava accadendo la stessa cosa. Ma appunto, in conflitto, e precisamente in conflitto con me perché lei pensava e credeva che voleva amare me. I due sentimenti, pure così diversi e contrastanti, l'amore famigliare per me e l'amore del cazzo per il ragazzo. Aveva cinquant'anni, non le era mai capitato nemmeno di immaginare una cosa di questo genere, come non pensare che fosse sconvolta, lacerata, e dunque reticente e inibita a dire qualunque cosa. Tutto in lei lottava a mio favore, ma vanamente, perché con il suo solo cazzo il ragazzo l'aveva ai suoi piedi esattamente come mi era apparso nella visione mattutina e nei due sogni successivi. Anzi, come la visione era stata il prodotto, la proiezione della mia ragione, dell'analisi dei fatti, dei piccoli e continui lapsus, del comportamento anche se coperto esternamente da una tenuta quasi perfetta, quella era la realtà e non sarebbe nemmeno stato necessario che Silvia me lo confermasse con le sue parole e con la sua coscienza, aprendola a me. Ma l'amore, come è noto, è fatto non per confermare, bensì per illudere e deludere al tempo stesso. E poiché io ero o credevo di essere ancora molto innamorato di Silvia, nel profondo del mio cuore volevo illudermi che non fosse così, che quella mia visione, così lucida e vorrei dire quasi professionale e scientifica, fosse soltanto una visione, un'ossessione provocata dalla gelosia e dal mio senso di possesso su di lei. Così, se l'avessi raccontata a Silvia, che ne era la protagonista, avrebbe non soltanto negato ma mi avrebbe dato del pazzo, appunto del visionario. Come già stava facendo, indirizzandomi verso altre strade, più rassicuranti per me e per lei.

Dopo aver passato il pomeriggio a pensare a queste cose, mi vestii per la cena, presi un tassì e andai all'ambasciata americana. *Holocaust* non mi piacque e non piacque nemmeno ad alcuni amici ebrei che erano con me. Tutti lo trovammo un fumettone all'americana, ricostruito con minuzia caparbia e tuttavia non storica. Storico semmai si mostrò un piccolissimo documentario vero girato da un anonimo ufficiale nazista: vi si vedevano, in modo poi approssimativo a causa della qualità della pellicola, della tecnica di allora e del tempo trascorso, delle figure di ebrei nudi, in piedi ai bordi di una profonda fossa, mentre stavano per essere abbattuti e cadere nella fossa in un gran polverone. Alla proiezione e alla cena trovai Marta, una cara amica piena di vitalità e di simpatia, che mi rallegrò con le sue chiacchiere. Anche quella sua presenza, e quella di altri amici, fu un'anestesia. Per qualche ora non pensai a Silvia, poi andai a casa di Giovanni e a letto. Dapprincipio mi pareva di essere stanco e di avere sonno, ma poi mi accorsi che non soltanto non avevo sonno ma non potevo nemmeno leggere, alzarmi, muovermi, lavorare, pensare a qualche cosa che non fosse Silvia. Una inquietudine tremenda mi tormentava tanto che per due o tre volte mi alzai e mi vestii, poi mi svestii e mi rimisi a letto. Volevo andare da lei, da Silvia, vederla, sentivo quel morso, a me purtroppo ben noto, della gelosia, e sapevo che non mi avrebbe dato pace. Cento volte alzai il ricevitore per fare il numero di Silvia e cento volte lasciai cadere rabbiosamente la cornetta del telefono. Alla fine, sapendo perfettamente di commettere uno sbaglio grossolano e perfino volgare, mi vestii, uscii e a piedi andai fino alla casa di Silvia. Erano non so più se le tre o le quattro, e Roma mostrava il suo volto notturno fatto sostanzialmente di spazzatura vagante, di qualche pantera della polizia, urlante, di ragazzi in giubbotti di cuoio che sfrecciavano rombando in motocicletta. Eccoli, erano loro, i giustizieri della notte, quelli che avevano assassinato Pasolini, quelli che avevano stuprato le ragazze del Circeo, quelli che avevano bruciato un somalo dormiente su un letto di cartoni, "per scherzo". Intravedevo le loro facce, anche nella velocità della corsa. Parevano facce americane, alcune bionde e butterate, altre nere dai capelli ricci, di arabi americanizzati. Erano, nella loro anonima e meccanica criminalità, le facce di Roma. Dei figli della borghesia o delle borgate di Roma, la stessa cosa: entrambi vestiti allo stesso modo, entrambi con fattezze di tipo americano e criminoide con appena una punta di quella vanità e brutalità mediterranea e romana che si vede appunto a Roma. Giunsi sotto casa di Silvia. Dei giovanissimi e stanchi carabinieri, simili più a truppa coloniale e mercenaria, e mercenari erano infatti, camminavano stancamente accanto a un ministero, con l'ordine di proteggerlo. Ma si capiva che non proteggevano nulla se non il proprio sonno, che era quanto restava nei loro corpi a quell'ora. Lo proteggevano e lo protraevano stranamente forse pensando, in qualche istante di veglia, alla madre, alla fidanzata, laggiù nel sud. Qualche sirena ululava lontana e vicina, i gatti vagavano lì come dappertutto e il cielo di Roma, color fango per la luce riflessa dai lampioni delle strade, pareva chiudersi sulle strade, sui carabinieri, sulle facce puntute dei ragazzi butterati e biondastri, a pochi metri dal terreno, come a New York d'estate. Qualche arabo girava sorridendo con i denti come una iena, i capelli crespi intorno al piccolo capo come una criniera, i sottili corpi fasciati di vestiti di stoffa lustra, il passo lieve e danzante da savana. In direzione del Circo Massimo si vedeva salire un riverbero rossastro e fumoso come di incendio: sapevo che non era un incendio ma vari piccoli incendi di mondezza accesi da ragazzi intorno a prostitute e travestiti che battevano in quella zona. Suonai il campanello di Silvia, una, due, tre volte, ma non rispose. Subito mi prese l'angoscia. O non voleva rispondere perché il ragazzo era là, con lei, oppure non c'era. E se non c'era, dov'era? Mai Silvia andava a letto oltre mezzanotte. Cercai di calmarmi e passeggiai lì nei pressi. Poi tentai con il telefono. Non rispondeva. Girai per circa mezz'ora intorno alla casa di Silvia, per vedere se c'era o no la sua automobile. Non c'era. Dunque era fuori e più volte all'avvicinarsi dei fari di qualche macchina mi trovai, con un profondo senso di umiliazione e di vergogna, a nascondermi dietro i tronchi dei platani pensando fosse lei che arrivava a casa e posteggiava lì a pochi metri. Poi rinunciai e mi avviai verso casa di Giovanni. Ma fatti pochi metri e trovato un telefono riprovai. C'era, era appena arrivata.

«Sono qui sotto» dissi, «vengo su, aprimi.»

Risuonai il campanello, mi rispose Silvia, aprì il portone e salii. Una volta salito e quando lei mi ebbe aperto la porta, già in camicia da notte e con un'aria di sorpresa abbattuta e dolorosa nel volto, non sapevo cosa dire. Niente mi veniva alle labbra e mentre al cuore l'angoscia aumentava e ancora di più aumentava la vergogna e l'umiliazione di dover entrare in quel modo in quella che era stata per vent'anni fino a ieri la mia casa.

«Sono le tre, anzi, quasi le quattro» dissi stupidamente. Ma, come ripeto, non sentivo di avere assolutamente niente da dire. Allora mi giustificai dicendo la verità. «Non riuscivo a prendere sonno, poi a un certo punto mi viene l'angoscia per te, penso che ti sia successo qualcosa e non so stare a letto. Arrivo qui e non ti trovo...»

«Infatti sono tornata in questo momento» disse Silvia.

«Come mai alle tre, tu non fai ore simili, ero preoccupato...»

«Sono stata a discutere con questo ragazzo.»

«A discutere?»

«Sì, a discutere, dalle dieci e mezzo alle tre, quattro, che ore sono adesso?»

«Quasi le quattro.»

Come si facesse a discutere fino alle quattro del mattino con un ragazzo di quell'età e di quel tipo mi era non soltanto oscuro ma mi era impossibile perfino crederlo. Perciò dissi, mezzo imbambolato.

«No, tu non sei stata a discutere...»

Silvia arruffò i capelli, e come chi è stato svegliato nel sonno disse:

«Sembri un marito geloso...»

La frase mi colpì perché era al tempo stesso vero e falso. Vero perché ero geloso, falso perché quell'etichetta, anzi la voce con cui me lo diceva, non me la poteva mettere.[6]

Stemmo un po' in cucina e un po' a letto. Io non volevo andare a letto, poi finii per buttarmi sul letto. Io non avevo certamente sonno ma Silvia sì. «Ora calmiamoci e dormiamo un pochino» disse Silvia.

«Ma scusami, come si può stare a discutere fino al-

---

6. Dettato molto faticoso. Ciò che infastidisce il Narratore è il tono di voce con cui gli viene messa l'etichetta di *marito geloso*.

le quattro del mattino come i nottambuli che parlano di politica? Su di che poi?»

Silvia si lasciò un po' andare. «Batte sempre sullo stesso chiodo, sempre, poi minaccia.»

Avevo ragione di essere preoccupato. Quelle parole me lo confermavano.

«Che chiodo?»

«Vuole venire a stare qui e io gli ho detto mille volte di no, che non è possibile, che insomma stia a casa sua. Allora minaccia...»

«Che minacce?»

«Non ho capito bene, minaccia, ha deliri di potenza.»

Silvia parlava, ma ancora una volta poco, con infinite reticenze.

«E il chiodo sarebbe di stare in questa casa. Se vuoi, non sarò certo io che te lo impedisco...»

«Sarei pazza, mi credi pazza, mi metto in casa un ragazzo che fa il mattino all'alba...»

«Che c'entrano gli orari, se c'è l'amore come si dice» aggiunsi ironicamente. Ma Silvia non raccolse l'ironia. Sembrava preoccupata e ben decisa a non mollare le chiavi di casa. E me lo disse.

«Non gli darò mai le chiavi, guarda, a costo di, a costo di farmi scopare da uno che me la chiede da dieci anni.»

Cosa c'entrasse questa associazione di idee chiavi-scopare con uno che gliela chiede da dieci anni, non lo capii: capii però che doveva esserci in Silvia qualche improvviso cedimento della ragione. In poche parole aveva qualche momento di pazzia, come questo per esempio. Una strana pazzia, commista di vanità femminile (uno che me la chiede da dieci anni), come l'esercizio della vanità femminile fosse un antidoto al fatto di dare le chiavi al ragazzo che le chiedeva con insistenza (e la reticenza di Silvia me lo aveva nascosto fino ad ora). O che tutto si riducesse a una lotta o richiesta tra maschi per far l'amore con lei e che dunque lei mettesse sul terreno il suo sesso come argomento di difesa e di offesa. Ho già detto che Silvia è una bella donna, ma la cosa non soltanto mi sembrava pazza, di una femminilità a metà tra isterica ed esibitiva, ma sopratutto non somigliava affatto almeno alla Silvia che conoscevo io. Dissi:

«Non mi avevi mai detto che voleva venire a stare in questa casa».

«Ma credi che io non sappia perché vuol venire a stare qui?» disse Silvia con voce alterata, come per mostrare che lei era lucida, con una mente e una logica perfettamente funzionanti. «Vuole venire a stare qui per far vedere ai suoi genitori che gli rompono le scatole, che lui non ha bisogno di loro, che ha trovato una casa, una donna che gli apre le porte. Te l'ho detto, è vanità pura vanità, e per di più è prepotente, prepotentissimo, minaccia.»

«Ma cosa minaccia?»

«Niente, non so, non capisco.»

Ecco Silvia di nuovo nella reticenza. La verità aveva queste parole: "Vuol venire a stare con me e io sono convinta che è per farsi bello con i genitori e gli amici: questo mi dice la ragione. Il cuore mi dice invece che vuole venire a stare qui perché mi ama". Ma questo Silvia non lo diceva, lo teneva lontano dal discorso perché si vergognava. Così per la minaccia. La verità era: "Minaccia di non farsi vedere mai più e io senza di lui mi sento morire", questa era la verità, ma Silvia, poiché si vergognava, non la diceva e borbottava, ingarbugliava le frasi, insomma non parlava. In compenso ragionavo io, con buon senso e logica.

«Prendere il ragazzo in casa, questo non vuoi, per ora, perché ritieni che questo comporti troppe rogne, di tutti i tipi. Però lui ti fa storie, vuole sentirsi proprietario di te attraverso la tua casa e via dicendo. Dato il tuo temperamento sei giunta a un compromesso: hai cacciato di casa me. Così il ragazzo, se non può ottenere tutto, cioè te e anche la tua casa, in questo modo è stato accontentato. Così il padrone di casa, pure non stando in casa, è lui invece di me. Che significa che è anche padrone di te.» Dissi queste parole tutte d'un fiato, lentamente, come quando a scuola si doveva risolvere un problema di matematica. La risoluzione era lì chiara come il sole ma Silvia, naturalmente, sfuggiva la verità perché non voleva ammetterla e se ne vergognava. E invece era proprio quella che io mi ripromettevo di far uscire da lei, la verità con sé stessa prima ancora che con me.

Un pensiero mi attraversò la mente: "Ma lei potrebbe benissimo saperla la verità, e conoscerla, ma non vuole dirla appunto perché si vergogna, né a me né a nessun altro". Mi resi conto che non avrebbe detto la verità, al momento, nemmeno sotto tortura, come si dice. Mi sdraiai sul letto accanto a lei, mi addormentai per qualche ora. Il giorno dopo decisi, con suo grande sollievo, che sarei partito per la campagna.

Come sempre affettuosa e amorevole, ma stavolta con le sue buone ragioni, Silvia mi accompagnò all'aeroporto. Attese con me nella saletta dell'Alitalia fino alla partenza dell'aereo, pianse, ripeté che io ero tutta la sua vita e che, insomma, non avevo ragione di preoccuparmi, che tutto si sarebbe sistemato nel giro di breve tempo.

Mi rendo conto che, a questo punto, la descrizione

dei fatti e anche le analisi dei fatti diventano approssimative. Ma erano approssimative, anzi, sempre più approssimative e io non ci potevo fare nulla. Avrei voluto naturalmente il contrario, che le cose, altra parola non posso usare ormai, tra me e Silvia, non fossero affatto approssimative, avrei voluto veder chiaro nella sua testa o sentirla parlare chiaro, ma come spesso accade in cose di questo genere, chiari non si è mai, sopratutto con sé stessi. I fatti però sì, quelli sono quello che sono e soltanto questo è una chiarezza, un terreno su cui posare i piedi, o meglio la ragione.

Ero in campagna, solo, senza avvedermene confinato da Silvia che, con il suo comportamento, aveva fatto sì che me ne andassi, che non stessi con lei: si era creato cioè quel cumulo di imbarazzo dovuto da una parte alla reticenza di Silvia, dall'altra al mio desiderio di chiarezza che rendeva impossibile la mia presenza a Roma. Da un lato mi dicevo: "Lasciala un po' fare come vuole", dall'altro mi pesava molto abbandonarla non soltanto per il mio presunto amore per lei, quanto per la situazione in cui si trovava: mi pareva che abbandonarla del tutto, lei, che tutto sommato era stata anche non soltanto mia moglie per vent'anni ma la mia migliore amica, non era cosa che andava bene fare. Ma, non volevo abbandonarla per amore, per reale affetto, o piuttosto per perseguire il mio disegno, di estorcerle la verità? Anche in me , dunque, le idee cominciavano a farsi sempre meno chiare. Sapevo tuttavia, per non so quale oscura ragione, che lei aveva bisogno o credeva o voleva avere bisogno di me.

Infatti, al mattino dopo, mentre ero al bar del paese a leggere i giornali, ecco la telefonata di Silvia. Non mi aveva trovato a casa e, ansiosamente, mi aveva cercato al bar. Ero contento ma finsi anche di esserlo. Era una telefonata, come al solito, come tutte le nostre telefonate, affettuosa, famigliare, ansiosa e preoccupata per il mio stato d'animo eccetera eccetera, come sempre. Con una aggiunta, anzi una conferma. Che ci saremmo trovati a Bologna di lì a una ventina di giorni e avremmo fatto un po' di vacanza insieme. A questo punto, come ho detto, anche per me nulla appariva più chiaro. Mi chiedevo: "E perché trovarci a Bologna?", semplice domanda, che a questo punto però imponeva una risposta apparentemente semplice in realtà complicatissima. Perché Silvia, stando al linguaggio dei fatti, aveva ancora bisogno di me, cioè del maggiore alibi per la sua coscienza. Un po' come quelle donne che, subito dopo aver tradito il marito, sentono la necessità di fare all'amore con lui. E poi per confermare a sé stessa che la sua storia con il ragazzo non era poi così importante; non importante al punto di rompere con una persona che aveva amato per vent'anni e con cui aveva, per così dire, un patrimonio in comune: nessun patrimonio pratico, cioè pecuniario o immobiliare, ma un patrimonio diciamo così di vita, di emozione, insomma di amore. E infine per quella parte di sicurezza di cui ogni donna, d'istinto, ha bisogno. Era strano che proprio ora, dopo che io ero fuggito da lei in mille modi in passato, trovasse in me un motivo di sicurezza. Ma vuol dire che lo trovava o, se non altro, ne trovava molto di più in me che nel ragazzo, che era giovane e che, ovviamente, avendo potuto essere suo figlio, non le avrebbe dato nessuna sicurezza, anzi, con le sue prepotenze e i suoi capricci, pareva darle proprio il contrario.

Al mattino alle otto Silvia aveva la sua telefonata di sicurezza; anche se era pur sempre una telefonata lunga e talvolta burrascosa perché in me premeva pur sempre sapere e in lei premeva ancora di più nascondere, censurare, velare ogni cosa come se questo ragazzo non fosse esistito. Facevo le mie domande e Silvia mi rispondeva: «Parliamo di noi due, parliamo di noi due» con un miagolio lamentoso e bugiardo che se l'avessi avuta sotto le mani l'avrei strozzata. Obbiettavo che non eravamo solo noi due, ma che c'era di mezzo qualcuno che mi aveva anche cacciato di casa.

«E tu, non mi hai cacciato dalla campagna, che amavo tanto e dove da due anni non posso più rimettere piede?» E cominciavano le ritorsioni, da parte sua, naturalmente, e un ossessivo rivangare il passato, ossessivo e iterativo, perfino con date di partenze mie e di abbandoni. Di nuovo l'alibi. Da parte mia sempre le solite domande che giravano intorno a quella che io ritenevo la verità sempre centrale di tutto, cioè il sesso. C'era ben poco da fare. Qualcosa ero riuscito ad estorcere.

«No, non è una sbandata sessuale, pensa che strano. Di solito si pensa che alla mia età, le donne perdono la testa, anzi i sensi, quando trovano un ragazzo più giovane. Bene, per me non è affatto così: è molto più sentimentale che sessuale.»

«Ma ti piace o non ti piace fare l'amore con lui?»

«A volte sì, a volte no, non è la cosa più importante.»

«E allora che cos'è importante visto che ho dovuto andarmene di casa per lasciare posto a questo ragazzo, il che non è una cosa secondaria. Se la conseguenza è così importante, la causa sarà pure importante.»

«Ma no, mi diverte ecco tutto, è un citrullone giovane, ben fatto, che si muove bene e che mi piace vedere per casa.»

«Sì, ma l'amore?»

«Non credere che si faccia sempre all'amore, più che altro si parla. Poi noi spesso non siamo soli, ci sono i suoi amici.»

«Che amici?»

«Ha degli amici, li porta qui, per me è una novità, te l'ho detto, quella di conoscere gente più giovane, sentire come ragionano, il modo come prendono la vita, i loro interessi, te l'ho detto, fa sentire giovane anche me, e poi non ce n'è mica uno solo di corteggiatore, ce ne sono anche altri.»

Il tono della voce di Silvia, nel dirmi queste ultime parole, mi colpì. Era quello di una ragazzina pluricorteggiata, quel tono di vanità civettuola che tutti conoscono nelle adolescenti di tutti i tempi; al tempo stesso si prendeva in giro, non poteva non prendersi in giro perché Silvia sapeva benissimo di non essere una ventenne ma una cinquantenne. E tuttavia desiderava con tutto il suo cuore di essere una ventenne. Tornavo sempre al sesso, ispirato dalla mia visione-ossessione, perché lì, ero certo, stava, come sempre ripeto, la verità, il cuore del problema.

«Facciamo all'amore, sì qualche volta, ma ci sono delle difficoltà, è giovane, è inesperto e io sono quella di sempre, non è che sono cambiata.» Con queste parole, una volta di più Silvia voleva dire e sottolineare che il sesso aveva per lei un'importanza molto relativa, sia che fosse stato con altri prima di me, con me e anche ora con il ragazzo.

«Guarda, te l'ho detto, è una cosa molto più sentimentale che sessuale. Mi lusinga, mi fa sentire più giovane, ed è molto più relativa di quanto tu pensi. Forse perché non ho avuto figli, insomma se avessi un figlio vorrei che fosse così.»

«Così come? Fascista, che fa l'alba tutte le notti, che non ha la più lontana idea di lavorare e va in palestra e beve Coca Cola.»

«Come fai a saperlo?»

«L'ho visto in frigidaire, ne hai una scorta.»

«Sì, beve solo Coca Cola e non fuma» disse Silvia, anche qui con uno strano accento di fierezza nella voce. «Tempo fa beveva whiskey tutte le notti e fumava cento sigarette. Ora ha smesso.»

«E si è dato al culturismo.»

«Va in palestra ecco tutto: ha il mito della forza fisica, della virilità, della solitudine virile. Gli è piaciuto molto *Il cacciatore*.»

Così ora dovevo sentire, proprio da Silvia che certo non era mai stata fascista, anzi aveva sempre avuto orrore per quel genere di ragazzi, i gusti anche cinematografici di un fascista.

«Del resto non è il solo, anche i suoi amici la pensano così...»

«I suoi amici di Ordine nuovo?»

«Sì» disse semplicemente Silvia a cui le parole Ordine nuovo avrebbero dovuto dire molte cose. Invece non si scompose.

«E questi tipi vengono lì da te, a cena, e poi state lì a discutere.»

«Sì» disse Silvia, semplicemente, e ancora una volta mi stupì per la sua serena e quasi divertita pacatezza, come se il suono di Ordine nuovo non fosse un suono sinistro, non emanasse anche quello, sì, più di tutti, odore di sangue marcio, di assassinio, di stupro, di bravate delinquenziali, una paccottiglia di mezze idee rivomitate mille volte dalla più spaventosa e brutale ignoranza romana, della borghesia nera romana.

«Ma non sanno niente sai, sono ignorantissimi e spesso violenti, specialmente questo ragazzo è violento. Parlano sempre di guerra, di sangue, della catarsi della guerra, della guerra e della solitudine virile come il vero ideale dell'uomo.»

Devo ammettere che queste telefonate mi lasciavano letteralmente a bocca aperta e spesso pensavo che Silvia fosse veramente impazzita, o in quella condizione di squilibrio molto nota, che può provocare l'avvicinarsi della menopausa. Ma poi, tristemente, mi rispondevo: è innamorata, l'amore non fa certo questioni di carattere politico e inoltre c'è qualche cosa d'altro e di più profondo. Tutto ciò le ha sempre ripugnato per la stupidità, l'ignoranza, la volgarità e la violenza, e proprio per questo ora la attrae. E la sua attrazione è purtroppo quanto evidentemente innocente. "Ma per essere innamorata fino a questo punto" proseguivo tra me e me, mentre lei parlava all'altro capo del telefono, "ci deve essere una violentissima attrazione sessuale, quale lei non ha mai conosciuto e che, ancora una volta purtroppo, ha tutto l'aspetto della degradazione, cioè del masochismo."

Riappesa la cornetta pensavo appunto a questo, il più preoccupante degli aspetti del nuovo amore di Silvia e, indossata a malincuore la veste del medico, cominciavo ad analizzarlo: ricordavo e mettevo insieme, come tessere di un mosaico, la vita sessuale di Silvia.

Sembrerà impossibile ma dopo vent'anni di matrimonio, ora che ci pensavo e volevo pensarci, io mi tro-

vavo a sapere pochissimo della sessualità di Silvia. E
questo perché, ad eccezione di un brevissimo periodo
un anno o due fa, la nostra vita sessuale fu sempre molto ridotta. E tuttavia, proprio da un'espressione sessuale, da una smorfia ripugnata e ripugnante nel volto di
Silvia, ero stato attratto da lei la prima volta che l'avevo
vista a Piazza del Popolo. Quell'espressione, che durò
in tutto due o tre minuti, mi era parsa ed era molto violenta: come se fossimo stati lì, sotto gli occhi di tutti, e
nel mezzo di una piazza di Roma, a far l'amore. E che
lei, solo attraverso lo sguardo, come ho già detto perfino strabico, ripugnato e ripugnante, che si contorce
proprio nei momenti più intensi dell'amore, avesse rag-
giunto l'orgasmo. Poi, conoscendoci e frequentandoci,
fin dalle prime volte quell'espressione scomparve da lei
e non si ripeté mai più. Mi ricordavo che una volta, in
Giappone, nel visitare un acquario, ero stato affascinato da una grande ostrica nero-violacea che stava dentro
la sua bacinella e pareva respirare: muoveva lentamente
le valve e le apriva a fessura, una fessura molto sottile,
poi le chiudeva di scatto: improvvisamente l'ostrica aprì
le valve in una fessura molto più larga, quanto mi per-
mise di vedere chiaramente nell'interno il bagliore rosato di qualche cosa: era una perla. Poi le richiuse subito
di scatto. Affascinato come ho detto sia dalla forma e
dal colore dell'ostrica, sia sopratutto da quel bagliore
misterioso che apparteneva alla bizzarria della natura,
andai varie volte nell'acquario che del resto era a due
passi dal mio albergo. E stetti in contemplazione di quel
grande, caparbio guscio violaceo, che pareva appunto
respirare di tanto in tanto aprendo e chiudendo le valve: mai però da lasciar trapelare nulla più di una oscurità tetra, bavosa e mucillaginosa. E mai più avvenne che

si aprisse tanto da poter vedere un'altra volta quella specie di cuore vivo, rosato e avvolto nei bagliori che era la perla. Mi informai e un ittiologo giapponese mi disse che, comunque, avevo assistito ad un fatto che avveniva molto raramente per delle ostriche, per così dire, in cattività e veramente quasi mai per quella particolare specie di ostrica. Così me ne andai dal Giappone senza più aver visto quel fenomeno e la luce di quella perla. Così era stato con Silvia. Per me, ma col passare del tempo in modo sempre più oscuro e quasi cancellato dalla memoria cosciente, che io mi ero messo con Silvia proprio per quel bagliore di oscura e torbida sessualità che avevo intravisto in lei per così poco tempo. Naturalmente le ragioni per cui stemmo insieme tanto tempo furono molte e totalmente diverse da quella, ma oscuramente, ora ne sono certo, era stata quella e continuava ad essere quella e nessun'altra la fonte di maggiore e costante attrazione che Silvia esercita in me.

Tuttavia, come ripeto, ad eccezione di quel momento Silvia, dal punto di vista sessuale, fu per la maggior parte del tempo del nostro matrimonio, quello che si dice una delusione. Non però una delusione semplice e banale, come accade per molte donne, bensì una delusione complessa e originale. Il rapporto sessuale tra me e Silvia si svolgeva molto normalmente anche perché Silvia stessa, a parole e nei fatti, quando si era lì a far l'amore, mostrava di non gradire particolarmente altre anche elementari forme, diciamo così, di variazione. Non amava particolarmente, anche se non lo rifiutava, l'amore orale, per quello che riguardava me, dava invece segni di indifferenza per quello che riguardava lei. Si sarebbe detto quasi per natura. Infatti mentre la bocca di Silvia, dalle labbra così gonfie e dure e protuberanti, si sarebbe detto fatta apposta per l'amore orale, così non era per il suo sesso che, al contrario, era quasi nascosto dentro un grosso pube anche quello proteso, rotondo, duro e muscoloso, da cui, come nell'ostrica del Giappone, nulla filtrava alla vista nemmeno a gambe aperte: non si vedeva nulla, solo un infittirsi e uno scurirsi del pelo intorno a quella che si sarebbe detta una piega e non una fessura. Solo al tatto e penetrando all'interno si poteva sentire le labbra e il clitoride che aveva molto alto e quasi introvabile tanto si confondeva con l'osso del pube: e solo in condizioni di grande eccitamento se ne poteva sentire il gonfiore che scompariva però nei meandri di un sesso lungo e largo anche se nascosto. Solo lei pareva conoscerne molto bene la sensibilità quando si masturbava, ma pareva che le dita della sua mano riunite salvo il medio, un poco più allungato verso l'interno, sfregassero il pelo all'estremità del ventre molto in alto e non più giù, come moltissime altre donne. In ogni modo, come ho detto, oltre la masturbazione che provocava in Silvia un forte piacere sia che fosse lei a praticarla, sia che fosse l'uomo, per l'amore orale c'era in lei la massima indifferenza e, certamente, questo non le dava nessun piacere. Quanto all'amore orale compiuto da lei sull'uomo, se le sue labbra erano particolarmente adatte allo scopo, anzi le più belle labbra fatte allo scopo che io abbia mai visto, Silvia non aveva molto istinto a compierlo: le piaceva certo, e questo si vedeva, ma quella tecnica elementare che qualsiasi ragazza possiede a lei mancava. Secondo me perché Silvia provava maggior piacere nel contatto tra il cazzo e le labbra, l'esterno delle labbra e non l'interno della bocca. Perché, evidentemente, la sua sensibilità, il suo punto erogeno stava lì, nei muscoli e nella sensibilità delle labbra e non all'interno della bocca. Se lo faceva, e si fece molto di rado, il piacere semmai consisteva nell'ingoiare lo sperma, cosa che ripugna per ragioni meccaniche a quasi tutte le donne anche innamoratissime del loro partner. Silvia invece ingoiava lo sperma con perfetta calma e naturalezza, così come, con la stessa calma naturalezza e piacere, ingoiava anche le grosse ostriche francesi. Anzi, dopo averlo fatto, due o tre volte la sentii dire, leccandosi le labbra: «Uh, che magnifica ostrichina» e mi spiegava che la sensazione e il piacere erano per lei gli stessi che le dava un'ostrica con il suo sapore di mare.

Silvia non aveva avuto nella sua vita molti uomini, nonostante la sua età e le molte occasioni. Aveva avuto il marito, per brevissimo tempo; poi un altro uomo per sette anni, infine me per venti. Il suo primo marito, un bravo e buon giovane di ottima famiglia, come si dice, Silvia l'aveva sposato così, come si sposano per la fregola di sposarsi tutte le ragazze borghesi di vent'anni. Sostenuta e forse anche un po' spinta dai genitori, felicissimi di una simile unione, così borghese e perfino così nobile. La madre di Silvia, non priva di snobismo, e Silvia stessa, che a quell'età viveva di snobismo come moltissime ragazze bene romane, pensavano che così era giusto. Ma né l'una né l'altra avevano fatto i conti con il carattere di Silvia, oscuro e imprevedibile a lei stessa per prima. Questo carattere, come ho detto, era ed è inguaribilmente romantico, rosa, e col romanticismo sono sempre guai. Silvia si stufò dopo un anno e abbandonò il marito, per un pittore con cui si stabilì a Londra. Il pittore aveva lasciato per lei moglie e figli, ma beveva e in fondo non dipingeva che quadri mediocri, pensando sempre più con il passare degli anni a una sua autentica vocazione frustrata però dagli altri. Silvia mi confessò che con il marito, uomo assolutamente normale, non aveva mai provato un orgasmo. Questo avvenne invece con il pittore che, secondo una sua espressione, si "dedicava" a lei e alle sue difficoltà sessuali con particolare amore e, appunto, dedizione. Scoprì con lui di essere quello che si dice in termini medici e anche di moda, una clitoridea. Sono sempre stato curioso e avrei amato sapere nei dettagli come facevano all'amore sia con il marito sia con il pittore. Ma Silvia, sempre reticente, e allora per pudore, non mi disse che poche cose e insufficienti. Tanto da farmi capire però che, nonostante il risveglio operato dal pittore, la sua vita sessuale era andata avanti di ben poco. Di me, ho già in parte detto. Fu, come si dice comunemente, una mezza delusione, nel senso che Silvia, se otteneva quasi sempre con me l'orgasmo, questo però, e lo stesso approccio sessuale, era ostacolato ancora una volta dal suo e forse anche dal mio romanticismo. Ricordo che, quando io protestavo che facevamo molto poco all'amore e che lei pareva non averne voglia veramente, Silvia protestava.

«Non è vero» diceva, «non è vero che non ne ho voglia, ma la vera voglia, come tu sai bene, mi viene quando andiamo al mare, o comunque d'estate in vacanza insieme.» Fatto sta che, con gli anni, i nostri rapporti sessuali si diradavano sempre più, intatto e anzi ogni giorno aumentato il sentimento che ci univa: fatto prima di tutto di un grandissimo amore l'uno per l'altro, che si esprimeva poi con lei che dava e con me che dovevo ricevere. Non avrei potuto non ricevere il suo amore che si esprimeva, come ho già detto, in una dedizione senza limiti, che aveva sì molte componenti materne, fraterne e famigliari ma era dominato da una specie di religiosità, appunto di fanatismo: un fanatismo però pacato e remissivo, di suora, di infermiera, di zia, tanto umile quanto caparbio. E lì, in quel fanatismo di tipo religioso, si spegneva, o se si vuole, si sublimava, tutta la sessualità di Silvia. Se io avevo delle amanti, non molte, lei lo sapeva e taceva, purché stessi lì, a farmi amare, esaudire, coccolare, viziare. Questo tipo di dedizione fanatica, che io non amavo e di cui mi vergognavo presso tutti i nostri amici, sortiva naturalmente anche in me il peggiore effetto possibile: la fine dell'attrazione sessuale di Silvia e molto spesso la noia. Mi pare di ricordare che non poche volte le dissi di essere un po' più puttana e ricordo benissimo una volta a Venezia, che le comperai una minigonna di cuoio, da mettere lì, all'istante e con quella girare per la città. «Hai due bellissime gambe» le dissi, «e falle vedere.» Era vero, le gambe di Silvia, con quella caviglia sottile e le due fossette a lato, i ben torniti ma sottili polpacci e le magnifiche lunghe cosce, erano, dopo le labbra, la parte più bella del suo corpo. Forse banalmente erotiche, un po' per tutti diciamo, a differenza del resto e specie della bocca che era per pochi. Lo fece, indossò subito nella toilette di un bar la minigonna, sempre per quello spirito obbediente di dedizione religiosa che provava nei miei confronti. Ma se ne vergognò subito, scappò in albergo e non la indossò mai più.

«Non è nella mia natura» diceva, «purtroppo io non sono puttana, e il mio modo di vestire è tutt'altro, se vuoi snob, se vuoi da suorina, come dici tu, ma credimi, non meno erotico. È la mia forma di puttanaggine.» Sapevo che era vero ma mi fermavo allo snobismo e a una forma di sessualità appunto romantica e all'antica che suggerisce di nascondere e quasi di svilire, tanto più se bello, il proprio corpo. Svilire non è forse esatto, ma nascondere sì, e fu sempre anche questa una forma, una delle tante, della reticenza di Silvia.

Dopo il marito e il pittore, o durante il pittore, ebbe una piccola avventura con un altro pittore, un giovane veramente molto bello e che, guarda caso, impersonava, più che l'attrazione sessuale, ancora una volta il sogno romantico. Romantico era egli stesso di fattezze, biondo, alto, con zigomi sporgenti, una specie di cavaliere teutone, con tutta la simpatia però del romano. Ma sessualmente non funzionò nulla e il flirt non durò più che tanto. Il pittore, invece, il pittore mi intrigava. Mi intrigava perché lì il fanatismo di Silvia aveva fatto un passo molto avanti. Il fanatismo non il sesso. Il sesso stava sempre indietro, arretrato, e quasi inesistente, mentre la dedizione appunto fanatica trovò il modo di esprimersi più chiaramente. Mi raccontava che lo andava a cercare nei bar, ubriaco fradicio, lo trasportava quasi di peso a casa, lo spogliava, lo metteva a letto ed era lei stessa, infermiera misericordiosa, che gli forniva la prima quantità d'alcool al mattino, la più necessaria a placare il tremito se non il delirio. Non l'avevo mai detto ma questa era una delle cose in Silvia che mi ripugnavano mi facevano orrore. Così grande e caparbio e fanatico in lei era il desiderio di salvazione, di redenzione in virtù dell'amore, che si accaniva e si chinava, è proprio il caso di dirlo, su un ubriacone ormai cronico fino al punto, chissà, di farlo smettere di bere per forza d'amore. Ricordo che, pochi giorni dopo esserci conosciuti, in un bar, la sera tardi, Silvia tolse di mano il bicchiere di whiskey del suo partner e ne bevette metà, lei che odia qualunque liquore forte, per dimezzare la dose d'alcool che il compagno avrebbe ingurgitato. Col risultato, naturalmente, che l'altro ne bevette il triplo. Avevo visto altre donne fare così e immediatamente, si può dire d'istinto, avevo giudicato quel modo di fare, quella dedizione, quell'essere perfino dentro la salute oltre che la coscienza della persona amata, con una sola parola: possessività. E senza dubbio quel gesto di Silvia era un gesto possessivo. Come lo furono poi, in quantità inestinguibile, molti gesti nei miei confronti. Senonché io glieli proibivo. Non tanto per non essere posseduto, moltissime, quasi tutte le donne sono possessive, quanto perché sapevo e sentivo che quel particolare genere di possessività, religiosa e fanatica, per la salvezza dell'amore e della coppia, in realtà distruggeva e l'amore e la coppia. Avrei preferito mille volte un genere di possessività diversa, quella più comune, quella della gelosia aperta, della possessività aperta, delle scenate. E dunque dell'erotismo, che ne sarebbe inevitabilmente seguito. Ma quella di Silvia era invece una possessività casta; tanto più casta perché, umilmente, si esauriva in sé stessa; e per così dire atrofizzava di giorno in giorno, con la sua forza di sublimazione, gli aspetti più veri dell'amore in una coppia, quelli che sgorgano sempre e prima di tutto dal desiderio fisico.

Avvenne, è vero, un mutamento improvviso in Silvia, quando io mi innamorai della ragazza di campagna e fuggii da Roma per un certo tempo. Silvia andò a Bologna e fece, d'istinto, quello che qualunque donna fa nel tentativo di recuperare l'uomo amato. Mi ingelosì. Mi telefonava sempre, ormai è chiaro che il telefono ha una parte fondamentale in tutto il nostro rapporto, e mi raccontava per telefono quello che faceva con un paio di suoi amanti, nei dettagli. Specie con un giovane studente di medicina, un giovane meridionale di cui mi disse soltanto: ha un cazzo bellissimo. Risultato: partii immediatamente per Bologna, e passammo due giorni a fare l'amore, come ho già detto, con una intensità a dire poco esplosiva. Tutto mi piaceva di lei, come del resto mi era sempre piaciuto: ma offerto così, con le belle labbra contorte dal desiderio, con il ricordo che fino a poche <ore> fa era stata veramente e soltanto donna con un altro, non mi importava chi, mi colmò sì di gelosia ma anche di una profondissima felicità. Ottenne quello che voleva, naturalmente: riconquistarmi. Vincere, sopratutto sessualmente, sulla ragazza che mi attraeva esclusivamente per quello. Ma durò poco. Rimasi con lei poco più di un mese e bastò questo tempo perché la sua vera sessualità, quella nascosta, quella casta e fanatica, prendesse il sopravvento. E tutto riprese il colore di un tempo, amorosissimo e fraterno, famigliare, in una parola anziano.

Del resto non eravamo giovani e il lettore si stupirà, a questo punto, che si parli tanto a lungo e con tanti dettagli della sessualità di una coppia, anzi di una donna di cinquant'anni. Ma innanzitutto è proprio a questa età, come dicono l'enorme quantità di riviste e giornaletti che si dedicano a "l'amore a cinquant'anni", <che> nascono i veri problemi sia per la coppia che per le persone. Vivere casti e raccontare gli amori degli altri, diceva Longo Sofista, e raccontò l'amore di Dafni e Cloe, due giovani pastori innocenti. Molto più difficile parlare dell'amore di individui sui cinquanta anni, come me e Silvia, e sopratutto del sesso. Qui devo esprimere una mia opinione personale: l'accoppiamento, la sessualità è e dovrebbe essere patrimonio esclusivo delle persone giovani. Oltre quel periodo di tempo che può arrivare al massimo ai trent'anni, il sesso comincia a perdere di innocenza, di irruenza e dunque di bellezza. Nulla di male, anzi tutto di bene vedere due giovani di vent'anni che fanno l'amore, ma vedere due persone già avviate inesorabilmente verso la vecchiaia è una cosa che non va. A quel punto dovrebbe appunto scattare la molla della sublimazione, cioè di un amore tanto più intimo quanto è più casto. E tuttavia in tutto il mondo non si fa che parlare dell'amore dei cinquantenni. Evidentemente perché questo crea per tutti i cinquantenni un problema e questo problema è un problema con sé stessi, con la propria vita, insomma è un problema esistenziale. *Fascinum* era la parola che designava in latino il cazzo e, appunto, il cazzo, cioè la forza tanto propulsiva quanto irruente del cazzo, è il significato della vita stessa. Se non ci fosse il cazzo non ci sarebbe vita. Questo a vent'anni non si sente e non si sa. Si usa il sesso come una fonte di piacere, come bere, mangiare, dormire, insomma nutrirsi. In età più avanzata, per l'esperienza e la riflessione, questo uso diventa tanto più indiretto quanto più è mentale. E si è automaticamente attratti verso i giovani che usano il cazzo in modo incosciente, senza pensieri, come una macchina sempre perfettamente funzionante a proprio piacere. Perfino, si crede, a propria volontà. Il vero problema delle persone di cinquant'anni, di cui i rotocalchi riempiono pagine e pagine, in realtà non è il sesso, ma la morte. La sensazione, anzi la certezza, di avvicinarsi sempre di più a quell'estremo limite oltre cui, come dice Amleto, nessun viaggiatore ritorna. E poiché il sesso, il fascinum è esattamente il contrario, cioè la vita, ecco l'attrazione verso chi porta con sé la vita e non la morte. Dunque la vera bellezza sta lì, nel fascinum, nel cazzo, perché è la bellezza appunto della vita. Detto questo ci si stupirà lo stesso che si possa concentrare tanta attenzione sulla sessualità di Silvia, donna di cinquant'anni.

Potrei rispondere subito e con assoluta tranquillità che, verso la vita sessuale di Silvia, specie in questi ultimi tempi, io ero spinto, non già dall'ansia per il nostro amore coniugale quanto dall'invidia per il cazzo del ragazzo con cui Silvia faceva all'amore. Cioè, in una parola, dall'invidia per la vita, che sapevo penetrare in Silvia e non in me. Ma a questa prima osservazione in certo qual modo preventiva ho già la mia risposta: io stesso facevo all'amore con una ragazza della stessa età, cioè con la vita, e avevo conosciuto attraverso di lei tutte le gioie e l'irruenza della gioventù. Avevo provato lo slancio dei ventenni nel possedere una ragazza così giovane, con una carne soda e lattea, con un desiderio sempre pronto e sempre pronto a essere soddisfatto. Avevo provato tutto questo e, con il passare del tempo, pochissimo tempo, avevo capito che il mio chiamiamolo così esercizio sessuale, di cui ero e mi sentivo ancora capace come e forse più di un giovane di vent'anni, non era in realtà che una finzione, naturalmente con me stesso, perché la ragazza non se ne accorgeva: beveva il piacere e basta, senza farsi tante domande. Se si faceva all'amore due, tre, cinque volte in un giorno, lei prendeva atto con soddisfazione e basta. Ma ero io che non prendevo atto e mi dicevo che, qualunque cosa facessi, quali che fossero le illusioni che un fortunato periodo della mia vita mi aveva offerto, queste, presto, molto presto sarebbero cessate: e che la ragazza invece avrebbe avuto molti anni ancora per goderle interamente, con la stessa innocenza, fame e semplicità. Sapevo insomma che si trattava di un amore di cui Longo Sofista non si sarebbe certo occupato, per ragioni di estetica interna alla sua arte, ma se ne occupò molto più tardi Nabokov nel suo *Lolita* con risultati non meno belli che funebri. Sapevo, per esperienza, che, lungi dall'esprimere vitalità, il rapporto tra due persone con venti, trent'anni di differenza, era il primo atto della senilità, cioè del rimpianto per la vitalità. E che la vitalità che noi vediamo o crediamo di vedere nel nostro giovane partner non è la nostra, bensì la sua. È lui che richiede, che agisce, che usa il sesso in modo al tempo stesso innocente e inconscio, noi in realtà non siamo altro che gente che guarda e, guardando, crediamo di agire, cioè di vivere. In realtà invecchiamo e molto più rapidamente cercando disperatamente di allontanare quel pensiero fisso e definitivo che la natura, sempre così misericordiosa, provvede ad allontanare appunto con l'illusione.

La stessa cosa accaduta a me doveva essere accaduta a Silvia, quasi per mimetismo. Anche lei, ora, guardava, credendo di vivere e di sentirsi giovane irresponsabile e felice come il suo partner. Come potevo non capire, non dico giustificare perché non c'è nulla da giustificare, ma non capire e, sotto sotto, non rallegrarmi per lei per quelle sue gioie illusorie? Non lo potevo proprio perché l'avevo provato. Avevo provato la grandissima emozione di stare disteso a fianco di una ragazza con seni gonfi e meravigliosi pronti per produrre latte, corpo fianchi e bacino pronti per mettere al mondo un figlio, un sesso sempre prensile e umido nella richiesta di essere penetrato e sopratutto quella impazienza di usare le proprie energie sessuali che è propria della gioventù. Avevo provato tutto questo e da tutto questo mi ero lasciato inebriare, è proprio la parola giusta, fino ad abbandonare Silvia e fino ad annullarmi in quella della ragazza,[7] anzi nella sua gioventù. Ma quanto era durata l'illusione? Poco più di un mese. Lì non c'era e non avrebbe potuto esserci simbiosi di nessun tipo perché tutto, fuorché l'atto del far l'amore, ci separava, tutto, educazione, cultura, interessi, cibi, tutto; e così dopo poco più di un mese mi ero trovato vicino una ragazza che avrebbe potuto essere mia figlia con il sentimento, appunto, di un padre. Un sentimento innanzitutto pedagogico: il desiderio di insegnarle qualche cosa. Errore enorme che la cosidetta generazione dei padri ha compiuto e sta compiendo dal 1968 ad oggi. Nulla si può insegnare che non sia la loro propria esperienza ad insegnarlo. La pedagogia è irreale e, in pratica, impossibile. Dopo due anni la ragazza, che stava molto tempo con me, se aveva imparato per rapidità di riflessi ricettivi a parlare in modo associativo, leggeva ancora i suoi giornaletti di sempre. Non si interessava a nulla che non fossi io, sosteneva che non esiste differenza di età e di esperienza tra me e lei, insomma evitava con noia e insofferenza ogni forma anche larvata di pedagogia. Era giusto e logico. Si lagnava che non eravamo due "fidanzati normali", diceva di tanto in tanto che avrebbe avuto bisogno di un "fidanzato vero". Anche questo era giustissimo. Fortunatamente io non mancavo e non manco ancora di energia, nonostante i miei cinquantacinque anni, e non parlo di energia sessuale ma vitale nel suo complesso. E tuttavia, lei sentiva che mi mancava e questo mio mancare di energia si poteva riassumere semplicemente nella differenza di età. Glielo dicevo.

«La differenza di età per me non conta nulla. Per

7. Così nel testo. O è stata dimenticata una parola o bisogna rassegnarsi a leggere *quella ragazza*.

me sei un coetaneo e non mio padre, come tu dici.» Lo diceva con la tipica irruenza e intransigenza dei giovani, che per capire cosa significa la differenza di età, cioè un'esperienza, devono provare l'esperienza appunto con l'età. Le spiegavo anche questo. Ma non serviva a nulla: caparbiamente, la ragazza, pure dicendo che io ero un suo coetaneo, che mai una volta aveva avvertito in me la differenza di età, lo stesso, varie volte diceva, più a se stessa che a me: "dobbiamo lasciarci, io voglio un fidanzato vero", come dire un ragazzo più o meno della sua età con cui avrebbe fatto e conosciuto quelle cose che si fanno e si conoscono alla sua età. In questo era gelosissima del mio passato: il solo fatto di vedermi penare[8] o di andare insieme a lei in luoghi che lei sapeva io già conoscevo per averli visti una quantità di volte, la innervosiva, la metteva di cattivo umore.

«Vedi» diceva, «io sento che tu questi luoghi e queste persone le hai conosciute e ora ne sei già arcistufo. E così tutto quello che facciamo tu <lo> conosci già, anche se ti sei imposto di non farmelo capire. Ma io lo so, e questo crea tra me e te un grande vuoto, un vuoto incolmabile; se questi luoghi, queste cose, queste persone, questi cibi, le vedessimo insieme per la prima volta, allora non ci sarebbe più vuoto e noi, anziché essere una sola persona, come io mi sento, saremmo in due.»

Le rispondevo con un'aria quasi giustificatoria, mortificata:

«Ma tu sai che io ho un passato, che in questo pas-

---

8. Così nel testo; ma è congetturabile *pensare*, che si adatterebbe alla situazione psicologica della ragazza che si sente esclusa dai pensieri e dai progetti del partner (cfr. più avanti, *pensando chissà che cosa sulla mia noia* che nel testo figura *penando chissà che cosa sulla mia noia*, e *A pensarci oggi* che nel testo figura *A penarci oggi*).

sato tu non c'eri e che durante questo passato mi è capitato di vedere e conoscere molte cose, tra l'altro anche queste».

«Lo so che hai un passato ma con me dovresti vivere al presente dimenticando il passato. Tanto, cos'è il passato. È una cosa che non c'è più, che non esiste.»

Aveva ragione, in teoria e anche in pratica, ma l'uomo non essendo una macchina trascina purtroppo dietro di sé tutti i sentimenti di tutta la vita, lo voglia o no.

«Non mi è possibile», rispondevo brevemente, ed era esattamente la verità.

«Ecco perché sono sempre così infelice: perché mi sento sola, e non in compagnia come vorrei.»

«È la differenza di età» rispondevo tristemente. E tristemente lei accondiscendeva, annuiva, capiva ma, e questo si vedeva, si sentiva sola e infelice. Tuttavia lei mi amava e il suo amore era di quelli, appunto, tra giovani e vecchi, un autentico plagio. Lei aveva plagiato me, per breve tempo, con la sua gioventù, cioè con la sua inesperienza, io avevo plagiato lei, per molto più tempo, bisogna pur dirlo, per la mia vecchiaia, cioè per la mia esperienza. Ma, mentre io avevo già bevuto in brevissimo tempo tutta la sua inesperienza, lei aveva ancora molto da bere dalla mia esperienza e questa era la ragione del suo attaccamento a me, appunto del plagio.

Silvia, a giudicare dagli elementi che avevo raccolto fino a questo momento, si trovava nella prima fase di questo amore che chiamerò senza mezzi termini senile, come del resto il mio, e provava non soltanto le stesse cose che avevo provato io con la ragazza ma, essendo donna e per di più senza figli, e con un ragazzo del tipo da lei descritto, era lei a subire per ora il plagio. Ma a differenza di me che avevo incontrato una semplice e giovane ragazza di campagna, lei si era imbattuta in un ragazzo che, insieme alla energia della gioventù, ne sommava anche tutta la fragilità e il pericolo tipicamente romani: il fascismo di fondo, e, a quel che mi pareva di capire, quella particolare delinquenza romana e borghese che questo irredimibile fascismo produce. Ed era disposta a credere, nella sua fame di illusione, che la prepotenza di un ragazzo così fosse interesse, in una parola, amore. Con la ragione ne sapeva quanto me, ma il sentimento, il suo fanatismo sentimentale la portava con violenza inaudita e inarrestabile tutto da un'altra parte.

Ogni giorno ci si telefonava, naturalmente: io stando in campagna, lei a Roma. Era un filo, quello del telefono, che somigliava a un cordone ombelicale e che nessuno dei due riusciva a recidere. Il telefono, cioè quella comoda voce indiretta per cui non si vede l'espressione di chi parla o tace, che tanto ci era servito in passato, a me per nascondere a lei per dire o sapere, ora era diventato, anche quello, inservibile. Io avrei voluto che mi servisse a conoscere la verità che sentivo nascosta dietro la reticenza di Silvia, dietro il timbro della sua voce, le sue parole, perfino una sua strana e crudele allegria per cui riusciva a dire cose che mi facevano soffrire senza però dirle con la chiarezza della verità. E Silvia invece si ostinava a non dire e a coprire con una ostinazione che in fin dei conti non potevo definire che sincera. Eppure mentre lei stessa ripeteva «no, non sono innamorata di questo ragazzo, è una cosa diversa, te lo giuro, è un'attrazione, un po' sentimentale, un po' materna, te l'ho detto mille volte» certi suoi lapsus continui esprimevano esattamente il contrario, che era innamorata, innamoratissima. Uno di questi lapsus era la ripetizione: «è vero, c'è una persona che mi attrae, questo non posso negarlo».

«No, tu sei innamorata, o per meglio dire innamorata pazza. Dillo.»

«Innamorata? Ma come potrei esserlo, è un ragazzo Filippo, non dimenticarlo, è una cosa irreale, impossibile, che non può avere nessun futuro, per nessuno dei due. È una infatuazione che durerà qualche tempo, al massimo fino all'estate, poi dovrà finire.»

«E perché dovrà, chi ha detto che dovrà finire?»

«Te lo dico io, perché mi rendo conto della realtà. E poi quello è un ragazzo, figurati, i ragazzi hanno le loro ragazze, vanno e vengono, come è giusto...»

«Ma lui che fa, dice di amarti?»

«Ma i ragazzi non si esprimono così, no, non l'ha mai detto perché i ragazzi non si esprimono così.»

«Come si esprimono?»

«Non si esprimono. Dicono "Ho voglia di stare insieme..."»

«Che vuol dire fare all'amore?»

«Sì.»

Questo per esempio non è che un brevissimo lacerto telefonico tra me e Silvia. Silvia, pure negando tutto, tutto diceva. O così a me pareva. Nel dire, per esempio, "è una cosa impossibile che dovrà finire" ribadiva l'amore di questo ragazzo e al tempo stesso il buon senso, il realismo di una donna della sua età. Nel dire che il ragazzo non diceva di amarla, giustificava il fatto spiegando che "i ragazzi non si esprimono così" ma dicendo "ho voglia di stare insieme", e tutto questo esame del linguaggio bastava a Silvia per illudersi che in primo luogo l'amore per il ragazzo, che dipendeva evidentemente tutto da lei, lei avrebbe voluto farlo continuare all'infinito, e che il ragazzo, a modo suo, dicendo soltanto "ho voglia di stare insieme" diceva che l'amava.

Traducevo tutto questo a Silvia, che avrebbe dovuto capire, e ammettere che era vero. Invece niente. Non lo ammetteva e nel continuare a negare a se stessa l'evidenza del suo sentimento, quasi come per scaramanzia, non faceva, sotto sotto, che ribadirlo. Inoltre ripeteva di continuo la parola "prepotente", che il ragazzo era prepotente. Ormai per averlo sentito dire mille volte, anche quella parola traducevo: il ragazzo era prepotente perché voleva entrare in casa di Silvia e lì starci. Era chiarissimo che prepotente voleva dire quello ed era altrettanto chiaro che qualunque ragazzo della sua età e del suo tipo, nell'incontrare una donna del tipo di Silvia, sarebbe stato prepotente e avrebbe voluto mettersi in casa di lei. Per un ragazzo così, nullafacente, con la coscienza di non aver concluso nulla alla sua età, scocciato dai genitori borghesi che lo volevano veder lavorare anziché girare tutte le notti per i bar aperti della città, era fin troppo chiaro che mettersi in casa di una donna come Silvia, di cui aveva capito subito l'importanza sia umana che sociale, era un'immensa vittoria della propria vanità, un vero trionfo. Questo lo capiva benissimo anche Silvia e tuttavia riusciva a vedere anche in questo prima di tutto i segni dell'interesse, insomma dell'amore.

Mancavano pochi giorni all'appuntamento a Bologna e io, in realtà, o così mi pareva, non avevo nessuna voglia di vedere Silvia perché sapevo che avrei sofferto. Al tempo stesso lo desideravo moltissimo, perché sapevo che avrei avuto tutto il tempo per portarla a dire la verità, sola cosa che mi interessasse. Infatti pensavo che, una volta saputa la verità, nei particolari, nei dettagli più veri e più intimi, non soltanto avrei esorcizzato l'ossessione di quel mattino a Firenze, ma, mi illudevo, Silvia stessa si sarebbe sentita più libera. Il metodo insomma era la confessione, un metodo conosciutissimo nel mondo, e che, come tutti sanno, dà all'inquisitore la possibilità di vedere dentro l'animo del colpevole, ammesso che di colpa si tratti. E qui, purtroppo, non si trattava di colpa ma del sentimento più bello del mondo. Tuttavia sentivo in Silvia, nel rispondere alle mie domande per telefono, quella naturalezza, quella calma e quella verità che nascondono appunto la menzogna, la profonda inquietudine e l'assoluta mancanza di naturalezza. Sapevo, per averglielo visto in faccia, che quando stava davanti a me era la stessa cosa. Il volto, come si usa dire, non faceva una piega e anzi era più disteso del solito, così da dare la sensazione della più completa innocenza e appunto della verità. Del resto che male c'è che una donna di cinquanta anni si innamori di un ragazzo di venticinque? "Succede continuamente." Eppure dovevo ammettere a me stesso che, una volta risposto a questa domanda che mi ero fatta mille e mille volte, lo stesso ero preso dal terrore. Non soltanto di perdere Silvia, ma di perdere Silvia per sempre e in un modo oscuro, sinistro, in cui sentivo fino a provarne il vomito l'odore nauseabondo del sangue. Per questo soffrivo, perché sentivo che, con la ragione, e da solo, non sarei mai riuscito a penetrare in quell'oscurità se non con l'aiuto di Silvia. E che dovevo allontanarla, o con la confessione a se stessa e a me della verità o, certe volte mi accadeva perfino di pensarlo, con la forza, da una condizione che avrebbe potuto diventare fatale per lei.

A questo punto si potrebbe dire che io mascheravo la gelosia, di cui del resto ero perfettamente consapevole, dietro la maschera della salvazione, per il bene di Silvia. Come se essere innamorata di un ragazzo fosse un male per Silvia quando lo era invece soltanto per me e a causa delle sofferenze che dà la gelosia. Non era così: o, quanto meno, non era così semplice. Sapevo che avrei potuto aspettare pazientemente mesi e anni perché Silvia tornasse con me, quale che fosse stata la sua esperienza e con tutte le bruciature che lascia in una donna della sua età un'esperienza di questo genere: ne avevo conosciute di donne che si erano innamorate di tipi così e ne erano uscite a pezzi, ma ne erano uscite. Certo ogni illusione di vanità femminile era sparita e si erano trovate dopo i cinquant'anni a tu per tu con la loro età e con la certezza che l'illusione della gioventù era perduta per sempre. In alcuni casi invecchiavano di colpo, di parecchi anni in una volta, in altri casi una grigia polvere di noia e di disillusione calava sul loro volto, e sulla loro persona, come una cipria definitivamente senile. Altre avevano tentato il suicidio, gesto tipico della gioventù, per ribadire appunto con quel gesto un'età in cui per breve tempo gli era stata concessa l'illusione di vivere. Era in ogni caso l'esperienza di un animo femminile molto appassionato e vitale, così appassionato e vitale da lasciarsi trascinare nel gioco d'azzardo della passione anche conoscendone tutti i rischi. E Silvia, come abbiamo visto, era esattamente il tipo di donna che avrebbe potuto farlo. E lo aveva fatto. Ma non erano queste le mie preoccupazioni, purtroppo, perché queste hanno l'aspetto della realtà, della preoccupazione reale che ne prevede le conseguenze anche catastrofiche. Temevo, ero terrorizzato da altro, e questo altro non era né prevedibile, né analizzabile, anche se purtroppo reale e minaccioso. Mi trovavo nello stato d'animo in cui si trovano gli animali, ammesso che gli animali abbiano un animo, in prossimità di una catastrofe naturale come, per esempio, un terremoto. Provavo quell'inquietudine del tutto oscura e disperata che devono provare gli animali che sentono e, così sentendo, sanno, senza tuttavia sapersi esprimere e senza poter in alcun modo mettere un freno a ciò che può accadere, che certamente accadrà. A nessuno, nemmeno a me stesso, avrei potuto esprimere il mio sentimento di terrore appunto perché era un sentimento e niente altro, totalmente e in questo caso minacciosamente oscuro per la ragione. Che fare? Ero disperato.

Silvia, dal canto suo, pure mostrando qualche volta preoccupazione, una preoccupazione pratica, limitata, e tutta spiegabile con il suo non innato ma costruito buon senso, era tutto sommato ottimista quando non serafica. Mi ero guardato bene dal confessare, a lei come a chiunque altro, quel mio sentimento di terrore che, come ho detto, avrebbe potuto apparire come la maschera meschina della gelosia. Ma anche se avessi voluto esprimerlo lo stesso mi sarebbe stato impossibile farlo, non per la vergogna di un aspetto così meschino della gelosia, ma perché, letteralmente, non mi sarebbe uscito di bocca, non si sarebbe tradotto in parole e, sopratutto, non si sarebbe tradotto in realtà, sarebbe parso la profezia di una specie di pazzo, o di un animale, appunto in prossimità di un terremoto, che improvvisamente parla. Così la mia disperazione aumentava di ora in ora, perché vedevo, proprio vedevo, come si vede in un film, Silvia avviarsi fatalmente verso la catastrofe con la ineluttabilità che è tipica del destino.

La disperazione mi spinse a fare tre cose e da queste tre cose si può capire fino a che punto proprio la disperazione fosse la spia della mia impotenza e ancora una volta del terrore puro e semplice. Per prima cosa andai a trovare mia madre, poi un mio collega psicoanalista, infine un prete. Come si vede, le tre tappe non sono casuali e rispondono per così dire a una casistica: andavo a trovare mia madre spinto dal terrore esattamente come fa un bambino quando ha bisogno immediato di essere protetto. Lo psicoanalista perché, una volta tranquillizzato dalla presenza e forse dall'amore di mia madre per me, avrei cercato di esporre le mie idee e presentimenti a un medico che conoscevo bene e dunque in certo modo alla scienza; infine il prete perché, non avendo mai creduto in Dio, speravo però, a questo punto, di riuscire a crederci.

Sono figlio unico, come Silvia del resto, ma non ho avuto un padre anche se verso i dieci anni ho avuto un patrigno. Come dire che ho avuto un solo genitore, cioè mia madre. Tuttavia, come avviene assai di rado, con il passare degli anni, cioè dell'infanzia e dell'adolescenza durante le quali ero attaccato a mia madre come l'ostrica al guscio e vedevo il patrigno come un nemico, piano piano accadde l'inverso: mi staccai da mia madre e mi avvicinai sempre di più al mio patrigno che lentamente vedevo sempre di più come un vero padre, che mi amava e che amavo. A diciotto anni me ne andai da casa e vissi sempre solo o sposato, e da quell'età in poi il distacco da mia madre fu lento e inesorabile quanto fu lento ma altrettanto inesorabile l'attaccamento a quel mio tardivo padre. Con mia madre mi pareva di non avere più niente da dire e infatti non avevo più niente da dire né lei aveva più niente da dire a me avendo lei concluso le sue funzioni naturali e protettive di madre e io quelle di figlio da essere protetto. Inoltre non avevamo nessun interesse in comune, proprio nessuno, perché mia madre, donna molto forte e semplice anche se bizzarra, come tutte le donne del suo stampo credeva nelle cose, cioè era molto materialista, e <senza> fare tanti misteri non credeva affatto nelle idee. Mio padre, al contrario, non credeva nelle cose, tanto che rimase abbastanza povero tutta la vita e, purtroppo, provandone un certo vanto, sola ragione, oltre me, della sua vita. Ma credeva fin troppo nelle idee. Era naturale che abbandonassi mia madre e mi avvicinassi a mio padre. Del resto per molti anni vidi pochissimo tutti e due. Li andavo a trovare sì e no un paio di volte all'anno e di solito con grande imbarazzo specie con mia madre. Si continuava a non avere niente da dirci e spesso si taceva. Ma c'era mio padre a fare da mediatore tra i due e, intuendo che il mio distacco affettivo da mia madre era intervenuto in me per ragioni complesse, appunto culturali, si sforzava di attenuarlo con le solite frasi d'obbligo come "tua madre è pur sempre tua madre" oppure "tu non sai quanto bene ti vuole tua madre" eccetera. Senonché mio padre, figura tipica di catalizzatore in una situazione affettiva di questo genere, morì dieci anni fa con mio grande dolore: per così dire sparì dalla scena e la sua opera di acuto e arguto mediatore venne a cessare di colpo. Ci trovammo così di nuovo, mia madre ed io, faccia a faccia, esattamente come quando ero bambino e poi ragazzo e poi adolescente. Ma mentre in quegli anni mia madre era tutto per me, ora che ero diventato uomo e uomo maturo, ora non era più niente. La stessa cosa era avvenuta dentro di lei, come di due amanti che hanno vissuto un grande amore e ora non soltanto non si amano più ma non hanno, alla lettera, più parole da dirsi. Ci si telefonava, è vero, di tanto in tanto, o meglio ero io a telefonare a lei informandomi ipocritamente della sua salute. Altrettanto ipocritamente mia madre mi snocciolava una sfilza di malanni, in parte veri in parte inventati, di cui era stata vittima durante le mie lunghe assenze anche telefoniche. Malanni alla sua salute, malanni alla casa, malanni all'economia famigliare, malanni al suo spirito e alla sua natura di donna apparentemente socievole. Dalla sua voce al telefono capivo e prevedevo immediatamente tutto il tono della telefonata: se lamentoso, lamentosa; se allegro, allegra. Ma quest'ultimo caso era assai raro e dipendeva di solito dalle reazioni che avevo avuto io durante l'ultima telefonata. Se protestavo e mi arrabbiavo per quei suoi eterni lamenti allora la telefonata successiva era impostata a una certa allegria, a un certo buonumore, come per giustificarsi e riprendere i buoni rapporti che a lei erano sempre utili, cioè vantaggiosi; la richiesta indiretta di denaro, il desiderio di fare un viaggio, insomma sempre denaro. Ma con la vecchiaia il tono allegro aveva lasciato sempre più posto al tono lamentoso e, come tutti i vecchi, parlava sempre e soltanto di sé. Mai una volta mi chiedeva come stavo, dove ero stato, dove andavo. Pure considerando la sua esistenza come una piccola e costante noia della mia vita, avevo nostalgia di mia madre: o meglio, avevo nostalgia di quello che era stata per me mia madre durante l'infanzia, l'adolescenza, la giovinezza, ed era proprio la nostalgia per una donna con cui si ha avuto un lungo e grande amore. Per lei era la stessa cosa: me lo scriveva anche: "sei stato il più grande amore della mia vita" con quella semplicità e innocenza che così spesso si trova nelle persone ignoranti di origine contadina quale era lei. Sapevo che era vero, ma sapevo anche che questo amore non c'era più da molti anni perché non più corrisposto.

Andai a trovare mia madre, nella città di provincia dove stava. Si stupì e anche non si stupì e mostrò, a vedermi, quel debole entusiasmo di vecchia che aveva sempre dimostrato negli ultimi tempi. Si preoccupò di cosa prepararmi da mangiare, di rifare il letto in cui avrei dormito. Notai che, nonostante le sue perenni lamentele, si era però comprata una televisione a colori, molto costosa, che mi parve un ottimo segno di vitalità e di interesse per le cose, visto che si lagnava di essere sempre sola. Notai anche, curiosando un poco come sempre facevo, molte bottiglie di liquore, specie whiskey, e una fila preoccupante di Campari soda nel frigidaire. Cautamente mi informai cosa ne faceva, visto che, a sentire lei, seguiva una dieta ferrea di formaggio e acqua, per non ingrassare e non aggravare l'osteoporosi di cui, tra gli altri mali, soffriva. Disse che teneva lì quella roba per eventuali ospiti. Secondo me invece beveva.

Stetti con lei un pomeriggio, una notte e un mattino ma non spiccicai parola di bocca. Mia madre, che pure era a suo modo intelligente ed estremamente intuitiva, mi domandò di Silvia. Le dissi la verità, che si era innamorata di un ragazzo di venticinque anni.

«Ha fatto benissimo» rispose con voce energica. «E tu non ti sei innamorato di una ragazza di venticinque anni? Non l'hai forse trascurata per tanto tempo con un'altra? Ora lei fa lo stesso.»

«Non è la stessa cosa» obbiettai debolmente.

«È la stessa, stessissima cosa, e ora sarai tu a patire quello che ha patito lei.»

Detto questo l'argomento pareva chiuso. Mia madre, sempre energicamente, si mise ai fornelli, non andò tanto per le lunghe. Dirle quanto dovevo dirle, per il momento era impossibile. In realtà ciò che io cercavo da lei non era tanto dirle quelle cose ma sentire, debbo dire la verità, soltanto un po' di affetto, di sentimento famigliare, che, ora che mi mancava Silvia, mi provocava un gran vuoto. Ma, girando per la casa, capii che non avrei potuto averlo da mia madre né ora né mai più.

Tutti pensano, nascendo e poi avviandosi nella vita, che qualunque cosa possa capitare una madre amerà sempre suo figlio. È un errore e insieme una illusione. Le persone si amano finché si hanno sotto gli occhi; qualunque sia il rapporto affettivo tra due persone, se cessa la continuità, e la presenza, cessa anche l'affetto. Me ne accorsi amaramente a casa di mia madre. Giravo per le stanze. Nella sua stanza da letto aveva una sfilata di ben otto bambole di varia grandezza, disposte su un canapè. E fotografie mie da bambino dappertutto. A un certo punto aprii la sua stanza da letto, e con un soprassalto vidi una specie di grosso nano roseo seduto su una poltrona. Non era un nano, era un bambolotto. Ridendo mia madre me lo fece vedere: lo portava per mano e il bambolotto, grazie a un meccanismo particolare, andava avanti da sé con le gambe come si fosse trattato veramente di un bambino a cui si insegnano i primi passi. Era un oggetto mostruoso, sia per la plastica color rosa cipria di cui era fatto, sia per la parrucca nera e riccia, sia per quel modo malato, da poliomielitico, di muovere quelle gambe mentre mia madre lo portava per mano e gli parlava come se fosse stato veramente il suo bambino. E d'un tratto capii e mi commossi. Mia madre aveva veramente perso il suo bambino, perché io ero cresciuto e maturato e non avevo più bisogno di lei. Ma lei era rimasta ferma, nel suo sentimento di maternità, a quegli anni, agli anni della mia infanzia, e su quelli, con il tempo, gli anni e le occasioni, aveva costruito un piccolo museo, come io fossi veramente morto. Vedevo quella donna ormai vecchia e grassa aggirarsi per la casa, aprire uno dopo l'altro i grandi armadi dove conservava ogni cosa e di anno in anno l'aumentava, aprire un cassetto e mostrarmi, una per una, le minuscole camicie, le mutande, le cuffiette di me neonato, che manteneva in religiosa pulizia. Poi le scarpette, poi le fotografie, di me appena nato, a un anno, a due anni, a cinque, a quindici, a venti, esattamente come farebbe una madre per un figlio morto, diciamo, a vent'anni. Infatti, a partire da quell'età, l'età in cui io me n'ero andato da casa, non esisteva più nulla e il museo si fermava a quegli anni. Così non soltanto Silvia si era innamorata di un ragazzo ma mia madre continuava ad amare un ragazzo, che ero stato io e che lei considerava ormai morto per lei. La sua maternità, anziché progredire e svilupparsi con il passare degli anni in un sentimento più maturo e complesso, da adulti, era rimasta ferma all'epoca della sua gioventù e della mia infanzia. Provai un profondo senso di pena e di ripugnanza. Così facendo mia madre era più lontana che mai da me, crudelmente lontana. Ed era come se fosse morta da anni, da quegli anni appunto, e io mi trovassi ora davanti a un fantasma che faceva camminare un bambolotto illudendosi che fosse io stesso bambino. Come altre volte me ne fuggii la sera stessa con una scusa e mia madre non si stupì: facevo così da trent'anni: mi baciò sempre allo stesso modo affettuoso ma non come si bacia un figlio bensì un lontano parente, forse un conoscente in visita.

Come si usa dire, non ero rientrato affatto nel ventre di mia madre, come desideravo in quei giorni, ma, al contrario, crudelmente ne ero stato respinto, sostituito dai bambolotti. Il mio dolore e il mio terrore dunque aumentarono.

Rintracciai subito per telefono il mio collega psicoanalista, più che altro una persona buona e lucida, a cui pensavo avrei potuto parlare tranquillamente, e non in termini genericamente scientifici ma anche pratici, in quanto anche lui era amico di Silvia. Lo incontrai nel pomeriggio di quel giorno stesso. Gli raccontai tutto di Silvia, si stupì ma non troppo, come del resto non mi ero stupito io, da medico esaminò la cosa come un fenomeno legato alla vicinanza della menopausa e volle tranquillizzarmi dicendomi quanto mi ero già detto io: è un momento brutto e certo è un bel pasticcio. Ma non durerà molto, le passerà, la cosa andrà naturalmente in fumo. Certo è un brutto pasticcio e Silvia molto probabilmente ne uscirà con le ossa rotte. Dovresti starle vicino. Le sue parole piene di buon senso mi impedivano però di affrontare l'argomento, la lugubre ossessione, che avevo in mente. Lo feci ugualmente.

«No Mario», gli dissi, e la mia voce era molto turbata, «è tutto vero quello che tu dici e ne conosco anch'io le cause e anche gli effetti. Ma c'è dell'altro. Scusami se uso termini che non hanno nessun valore nel nostro mestiere. Ma sento, dico sento e non dico so, sento pendere su Silvia un brutto destino. È non soltanto un presentimento, altro termine ambiguo per noi, ma presentimento che nasce dalla visione che ho avuto quella mattina a Firenze, ma da una certezza interna. Mario, credo che Silvia andrà invece a finire male. E io credo di non poter farci niente. Mi sento completamente impotente, tanta è la sua calma, la sua serenità, diciamo pure la sua incoscienza. È insomma una questione di destino. Io penso, sono sicuro, che il suo destino è già segnato e che questo è un orribile destino.»

Mario prima mi guardò con sorpresa poi fece una risata franca e allegra, come era nel suo temperamento.

«A questo punto sei tu che devi farti curare, Filippo, non Silvia. Silvia risponde a delle richieste del suo corpo, in fondo, e in quel modo pensa di vivere una nuova gioventù, in questo momento è, come dici tu, allegra, serena, vitalissima e per di più, lo sai tu stesso, disposta come in nessun'altra età al sesso. Ma tu ti rendi conto, una donna di cinquant'anni, sposata da vent'anni con te che l'hai trascurata in senso femminile, come è logico, come è naturale, come tutti quanti facciamo. Da te in particolare modo, se è vero, ma mi dicono che è vero, che hai un'amante di venticinque anni. Silvia sta sempre qui a Roma, sola, certamente ti ama ma ad un certo punto gli si avvicina un ragazzo, la segue, la corteggia, ti rendi conto cosa significa per una donna della sua età avere un ragazzo che gli fa il filo? Un ragazzo! Ti rendi conto come si sentirà lei? Si sentirà una ragazzina, completamente rinnovata nel cuore e nell'animo, una donna insomma desiderabile, di cui anche un ragazzo si può innamorare. Mettiti un momento nei panni di lei.»

«L'ho già fatto. Ma non è questo che mi angoscia. Quello che mi angoscia è il tipo di ragazzo, perché ora noi stiamo parlando di un ragazzo anonimo, senza faccia e senza pensieri. Invece quello di pensieri ne ha. Per esempio ha cacciato me di casa...»

«Un tipo così, come me l'hai descritto, cosa volevi

che facesse. Mi stupisco che proprio tu non l'abbia capito subito. Un tipo così, e a quell'età, tende prima di tutto a imporre la sua propria vanità. Sai che trionfo diventare non soltanto l'amante ma anche il padrone di casa di una donna ancora bella, importante, intelligente, che gli farà da mamma eccetera eccetera, è per questo ragazzo l'affermazione della sua personalità. Che, sono d'accordo, è una personalità un po' da pappone anche se mi dici che è di buona famiglia, da pappone diciamo così psicologico se non vogliamo dirlo economico. Ma Silvia si accorgerà presto di tutto questo e lo caccerà di casa o quanto meno si stancherà, non ne vorrà più sapere. O sarà l'inverso. Insomma non è cosa che può durare, è irreale e non sa certo di Silvia, non si accorda voglio dire con il suo buon senso, con la sua saggezza e guarda, secondo me, nemmeno con il suo tipo di erotismo.»

«Questo, Mario, tu non lo puoi dire, lo posso dire io. L'erotismo di Silvia ha una forte componente sentimentale, materna e sopratutto masochista.»

«Ogni donna, specialmente sensuale come lo deve essere Silvia, ha una componente di masochismo, lo sai bene.»

«Qui ce n'è di più, qui si tratta di un delirio masochista.»

Mario mi guardò, affettuosamente, mi fece perfino una carezza e poi, dopo una pausa, disse, lentamente e dolcemente:

«È semplicemente innamorata, probabilmente innamorata pazza, si vergogna di dirlo a te e anche a se stessa, è chiaro, e tu soffri e sei geloso perché temi di perderla e che si perda».

Lo guardai seduto dietro la sua scrivania, con i suoi

grossi occhiali. Fui io, stavolta, a parlargli come a un confessore:

«È così, Mario, ma c'è sopratutto qualche cosa di più. C'è il destino. Altra parola non posso e non mi sento di usare. E sento che il destino di Silvia non è così razionale, così scientifico, così umanamente analizzabile, come tu giustamente, conoscendo il tuo mestiere e con la tua esperienza, lo credi. Anch'io lo credo, anch'io sono arrivato alle stesse conclusioni tue ma lo stesso ho paura, una paura orribile di qualche cosa che vada molto più in là di queste umane e scientifiche spiegazioni e la travolga».

«Permettimi di dirti che qui sei più artista che medico. Il destino di cui tu parli e che certamente esiste, non si è ancora compiuto. Per ora siamo alla grossa cotta di una donna cinquantenne per un ragazzo di vent'anni più giovane di lei. Siamo come si dice nel classico, per non dire nel banale. Non c'è nessun segno di destino travolgente, come tu dici di sentire.»

«Eppure c'è» sbottai, «ci sono molti segni. Uno di questi è che Silvia, pure essendo lacerata tra questo sentimento e quello per me, è al tempo stesso piena di tranquillità, di gioia ma anche di paura.»

«È logico che sia così. Te l'ho detto, Silvia è una donna piena di buon senso e di intelligenza. Sa esattamente quello che si fa e tuttavia è incapace di non farlo. È l'amore Filippo, o meglio la passione, chiamalo come vuoi. E poiché questa passione ti fa soffrire tu non vuoi che esista e nella sua esistenza vedi tutti i mali del mondo per Silvia, sopratutto per te. Insomma sei tu che devi curarti, non Silvia» e Mario si lasciò andare alla sua allegra risata di sempre. «Abbi pazienza, vedrai che tutto si risolverà con il tempo. Lasciala stare, non ti puoi mettere in concorrenza con il ragazzo. Lasciala stare e sopratutto che non ti venga la malaugurata idea di interrogarla, insomma di fare il tuo mestiere con lei. L'amore ha anche, forse sopratutto, bisogno di intimità, di mistero, quindi di bugie. Lascia che Silvia te le dica, saranno le prime della sua vita. Non cercare di analizzarle o interpretarle e sopratutto lasciala stare. In fondo perché anche lei, come del resto hai fatto tu, non può avere diritto, a cinquant'anni, alla sua vita? Perché non può amare un altro, chiunque esso sia? Andiamo, Filippo, tu, proprio tu, sempre così lucido e anzi molto più che lucido, talvolta addirittura di una intuizione fulminante, proprio tu mi dici di non sapere che le persone, gli individui hanno una vita propria a cui devono obbedire? Quello che io ti consiglio di fare è di non tormentare Silvia con l'analisi dei fatti, della verità, che del resto non saprai mai, se non in vecchiaia forse, insomma con il demone del tuo mestiere. Questo potrebbe danneggiarla veramente alla sua età. Stagli dietro, questo sì, non abbandonarla, ma non fare nulla più di questo. Potrebbe essere pericoloso e tu lo sai bene.»

Queste ultime parole mi colpirono. Perché pericoloso? Io ne sapevo quanto Mario, anzi, senza modestia, molto di più ed ero certo che l'analisi, cioè la ricerca minuziosa e costante della verità dentro sé stessi, è sempre e comunque una terapia. Lo dissi.

«Già, ma nelle nevrosi, come sai bene, non in amore. L'amore è già di per sé una terapia e tu, così facendo, con la tua personalità, con il tuo mestiere e la tua abilità, nota a tutti i colleghi», e qui Mario fece una risatina tra ironica e goliardica, «tu potresti farla passare dalla terapia alla nevrosi. Cioè dall'amore alla malattia. Anche questo lo sai bene, non so nemmeno perché te lo vengo a dire.»

Disperato quasi urlai. «Ma se le succede qualcosa, se il plagio di questo stronzo di ragazzo, cioè l'amore come tu lo chiami, è così forte da dare già fin d'ora dei risultati preoccupanti, cosa faccio io, sto lì a guardare quello che succede senza muovere un dito?»

Mario mi osservò e notai nei suoi occhi, dietro le grosse lenti, un lampo di preoccupazione.

«Io devo sapere», continuai, «devo sapere la verità, solo sapendola sarò in grado di fare qualcosa per lei al momento in cui sarà necessario. Se non so nulla, se mi obbliga adesso, proprio adesso, a stare in campagna e non venire a Roma, se mi tiene all'oscuro di tutto con la reticenza, con le mezze verità o con le verità, o per meglio dire con lapsus tali da far pensare che sia impazzita... E se una è impazzita che faccio, io sto fermo a guardare quello che fa?»

Mario si levò in piedi.

«Ma Silvia non è affatto impazzita, è semplicemente innamorata, te lo vuoi mettere nella testa. Ed è naturale che viva il suo amore privatamente, o più privatamente che può, perché io, conoscendoti, mi figuro quale intensità metti nel voler sapere e analizzare. Se sarà impazzita, se impazzirà, questo si vedrà e si vedrà in tempo, non ti preoccupare. Sarà lei stessa allora a chiamarti e a chiedere aiuto. Ma guarda che roba!» finì col dire, come se veramente fosse stupefatto, e quasi scandalizzato, come se, insomma, il pazzo fossi io. Notai che aveva perduto la sua naturale allegria, il suo brio. Mi guardava in modo più che preoccupato, inquieto e vagamente ripugnato. Ed egli vide che lo notavo. Con una voce lenta e calma, ma debole, turbata e quasi inintelligibile, aggiunse, ma stancamente:

«Si direbbe che lo voglia provocare tu questo destino orribile, si direbbe che tu non ami affatto Silvia, come dici, ma la odi e la vuoi punire. Insomma si direbbe che la vuoi uccidere perché si è innamorata di un altro. Ma non con passione, Filippo, con la forza cieca della passione, bensì con l'intenzione scientifica di provocarle un brutto destino. Questa è la mia analisi del tuo atteggiamento e delle tue parole. Ti confesso che la cosa non mi piace e che mi turba anche se siamo amici da tanti anni. Ma invece vedrai, lasciala stare e tutto si aggiusterà». Aggiunse queste ultime parole come un obbligo professionale, me ne accorsi benissimo. E mi dispiacque. Ci lasciammo come non ci eravamo mai lasciati: imbarazzati tutti e due, tutti e due sapendo che quel destino, così nemico alla nostra professione, aveva cominciato a muoversi quasi indipendentemente da noi.

Pensai per vari giorni, stando a Roma allo studio e senza vedere Silvia che pensava fossi in viaggio. Pensai che Mario aveva ragione, che quanto egli mi aveva detto, col suo buon senso ma anche con la sua scienza, era tutto quanto si poteva dire sulla storia di Silvia. Altro non si poteva aggiungere se non quella stessa aggiunta, già di per sé minacciosa, che Mario aveva pronunciato con l'inquietudine nella voce. Che ero io stesso a voler costruire un destino malvagio per Silvia, che io stesso volevo punirla attraverso l'analisi che mi ero proposta. I miei pensieri si alternavano però: alle volte pensavo che Mario avesse ragione in tutto e per tutto, umanamente, scientificamente ragione, quindi almeno con una altissima percentuale di vero e di prevedibile in quanto mi aveva detto. Altre volte il suo esame non mi convinceva. Sentivo che c'era qualche cosa di più, e questo qualche cosa di più era indissolubilmente legato alla parte più profonda della psicologia di tre persone: quella di Silvia innanzitutto, che solo ora mi accorgevo di non conoscere affatto se non a bagliori, a lampi che mi parevano sinistri; quella del ragazzo, di cui non conoscevo nulla se non per qualche breve accenno del tutto superficiale ma tuttavia sintomatico; infine quella mia. Nessuna di queste tre psicologie aveva finora mostrato il più piccolo lume, ma qualche riflesso di quel lume sì. Silvia aveva mostrato in vari modi e con il suo comportamento di tutti gli anni passati con me e non con me, l'aspetto del suo fanatismo amoroso, di tipo arrendevole fino ai limiti del masochismo; del ragazzo, pur sapendo pochissimo, sapevo però che era prepotente, che faceva parte di una specie di banda di picchiatori borghesi e missini, Ordine nuovo insomma, e che andava in palestra. Sapevo altresì che, obbediente all'ideologia di quei tipi, spregiava le donne pure avendone al tempo stesso un bisogno nevrotico. Di me stesso sapevo ancora meno; ma la spia a qualche cosa era stato Mario a fornirmela dicendomi che volevo punire Silvia, distruggerla per quello che nel mio subconscio ritenevo un tradimento inammissibile e impossibile da sopportare. E la mia volontà di non abbandonare Silvia a se stessa non era un atto d'amore e di dedizione, bensì, così era parso a Mario, il desiderio di distruggerla. Riflettevo e sentivo che, se c'era qualche cosa di vero e di minaccioso nel profondo dell'animo di Silvia e anche del ragazzo, così c'era anche nel mio. Allora mi domandai perché io avrei dovuto distruggere Silvia che io certamente e coscientemente amavo. Queste riflessioni le facevo nel mio studio, da solo, senza la segretaria che per quei giorni avevo avvertito di non venire, in mezzo al fracasso infernale che, nonostante i doppi tripli vetri, penetrava da Piazza di Spagna. Ma, se tante volte e in tanti modi avevo tentato di eliminarlo e quando non riuscivo mi mettevo le mani nei capelli dalla disperazione, ora non lo sentivo. O meglio, udivo l'urlo delle sirene, i freni degli autobus, gli stessi che acceleravano, isolati e come attutiti dentro una campana di vetro. E io stesso, la mia voce e i miei movimenti, ancora una volta anestetizzati dal grande dolore che provavo e che non mi dava requie. Rimaneva appunto la riflessione e quella mi dava requie come del resto, in generale, l'esercizio del mio lavoro. Perché avrei voluto distruggere Silvia? Che cos'era in realtà per me Silvia? Che cosa rappresentavano per me le donne? A queste domande feci una lenta e minuziosa rassegna delle donne della mia vita, che erano state quattro a partire dai diciassette anni ad oggi e naturalmente costituivano tutta la mia vita sentimentale. Sì, avevo avuto altre donne, come tutti, ma non erano state cose importanti e di molte di queste non ricordavo nulla nemmeno il viso. Ricordai subito, per prima cosa, e questo lo considerai certamente un segnale, la noia. Con le quattro donne che avevo amato e di cui di gran lunga la più importante era Silvia io avevo patito molta moltissima noia. E i momenti d'amore, di vero amore, di tenerezza, di rilassatezza, insomma di gioia in comune, non soltanto non li ricordavo ma quando, con uno sforzo, cercavo di ricordarli, non mi apparivano tali da ricordare. Noia, noia, sopratutto noia, il desiderio costante e talora ossessivo di andarmene, di restare solo o di avere un'altra donna che non mi annoiasse. Negli ultimi tempi in particolare, essendo la noia aumentata per così dire esistenzialmente in me, alternavo due donne: la ragazza di campagna con cui mi annoiavo mortalmente per la più parte e Silvia che, per breve tempo, non mi annoiava mai. Per breve tempo ho detto. Anche Silvia in realtà mi annoiava. Per

le altre due, per mia moglie e per Domitilla che era stata la mia prima vera donna, più vecchia di me di sette
anni, era accaduto lo stesso. All'inizio le amavo, poi, a
poco a poco e inesorabilmente piombava la noia. An-
noiandomi le trascuravo. Anche se di nascosto andavo
anche con altre donne, per noia e niente altro. Trascu-
randole esse soffrivano, soffrivano per anni fino a mettersi in condizione di lasciarmi, anche se all'apparenza
ero sempre io che le lasciavo. Allora, quando questo accadeva, mi rinnamoravo di loro. Processo, questo, comune a tutti gli amori. Si ama e ci si annoia, non c'è
scampo. Ma le donne, più il loro temperamento è appassionato, meno accettano l'idea di essere noiose. Inti-
mamente si offendono, si rendono così disponibili ad altri omaggi, agli omaggi di chi non soltanto non si annoia
con loro ma si diverte, le diverte, le lusinga, le corteggia
e magari anche le ama. Anche questo non è un procedi-
mento nuovo e capita in tutti i tempi e in tutto il mondo. La noia è nemica dell'eros, della fecondità, cioè della vita, anzi è il contrario della vita. E le donne, che hanno come fine di tutto il loro essere la vita attraverso l'a-
more per loro, non possono tollerarlo, gli sembra di morire. E allora trovano un altro partner.

A me era accaduto però, sempre, di aver incontrato
donne, la cui dedizione e la cui pazienza nei confronti
della mia noia, che per mille ragioni veniva sempre da
loro stesse giustificata, era pressoché infinita. Ad un mese d'amore intenso, intensissimo, seguivano anni di
noia, o di proteste o di litigi o addirittura di lotte fisiche.
Ma non si decidevano mai a lasciarmi finché, un bel
giorno, dopo che io stesso le avevo lasciate senza la-
sciarle mai ufficialmente come si dice, si innamoravano
di un altro e mi lasciavano davvero. Allora, puntual-

mente, in me si scatenava la tragedia. Mi innamoravo follemente un'altra volta e tentavo, a volte utilmente la più parte delle volte inutilmente, di riconquistarle, di riamarle. Quando ci riuscivo, il nuovo amore, il rinnovato amore durava sì e no un mese, poi ricominciava la noia, una noia così potente che potrei chiamare *taedium vitae*. Cessava ogni desiderio: di far l'amore, di lavorare, di viaggiare, di leggere, di bere, di mangiare, insomma di vivere. Eppure quelle donne, non si sa come innamorate di me, continuavano ad essere innamorate di me, anzi di più, pensando chissà che cosa sulla mia noia e, come <in> molte donne, subentrava in loro quella dedizione umile e sottomessa la cui intenzione era, in una parola, di salvarmi dalla noia. In realtà io provavo una gran noia della vita perché vedevo la vita attraverso la loro sottomissione e dedizione, cioè attraverso un atto amoroso sì ma anche vagamente religioso, appunto fanatico. La donna che durò di più è stata Silvia, vent'anni, di cui non so quanti di noia. E Silvia durava perché sentiva chiaramente che, nonostante il *taedium vitae*, lei era la sola donna che avessi veramente e continuativamente amato nella mia vita. La sola con cui parlavo e sopratutto la sola che aveva sostituito mia madre.

Stavo nello studio, seduto su una sedia dura e il volto appoggiato alle mani. Ero giunto, senza accorgermene, al punto più importante: come tutti ero stato innamorato di mia madre, ma mi ero annoiato di mia madre perché non ne avevo più bisogno e tutta la mia vita era andata oltre mia madre: ecco perché avevo cominciato ad amare mio padre che in fondo non era che mio patrigno. Mi ero annoiato di lei perché la sua funzione materna aveva fatto il suo ciclo naturale di nutrizione, educazione, alla fine di autonomia. Allora, subito dopo, avevo trovato un'altra madre in Domitilla che non a caso aveva sette anni più di me; poi in mia moglie che invece era giovanissima e non poteva essere una madre ma semmai avrei dovuto essere io il padre, poi in Silvia per dimenticare mia moglie e Silvia era stata una madre fin troppo perfetta, infine la ragazza di campagna che, data la differenza di età, non poteva essere che mia figlia. Ma, come ho già detto, io ero al tempo stesso cattivo padre e cattivo figlio. Cattivo figlio perché mi annoiavo della madre, cattivo padre perché un figlio non può fare da padre.

Giunto a questo punto mi chiesi il perché del mio grande dolore, oggi. E la risposta venne da sola. Perché, mi risposi candidamente, mentre è naturale che a un certo punto della vita un figlio abbandoni la madre, così è innaturale che la madre abbandoni un figlio. Perché? La funzione di una madre non è, come nel mondo della natura, preparare il figlio alla vita e lasciarlo andare, ma assisterlo sempre. Qui naturalmente il mio ragionamento faceva acqua. Avevo visto io stesso pochi giorni prima, durante la visita a mia madre, che lei mi aveva abbandonato proprio quando doveva abbandonarmi e quando io avevo abbandonato lei, per noia. Per quale ragione una madre avrebbe dovuto amare un figlio per tutta la vita? Era un'illusione, ma però un'illusione a cui tutta la nostra civiltà ha sempre creduto. La madre abbandona il figlio così come le donne abbandonano l'uomo un tempo amato, così come si separano le vite di milioni di individui.

Ma questa constatazione a suo modo scientifica e non morale, non nata dalle tradizioni della nostra civiltà, mi lasciava ancora più addolorato di prima e con un senso di sconfinata, fatale ed eterna solitudine. Ed io sapevo, ecco il mio profondo, che non potevo stare solo, non potevo stare senza una madre. Come sapevo, con quella certezza che viene dall'istinto di conservazione, che la sola madre che avevo avuto durante la mia vita era Silvia. Dunque Silvia non poteva, non doveva abbandonarmi. E io avrei fatto di tutto per tenerla legata a me per tutta la vita. Come, lo sapevo soltanto vagamente e appunto in quel modo oscuro e minaccioso proprio perché oscuro con cui si presenta il destino.

Tralascio la visita al prete, che pure era un ottimo gesuita, uomo molto colto, religioso non so quanto. Parlai più che altro del destino, delle infinite tessere che lo compongono, della complessità per cui accadono delle cose che non vogliamo e non accadono invece quelle che vogliamo, tirai in ballo anche Tolstòj. Don Luigi era molto preparato, seguì molto appassionatamente il mio punto di vista (non gli avevo raccontato nulla di Silvia), e concluse come concludono tutti i preti, gesuiti e non: che il destino è nelle mani di Dio. Quella visita mi mise quasi di buon umore e mi confermò nel mio inguaribile laicismo, nel mio razionalismo. Ma il dolore restava, anzi si faceva più forte che mai.

Silvia stava a Roma e io in campagna e come sempre, in un modo che si stava facendo ossessivo per entrambi, ogni giorno ci si telefonava. E, come tutti coloro che fanno molto uso del telefono, era come guardarci in faccia: il timbro della voce, le pause, le ripetizioni, ogni sfumatura anche minima delle parole e dei suoni ci parlava a sua volta al di là delle parole. Notai per esempio che la qualità della reticenza di Silvia si era fatta diversa, al tempo stesso più astuta e più ingenua, per cui le bugie erano sempre mezze verità e le verità mezze bugie. Del resto, dovendo ad ogni momento mentire con se stessa, Silvia aveva buon gioco nel mentire a me. A mia volta, se qualche volta le chiedevo di parlare più chiaro, Silvia miagolava, le sue parole uscivano miagolanti dalla sua voce e questo miagolio, che era l'espressione più evidente della reticenza, mi precipitava nella disperazione. D'altro canto, essendo Silvia ormai sempre più innamorata del ragazzo, come tutti gli innamorati non sapeva star zitta. E qualche cosa diceva, anche a me, non poteva trattenersi dal dire, dall'esprimere, tanta era la gioia di poter parlare dell'oggetto amato. Erano quelli i momenti, che giudicavo di debolezza di Silvia, in cui tentavo di inserirmi con le mie domande che non erano mai vere e proprie domande, ma informazioni che lei mi dava e che equivalevano a risposte.

«Ha i capelli così ricci che non gli passa neppure il pettine» diceva per esempio, il che significava, evidentemente, che un pettine, quello di Silvia, aveva pur tentato di passare. A quel punto, almeno per breve tempo, Silvia era disposta a parlare perché non era capace di farne a meno. Allora allentavo il freno della mia forzata reticenza e cominciavo a far domande.

«Perché, lo pettini?»

«Non si può, te l'ho detto, è impossibile», e nel [dire] questo, come altre volte la voce di Silvia si riempiva di fierezza. Una fierezza che mi riempiva di disperazione per la perenne, ossessiva preveggenza del mio intuito.

«Ma tu vorresti farlo.»

«Vorrei, ma non posso.»

«Senti, ed è sempre lì da te?»

«No, viene qualche volta, alla sera.» Qui Silvia tornava reticente, non voleva dire né come né quando rivedeva il suo amante.

«E sta lì a mangiare con te?»

«Qualche volta, ma altre volte viene con dei suoi amici, te l'ho già detto. Si sta lì e si parla.»

«E di che parlate?»

«Di sciocchezze, delle cose di cui parlano i ragazzi.»

«E cioè?»

«Di quello che fanno alla sera, delle discoteche, di politica, hanno delle idee talmente confuse...»

«E tu ti diverti, non ti annoi?»

«No.»

«Ma come mai, scusa. Non ti annoi perché sei innamorata, e dunque tutto quello che si riferisce al ragazzo, i suoi interessi, i suoi amici, i luoghi dove va, non ti annoia. Io ti conosco, sei sempre stata così.»

«Non è vero, qualche volta mi annoia e allora lo mando via.»

«Quando ti annoia?»

«Mi annoia quando insiste per venire a stare qua. E questo non lo voglio assolutamente.»

«Non capisco perché. Ora che non ci sono più io...»

«Perché non voglio.»

«Non vuoi ma ti piacerebbe.»

Silvia mugolava: «Ma come è possibile, ti rendi conto? Tutta la mia vita sarebbe rovesciata, lui dorme fino alle quattro del pomeriggio, io, alla mia età, dovrei adattarmi a orari simili...»

«Quando si è innamorati ci si adatta a qualunque orario, specie tu.»

«E poi dovrei trovarmelo per tutto il resto del giorno tra i piedi, a fare che? Nulla. Perché non fa nulla, assolutamente nulla, anzi teorizza che l'unica risposta al mondo in cui viviamo è quella di non fare nulla.»

«Non mi interessano le sue teorie, mi interessi tu e i tuoi sentimenti. E a questo punto mi chiedo perché non lo fai venire in casa, visto che insiste tanto.»

«Insiste? È un'ossessione, non fa che parlare di questo. Sai, lui è giovane, non ha mezze misure, dice o l'uno o l'altro, che a questo punto dovremmo vivere insieme.»

«Ma scusa, e tu perché non lo fai? Ci sei in mezzo, vivila questa storia, fino in fondo, perché tutte queste reticenze?»

«Ma io sono reticente, lo sai, conosci la mia natura, che è sempre tremante, insicura... E poi so benissimo perché vuole venire a stare qua. Per dimostrare ai genitori che lui non ha bisogno di loro, che lui può vivere anche per conto suo. È vero che è pur sempre un segno di interesse.»

Silvia, come tutte le persone innamorate, tentava di mettere insieme due cose inconciliabili: la passione e il buon senso. Nel dire "è pur sempre un segno di interesse" Silvia desiderava e voleva illudersi fors'anche della verità, nel non voler accogliere in casa c'erano appunto il suo buon senso, i suoi cinquant'anni di esperienza, la sua logica. Certamente era per lei un conflitto, ma come sempre avviene per questo genere di conflitti il cuore pesava più di ogni logica e pesava ogni giorno di più.

Le chiesi: «Ma è innamorato di te?».

«Innamorato... i ragazzi della sua età non parlano mai di amore, non dicono mai la parola amore, si esprimono in altro modo.»

«Come?»

«Te l'ho detto: dicono per esempio che hanno voglia di stare insieme.»

«Ma tu pensi che sia innamorato invece?»

«Ma no, cosa vuoi, è un ragazzo che può avere e ha certamente quante ragazze <vuole>, sarà un po' affezionato, questo sì.»

«E l'amore lo fate sempre, ogni giorno?»

«Te l'ho detto, non sempre e non ogni giorno. E poi mi conosci, non sono mai stata una che poteva fare l'amore ogni giorno...»

«Ma quando lo fai ti piace?»

«Me l'hai già chiesto, e ti ho risposto. Alle volte sì alle volte no. Se vuoi che ti dica la verità mi piace mille volte di più quando mi bacia.»

«E perché?»

«Non lo so, questi ragazzi hanno un'irruenza, un trasporto, non so, è la gioventù. Del resto tu dovresti saperlo.»

Accennava alla mia ragazza, della stessa età. Era il suo grande alibi e al tempo stesso la sua rivincita. Non consapevole, ma lo era. Rispondevo.

«È vero, è la gioventù, quella che noi abbiamo perduto già da un pezzo e che del resto dura poco, pochissimo. Anche in chi la sta a guardare, come ho fatto io e come ora fai tu.»

«Infatti, è quello che ti ho sempre detto anch'io. Non può durare, specialmente nel mio caso, quello è giovane, cosa vuoi, se ne troverà altre, andrà per la sua strada.»

«Per il momento pare di no.»

«Per il momento no perché anche per lui è tutto nuovo. Parla, parla, non fa che parlare. Tu non hai idea il bisogno di comunicare che hanno questi ragazzi, di sentir parlare un linguaggio che non sia quella specie di mutismo che usano tra di loro. Lui poi, con tutta la sua prepotenza, è così fragile, così debole. E poi, tutte quelle cicatrici, mi fanno un'impressione.»

«Quali cicatrici?»

«Ne ha dappertutto, pensa poverino, che da bambino per timore di essere punito di qualche stupidaggine, quelle che può fare un bambino, si feriva con una lametta, si tagliava, per avere un po' di affetto. Certo, certi genitori sarebbero da strozzare.»

A un certo punto però Silvia smetteva di parlare del ragazzo e, come presa all'improvviso di nuovo dalla reticenza e dalla vergogna, passava ad altri argomenti. E parlava, al solito, di serate passate con amici comuni, di pettegolezzi, di articoli di giornale, di un programma televisivo. Insomma calava la saracinesca, come si dice, perché, senza accorgersene, capiva di aver detto troppo. E che quel troppo era detto a me, l'uomo che aveva amato, religiosamente amato, fanaticamente amato e che ancora oggi, al telefono, chiamava amore.

Tuttavia quei brevi stralci di telefonata che Silvia non sapeva trattenere con me e probabilmente con nessuno, insomma la voce del cuore usciva alla luce. E quella voce mi dava infinitamente più dati, sia con le parole, sia con il suono, di quanto lei avesse voluto. Tardivamente se ne accorgeva e allora cambiava discorso, con voce mutata, alle volte molto turbata perché si rendeva conto della dissociazione a cui io per primo mi ero prestato. E implorava, però con un miagolio bugiardo.

«Però adesso parliamo di noi due, lasciamo stare i ragazzi, parliamo di noi due, di quando ci troveremo a Bologna, tra pochi giorni, e cosa faremo.»

«Domenica scorsa sono stato in Istria, pensavo che mi sarebbe piaciuto portarti.»

«Eh, perché no? Dopo Bologna potremmo andarci. Ti ricordi che dovevamo sempre andarci e invece non l'abbiamo fatto mai.»

Queste ultime parole Silvia le pronunciava con una voce molto triste, come qualche cosa che le era stato tolto da me e ormai non più raggiungibile.

Un altro argomento che occupava molto tempo delle nostre telefonate era, da parte di Silvia, il ricordo puntiglioso e meticoloso del passato, più precisamente le ragioni passate della situazione presente. Silvia ricordava tutto, date, stagioni, luoghi, e citava ogni cosa con la precisione di un poliziotto. Era naturalmente tutto vero, era verissimo che il 3 gennaio io ero partito da Roma per raggiungere la campagna, cioè, secondo lei, la ragazza, e che, una volta di più, l'avevo lasciata sola. Era verissimo che alla fine di luglio dell'anno precedente avevo fatto la stessa cosa ed ero rimasto assente per due mesi lasciandola al mare da sola in compagnia soltanto di amici. Era verissimo <che> un mattino di febbraio lei si era avvicinata a me con l'intenzione di fare all'amore e io l'avevo, se non respinta, dissuasa. Era tutto vero ma era anche vero che la sua puntigliosità, la meticolosità, la precisione erano eccessive, a scoppio ritardato, come di chi finalmente si vendica e sopratutto di chi cerca un alibi, un alibi di ferro cui aggrapparsi. Inutilmente la pregavo di lasciar perdere il passato e di pensare al presente, Silvia, con un accanimento che non le avevo mai conosciuto, ritornava, se così posso dire, sulle mie colpe. E poiché io stesso mi ero tormentato ossessivamente per le mie colpe, se colpe erano, ora, <a> risentirle da lei, mi tormentavo ancora di più. Ma sentivo tuttavia che quelle che sotto sotto Silvia ricordava ossessivamente come le mie colpe erano colpe anche sue, e sopratutto sentivo che ciò che importava a Silvia, oggi, era appunto l'alibi che l'avrebbe giustificata da qualunque colpa presente, se colpa era, o se colpa lei la giudicava, e finalmente assolta. Così, mentre da una parte Silvia considerava una colpa quella di essersi inna-morata di un ragazzo e di un ragazzo del genere, e rite-neva questa colpa frutto inevitabile delle mie, dall'altra io non consideravo colpe quelle di nessuno dei due, ma semplicemente destino, e destino oscuro, imperscrutabi-le come ogni destino, e tuttavia sinistro.

Ho detto che la qualità della reticenza di Silvia era cambiata: questo cambiamento consisteva nella duplicità del suo atteggiamento verso di me: da un lato parlava, e con una voce a volte tanto neutra quanto innocente mi raccontava o confessava cose che prima non avrebbe mai raccontato né detto; dall'altro, con la stessa voce neutra e innocente, mentiva. Sì, mentiva, cosa che in venti anni non aveva mai fatto con me. Che fosse capace di mentire, per forma, per diplomazia, per discrezione, per opportu-nità del momento, questo lo sapevo: ma ad altri non a me: e sempre nella sua voce suonava il timbro della sincerità e dell'allegria che accompagna sempre la sincerità. Ora mentiva, con la calma, la sicurezza e appunto quel timbro di voce che non ammette repliche, di chi sa mentire, ha l'abitudine e perfino il mestiere della menzogna. Le te-lefonai una sera, alle dieci e mezzo. Sapevo che quasi cer-tamente non era a casa, ma provai lo stesso. Infatti il te-lefono squillò a lungo ma nessuno rispose: segno che, co-me sempre alla sera, era uscita. Ma qualcosa istintiva-mente non mi convinceva. Rifeci il numero e poco dopo Silvia rispose. Le chiesi se era sola e disse di sì, che era so-la, non era uscita a cena e aveva mangiato qualcosa in un vassoio, poi si era messa a guardare la televisione. Aspet-tava un'amica che avrebbe già dovuto essere lì ma anco-ra non arrivava: era innervosita per questo, per i soliti va-nitosi e sciocchi ritardi di Anne Marie. Scambiammo quattro chiacchiere e ci salutammo. Ma io ero certo che non era sola, ma con il ragazzo. Che aveva udito il primo lungo squillo e non aveva risposto. Che non aveva risposto perché, come era accaduto molte volte a noi due, si stava facendo all'amore. E in quel momento mi apparve, di nuovo in tutta la sua potente, beffarda e sinistra preveggenza, la visione di Firenze, dove Silvia, china e quasi si sarebbe detto orante, accosciata e poggiata sulle punte dei piedi frementi, ingurgitava il cazzo del giovane e ingoiava lo sperma e si leccava le labbra. Ora quella visione mi apparve come il futuro appare, nei film di magia, dentro la sfera di cristallo. Con la stessa forza al tempo stesso magica e reale che può esercitare su un bambino. Fui così sconvolto che vomitai immediatamente.

Il giorno successivo Silvia mi chiamò, di nuovo le chiesi se la sera precedente era sola, di nuovo Silvia confermò con quella voce neutra e sicura che subito riconobbi come quella dei mentitori di professione. Appena posato il ricevitore ecco un'altra volta lo squillo. Un caso, come sempre in questi casi. Era Anne Marie: disse che era stata da Silvia la sera prima, purtroppo in ritardo e spiacentissima di esserlo; la interruppi.

«Silvia era sola?»

«No, c'era un ragazzo, uno che non ha mai aperto bocca: sembrava uno di borgata o forse è un figlio di qualche sua amica. Non ha spiccicato parola.»

Era la prima vera e propria prova che Silvia mentiva: e purtroppo era anche la prova che il mio istinto, almeno in questo caso, aveva visto giusto. E poiché l'istinto mi aveva anche suggerito l'immagine amorosa, anche quella doveva essere sicuramente vera. Ma di quella, ahimè, non avevo nessuna prova. Così, da quel momento, non potei più credere a una sola parola di Silvia ma soltanto al mio istinto, alla mia, per così dire, preveggenza. Sapevo che questo era un arbitrio, che senza prove non potevo credere a nulla di ciò che l'istinto per chissà quali ragioni mi suggeriva e, appunto, come avevo in animo di fare, sarei andato alla ricerca di prove. Ma questo era per me una cosa impossibile e insormontabile. Quello che volevo era un'altra cosa: la verità detta da Silvia, che avrebbe cancellato ogni menzogna e mi avrebbe restituita di lei quell'immagine limpida e sincera che amavo da vent'anni.

La verità? Ma dov'è? E fino a che punto ormai, qualunque fosse stata la confessione di Silvia, avrebbe coinciso con quella suggerita dalla sfera di cristallo del mio istinto? E se non avesse coinciso? Ma quest'ultima domanda mi pareva superflua: ero certo che, un giorno o l'altro, Silvia me l'avrebbe detta e la sua verità avrebbe certamente coinciso con quella suggerita dal mio istinto. Ne ero matematicamente certo. E questa certezza, anche questa mi era data soltanto dall'istinto. Del resto Silvia stessa non mi aveva detto, per telefono, pochissimo tempo prima: «Un giorno o l'altro ti racconterò bene tutta questa storia»? confermando in questo modo che quanto mi aveva detto era solo una parte, «Per ora ti dico soltanto quello che la mia natura mi permette di dire. Tu dici che sono reticente. Ma è la mia natura che in questo momento è reticente. Un giorno ti racconterò tutto». Quel *tutto*, purtroppo, stava in buona parte già dentro il mio istinto e dentro la mia immaginazione. Era come se me lo avesse già raccontato e anche il seguito, seppure vagamente, lo vedevo profilarsi all'orizzonte con ansia, terrore e uno sconfinato senso di impotenza. Ma lo volevo sentire appunto dalle sue labbra che avrebbero confermato, come l'assassino conferma al giudice istruttore, i fatti. E i fatti veri, la verità che io già conoscevo, Silvia non era ancora pronta a dirla. E io avrei aspettato seppure angosciosamente tutto il tempo che sarebbe stato necessario e sopratutto il momento opportuno. Nel frattempo l'istinto, forte come un animale, fabbricava e presentiva certezze, e la ragione, debole come è sempre la ragione rispetto all'istinto, si perdeva nei dubbi.

Solo ora mi rendo conto di non aver mai parlato della ragazza se non di sfuggita e perfino senza dirne il nome. Nel mio lavoro questo si chiama, come è noto, censura. Ho censurato lei, ho censurato il suo nome. Perché? Perché, come è altrettanto noto, nel mio amore con Silvia proprio questa ragazza ha segnato l'inizio di quello che solo negli ultimi tempi e in ritardo mi apparve come l'inizio di qualche cosa di oscuro e di drammatico. Né ho parlato della mia casa di campagna, così cara, anzi fondamentale per Silvia e per il nostro amore, se non di sfuggita. Altra censura. Parlerò per prima cosa della casa perché è un po' da questa casa e dal luogo dove abito che si sviluppa tutto il resto, compresa la ragazza.

Una diecina di anni fa, durante uno di quei miei frequenti viaggi dovuti all'inquietudine, al mio temperamento lunatico, come dicono i miei amici, mi capitò di andare a trovare un amico in un paese di campagna, in Veneto, lungo il Piave. Un giorno, un bellissimo giorno di settembre, si andò insieme a fare una passeggiata a cavallo nelle sue proprietà, che egli stesso coltivava e amministrava. Si capitò così, lungo il fiume, in un luogo che mi colpì immediatamente: era una specie di bosco dentro cui però occhieggiava una casupola, anzi i resti di una casupola abbandonata. Si trovava quasi sulle sponde del fiume ma era però chiusa da alberi, pioppi, salici, gelsi, in qualche cosa al tempo stesso di famigliare e di selvatico per cui le grandi fronde di alberi non potati nascondevano alla vista alberi da frutto da cui pendevano pesche e ciliegie. Immersi in quella vegetazione si intravedevano dei piccoli vigneti da cui pendeva l'uva, dei fichi, da cui pendevano frutti neri e pronti per essere colti, piccole mele verdi e aspre, dal sapore aspro e vergine, come nessun'altra mela che avevo mangiata da anni. Insomma la frutta, anche la frutta era selvatica e avviluppata dalle fronde, e queste erano piene di uccelli. Eravamo scesi da cavallo e si camminava cautamente in quel viluppo arboreo un po' come si fosse entrati in una specie di Eden, di paradiso terrestre, inspiegabile perché era vicinissimo al paese, ma vergine come una piccolissima oasi di delizie in mezzo al deserto. L'erba era alta e mai falciata da anni, prima una lepre e poi due fagiani attraversarono lentamente e senza paura il piccolo prato dove si stava, il chiù cantava subito seguito dal cuculo e dal picchio che martellava un salice a pochi metri da noi. Poi attraversò la scena, perché di vera scena si trattava essendo il praticello contornato e quasi coperto dal viluppo arboreo, un'upupa, che andò a posarsi alla sommità del palo di una vite e lì aprì immediatamente la cresta. Rimasi colpito e affascinato. Ci avvicinammo alla casupola, al rudere, ridotto a una specie di fienile e basta. E qualche cosa mi fece dire: «Se questo posto costasse poco, proprio poco, lo comprerei. Non so per farne che, ma lo comprerei».

Il giorno dopo partii per Roma. Non passò una settimana che Guido mi telefonò, mi disse che quel posto apparteneva a un vecchio che stava all'ospizio, e che questi era pronto a vendermelo per pochissimo. Che tornassi al nord e l'affare era fatto.

La cifra era irrisoria per cui non ci pensai sù; anzi pensai: poiché Guido aveva sistemato tutto, ora non potevo più tirarmi indietro e l'avrei comprato. Era un capriccio, lo sapevo benissimo, ma il luogo era così affascinante che se non altro sarei andato di tanto in tanto a guardarlo. Un capriccio, diciamo così, estetico. Partii, conclusi il contratto e mi trovai proprietario appunto di un oggetto estetico e nulla più. Portai Silvia a vederlo, che ne rimase incantata e da oggetto estetico si pensò di mettere porte e finestre alla casupola, con un letto e poco più, se non altro per passarci qualche giorno all'anno. Questi furono i primi progetti che però, una volta messi in atto, quasi d'incanto come era apparsa la casa, si modificarono. La casa, per quello che era, cioè una casupola, fu resa abitabile, invece; si aggiunse un bagno, una cucina, insomma il più stretto necessario per viverci qualche giorno: pure restando una casupola era pur sempre una casa. I lavori furono eseguiti anche quelli, un po' magicamente, con grande rapidità e con pochissima spesa, e Silvia ed io la inaugurammo per il Natale dello stesso anno. Silvia era non soltanto incantata ma, come me del resto, soggiogata da una strana magia del luogo: si abitava a Roma, si veniva cioè da una città congestionata e lugubre, e quel luogo, piccolo luogo di bosco di frutta e uccelli e di selvatici immerso dentro un enorme spazio demaniale che sboccava nel fiume, era molto più che una casa; era un rifugio, qualche cosa che pareva uscito da una favola di Grimm dove mancavano soltanto gli elfi, le streghe e le magie. Cominciammo ad abitarla sempre più spesso e molto ci stavo io da solo. Silvia mi raggiungeva, stava alcuni giorni, tornava a Roma. Si trattava, come ripeto, più di un rifugio che di una casa, infatti nessuno, anche il più povero del paese, l'avrebbe abitata, ed era sopratutto una stravaganza, una inconsapevole costruzione della fantasia, trovata lì pronta. Entrare per così dire nel cerchio magico di quella casa era per me e sopratutto per Silvia non soltanto una evasione dalla realtà cittadina, ma, esattamente come accade nel sonno, entrare dentro il sogno. Così non soltanto il luogo ma i nostri gesti, i cibi, le ore, gli uccelli, le stagioni, si presentavano sempre ai nostri occhi immersi in quella irrealtà che illumina così spesso i sogni.

Per alcuni anni per me, ma sopratutto, ripeto, per Silvia, la magia del luogo era sempre presente in noi, a Roma come dovunque. Spesso si parlava di quella casa e ancora più spesso si era presi dall'improvvisa voglia di tornarci. A pensarci oggi, che cosa ci fosse di tanto affascinante ancora non so e lo spiego in un solo modo: era ed è un luogo effettivamente bello e strano, ma il fascino che io avevo visto per <me> dall'inizio e voluto possedere subito, così come si possiede un quadro, era invece, per Silvia, molto di più. Detta in una sola parola era l'essenza dell'amore tra due persone. Detta più banalmente e forse brutalmente, i famosi due cuori e una capanna che sotto sotto sognano tutte le donne innamorate e di natura romantica.

In realtà l'abitavo molto più io che lei. Ma per lei, quando andavo a prenderla in macchina al treno e lentamente ci si avvicinava al luogo, e poi si entrava nel viluppo di fronde, frutta e uccelli che per così dire incapsulava la casa, per Silvia era un piacere immenso: era rientrare nel mondo della sua infanzia, era stare noi due, erano le favole e gli incantesimi, era insomma il sogno realizzato. Non così per me: il luogo era quello che era e che avevo visto fin dall'inizio, molto bello e, ripeto, certamente magico, ma non era quello che Silvia vedeva in più e che costituì, per alcuni anni, un potente cemento fantastico con me e nei miei confronti. Per Silvia io non ero un marito, ma una specie di elfo, di creatura silvana che lei, da Roma, andava a raggiungere e scovare: e piano piano, ma inesorabilmente, apparvero in lei i sintomi di una vera e propria regressione infantile, di un gioco un po' fantastico e un po' vizioso che sublimava ancora una volta il nostro amore in amore platonico, fantastico, magico, ma ben poco reale, e ancora una volta un amore dove il sesso non aveva quasi nessun posto. Silvia dunque mi amava, ma mi amava per quanto fantasticava, non per quello che ero, un uomo in carne e ossa, bensì come una specie di mago che aveva creato e inventato quel luogo.

Si cominciò a vivere separati, io in campagna, lei a Roma. A volte la raggiungevo io a Roma, per un mese o due, a volte veniva lei in campagna, per due o tre settimane. Ci si telefonava, naturalmente, ogni giorno, ed io cominciavo ad ambientarmi sia nel luogo che nel paese.

Fu lì che vidi per la prima volta la ragazza, che si chiamava, stranamente, per un luogo di campagna, Paloma. Paloma era frutto del luogo, tale e quale il bosco e la casupola che abitavo, con lo stesso mistero ma reale, sessuale e non magico. Ricordo benissimo come la vidi per la prima volta: cercavo suo padre, abitavano una casa di contadini poco lontano da me. Chiamai invano due o tre volte, era domenica. Finché dalla finestra uscì lei, un volto selvatico dai capelli rossastri e gli occhi neri e brillanti. Sembrava un piccolo e grazioso animale selvatico, un porcospino, appena svegliato dal sonno. Mi attrasse immediatamente, come sempre accade, senza sapere il perché. Scese dal piano di sopra e le parlai, con la scusa di cercare il padre, e la guardai meglio.

«E lei chi è?» le chiesi.

«Sono la figlia di Antonio» disse, al tempo stesso timida e non so come provocante. Mi accorsi solo allora che portava la minigonna ed era anche truccata, pronta insomma ad uscire magari per andare a ballare o al caffè del paese.

«E quanti anni ha?»

«Sedici.»

«E cosa fa? studia?»

«Sì studio.»

Le feci altre domande di questo genere, spinto da quella curiosità irresistibile che è stata sempre la molla vera di tutta la mia vita e che, quel giorno, era più tesa che mai. Le feci insomma un sacco di domande a cui lei rispondeva in modo reticente quando non urtato. A un certo punto le chiesi.

«E il fidanzato ce l'ha?»

Si immusonì subito. «Questi sono affari miei», disse, «buongiorno.»

La frase mi colpì per la sua selvatichezza ma anche per il tono provocatorio. Del resto tutto il tempo di quel nostro breve incontro fu una provocazione reciproca, una provocazione, ora posso dirlo, amorosa e sessuale. Entrambi sapevamo, fin dal primo momento, che uno era attratto dall'altro, anche se lei era quasi una bambina e io un uomo di quarantotto anni. Lo sapevamo, come succede in questi casi, senza saperlo. E tanto maggiore dunque era lo scontro, la reticenza, la provocazione, la curiosità e la villania. La guardavo senza darlo a vedere: era piccola, e come avvolta da quella rotondità che rende graziosi e attraenti gli animali come, appunto, i porcospini, i maialini lattonzoli, i cuccioli di certi cani e anche i bambini piccoli. Aveva una pelle molto bianca, lattea, e emanava un lieve odore di latte e di sudore. Il volto era rotondo, cosparso di lentiggini, con un piccolo naso all'insù e una bocca anche quella piccola, graziosissima, con il labbro superiore leggermente rialzato così da lasciar vedere dei denti perfetti bianchi e sani. Aveva qualcosa anche di lillipuziano, per la sua piccolezza, e però due seni stupendi, rotondi, pieni e sodi come una donna fatta, che danzavano leggermente ad ogni movimento. Anche i piedi erano piccoli e un po' cicciuti come quelli dei neonati, la vita stretta e, nel complesso, poteva somigliare a certe veneri del Tiziano, che io ho sempre immaginato di piccola statura. Come quelle aveva inoltre il colore dei capelli, di un castano rossiccio, che insieme alle efelidi pareva confermarmi, chissà perché, la sua selvatichezza e imprendibilità. Gli occhi invece erano intelligenti, intensi, colmi di passionalità contadina non ancora espressa, ma sopratutto traboccanti di femminilità, di provocazione, di sfida.

Da quel giorno, per anni, cominciai a frequentare la casa del contadino e a incontrarmi, quando potevo, con Paloma. Ma lei, lei mi sfuggiva, e quando c'ero io in casa, a parlare non sapevo nemmeno io di che cosa con i genitori, lei spesso spariva, se ne stava rintanata, è proprio il caso di <dirlo>, nella sua stanzuccia, così simile a una tana. Qualche volta appariva, mi sorrideva con un bellissimo e innocente sorriso e si sedeva intorno alla tavola con i genitori e i fratelli. Essendo medico, la famiglia mi teneva in grande considerazione ed ero sempre non soltanto bene accetto, ma c'era in tutti loro quella soggezione tipicamente contadina verso ciò che considerano la scienza. Venivo considerato dalla famiglia "molto democratico", nel senso che frequentavo la casa abbastanza spesso e mi fermavo a cena con loro mangiando i loro umili cibi alle loro umili ore. Ma lei, Paloma, sapeva. Alle volte parlava con me, degli studi fatti, di argomenti futili, televisivi, della vita a Roma. Altre volte, invece, mi sfuggiva in tutti i modi e mi guardava, sempre con quegli occhi un po' complici un po' accusatori di donna che sa e condanna quello che sa.

D'estate lavorava come cameriera in un albergo al mare. Un giorno le telefonai per invitarla a cena: non soltanto non accettò ma nella confusione telefonica mi passò un'amica, poi tornò lei, poi l'amica disse: «Paloma dice che non può, di non telefonare, deve uscire col fidanzato».

Non la vidi più per mesi, poi tornai in casa dei genitori e la vidi con un ragazzo, il fidanzato. Un bravo ragazzo, si vedeva subito, capo operaio in una fabbrica, con modi gentili e già piccolo borghesi. In quella occasione Paloma gli girava intorno, ma guardava di tanto in tanto me e ad un certo punto gli fece un buffetto: affettuoso ma anche di possesso, di piacere, di soddisfazione femminile, come dire, senza magari pensarlo, "io degli uomini faccio quello che voglio". O così mi pareva che quel gesto significasse.

Le volte che la trovavo da sola le chiedevo: «Quando si sposa?» e a questa domanda pareva irritarsi. A un certo punto sbottò: «Ma a lei, scusi, cosa interessa?» con una durezza che tendeva anche quella alla provocazione. Ma lo stesso io seguitavo a chiederglielo, perché lei rispondesse così e perché mi piaceva sentirmi provocato.

Alla fine si sposarono, io ero a Roma, lo seppi al mio ritorno. E smisi quasi definitivamente di frequentare la casa dei genitori, dove del resto lei non c'era mai. Qualche volta però vedevo la macchina lì fuori: segno che c'era o c'erano. Una o due volte entrai e li incontrai. Pareva che Paloma non avesse nessun piacere a vedermi, ma del resto questo l'aveva sempre mostrato. E tuttavia, anche da giovane sposa, sempre, rapidamente, con fuggevolezza veloce mi lanciava quegli sguardi, quelli di sempre, di provocazione e di sfida. Ora anche più di sfida, come dire: «Vede? Non c'è più niente da fare, sono sposata». Lo pensavo anch'io e tralasciai completamente le visite alla famiglia e anche il pensiero, quel leggero ma costante pensiero di desiderio, di irresistibile attrazione per lei.

Passò forse un anno, e un giorno il mio amico Guido viene a prendermi all'aeroporto, chiedo le novità del paese, come sempre facevo, e mi dice: «Sai la figlia del contadino, Paloma, quella che ti piaceva tanto?».

«Sì?»

«Gli è morto il marito, poveretta, dopo appena un anno che era sposata.»

«Quando?»

«In questi giorni.»

Il pensiero, il desiderio, l'attrazione tornarono immediatamente. Disfeci le valige e corsi a casa sua, per le condoglianze. C'era, aveva abbandonato la casa di sposa e stava con i genitori e i fratelli. Era vestita di grigio scuro, da vedova, ma come una bambola vestita da altri, come se altri le avessero imposto anche nell'abbigliamento il ruolo di vedova. Come si fa in questi casi le diedi due baci sulle guance, dissi due parole, me ne andai. Era realmente rimpicciolita dal dolore, non sembrava più lei. Me ne andai.

Ma piano, un giorno sì, quattro giorni no, ripresi a frequentare la casa e spesso parlavo con Paloma, per rincuorarla. Mi veniva naturale. «Lei ora crede che sia un dolore da cui non si riavrà più ma ha diciannove anni, e ha la gioventù e la forza della gioventù è immensa. I dolori fanno parte della vita. Lei ha provato un dolore che le sembra intollerabile ma le passerà: vedrà che le passerà.»

«No, non mi passerà mai, mai», diceva.

Invece, come è naturale, piano piano io vedevo passare quel dolore e la vedevo prendere interesse ogni giorno di più alla vita. Anche per la mia presenza, che era tornata costante, quasi ogni sera ero a casa sua e parlavo con lei. Rividi accendersi nei suoi occhi il bruciore della femminilità che conoscevo. Dopo poco, pochissimo. Mi dedicavo a lei, e vidi spuntare i primi sorrisi le prime risate. Le diedi il mio telefono di Roma. Una domenica mattina alle nove mi telefonò, per salutarmi. Poi proposi un gioco: quello di scriverci delle lettere, che ci scrivemmo, e dopo le lettere tornai in campagna. Vidi nei suoi occhi che mi aspettava e che si emozionava se mi vedeva di lontano. Io lo stesso. A casa sua di solito si guardava la televisione, era ciò che offriva l'ambiente, il luogo, le abitudini. Dopo una certa ora i suoi genitori se ne andavano a letto e noi si rimaneva a guardare la televisione. Le diedi il primo bacio. Lo ricordo benissimo. Ero così turbato e così eccitato che quasi perdetti i sensi. Da quel momento cominciò una lenta opera di seduzione che si concluse. Si fece l'amore, le prime volte in modo al tempo stesso timido e imbarazzato per tutti e due, poi nel modo che avevo previsto dal primo sguardo. Come non l'avevo mai fatto con nessuna donna, cioè in modo travolgente, che è dire poco. Poi le cose si complicarono perché i genitori e i fratelli avevano capito la ragione delle mie visite. E trascorse un periodo di alcuni mesi in cui io stavo più a Roma che in campagna e pensavo meno a lei e le telefonavo o lei mi telefonava allo studio. In fondo sapevo di che cosa si trattava: si trattava di un violento desiderio sessuale che era stato soddisfatto. Il più violento della mia vita, tutto lì. E quasi stavo per dimenticarmene conducendo giorno per giorno la vita con Silvia che tuttavia amavo e inutilmente desideravo.

Paloma mi disse che aveva un corteggiatore, un giovane ufficiale, e io ne ero quasi contento perché, com'era naturale, le cose dovevano andare così. Ma a quel punto, non so più per quale ragione, scoppiò in me quella che si dice la gelosia e dunque la passione. Proprio in quel mese dovevo fare un viaggio in Svezia per delle ricerche e dei congressi, che sarebbe durato un mese. Fu un mese d'inferno. Telefonavo a Paloma e le chiedevo se vedeva sempre l'ufficiale, mi rispondeva di sì, le chiedevo di non vederlo e lei diceva che non poteva farne a meno. Come sempre accade quando non si hanno dati l'immaginazione, anche allora, costruì al posto della realtà. Al tempo stesso telefonavo, come sempre, a Silvia e a un certo punto le confessai tutto. Silvia non capiva, non poteva credere. Cominciò allora un vero periodo, lungo periodo d'inferno che non è ancora finito. Paloma, spinta dai genitori, per vedermi ancora chiedeva una condizione: il matrimonio. Avrei dovuto divorziare da Silvia e sposarla. Era una pazzia, una vera assurdità, ma io lo promisi. Al ritorno a Roma trovai Silvia all'aeroporto. Seccamente, duramente le dissi che non doveva venirmi a prendere e il giorno dopo partii per la campagna. Mi accordai con i genitori di Paloma, Paloma abbandonò subito l'ufficiale, era primavera e io mi abbandonai all'amore come mai nella mia vita. Furono pochi, pochissimi mesi, forse due o tre. Dove facevo all'amore sei, sette volte al giorno ed ero certo che avrei trascorso la vita, da quel momento, con Paloma. Silvia era disperata. Venne in campagna una volta ma le feci intendere che non avrebbe più potuto venire e rivedo ancora oggi Silvia, con gli occhi imbambolati, guardare la casupola, la sua più che la nostra casupola, con un dolore attonito, senza parole. Poi partì il giorno dopo e non ci si telefonava quasi più. Dico quasi perché Silvia invece telefonava. E mi metteva al corrente della sua vita: era disperata e, come tale, aveva immediatamente trovato degli amanti. Uno in particolare, anche quello un ragazzo, uno studente, quello di cui mi disse che "aveva un bellissimo cazzo". Fu una cosa che mi sconvolse e corsi da lei, dove stava, e facemmo all'amore come mai l'avevamo fatto in tanti anni. Poi io tornai da Paloma e così, per mesi, vivevo una vita dissociata: un po' in campagna, con Paloma, un po' a Roma con Silvia. Felice né con l'una né con l'altra. Feci tentativi opposti, come sempre accade in questi casi: tentavo di stare in campagna il più possibile, di dimenticare Silvia, oppure di stare a Roma e di dimenticare Paloma. Impossibile. Volavo da Silvia e per qualche giorno tutto mi pareva molto bello e vivo. Poi Silvia, come era nella sua natura, scivolava lentamente ma inesorabilmente dalla femminilità, dal sesso, alle cure materne, ai tè, alle camomille, alle preoccupazioni per la mia salute e il mio lavoro e incominciava la noia. Fuggivo, tornavo da Paloma, si faceva all'amore, bello, bellissimo per i primi giorni, poi si passavano lunghe serate senza parlare, nella noia più completa. Tornavo allora da Silvia che, lo sapevo, l'ho sempre saputo, era la vera e sola donna della mia vita. La pregavo di essere meno materna, meno dedita, più donna. Ma, presa dalla sua natura, dalla religione dell'amore, Silvia tornava ad essere, dopo tutto, quello che era sempre stata: sublimata, cioè fanatica. Fino a quando, in questa situazione dissociata, dolorante e noiosa, non arrivò il ragazzo di Silvia, il fantasma, il demone da esorcizzare.

Strano: il mio primissimo incontro con Silvia a Bologna avvenne nel modo seguente. Io ero arrivato in macchina un po' prima del previsto e lei sarebbe arrivata in treno da Roma. Andai dunque a far colazione in un ristorante e tornai in albergo in un'ora in cui sapevo che Silvia doveva essere già arrivata. Infatti la vidi, fuori dell'albergo davanti a un bar. Ma finsi di non vederla: o meglio, il mio subconscio voleva non vederla e, nonostante l'avessi vista benissimo e sentita, perché lei mi chiamò due o tre volte, mi diressi decisamente verso l'entrata dell'albergo che era nella direzione opposta <a> dove stava lei. Insomma, ero venuto apposta per vederla ma non volevo vederla e, se fosse stato possibile sparire, sarei sparito e tornato indietro. Finalmente, la terza volta che mi chiamò, mostrai di accorgermi di lei. Ma da quel momento e per tutto il tempo passato con lei mi rimase il desiderio della sparizione e della fuga come se, in realtà, Silvia avesse portato con sé qualcosa di malato e di contagioso di cui avevo paura. Ci salutammo, ci baciammo ed entrammo in albergo. Salimmo in camera e ci sdraiammo sul letto. Si parlò un poco, ma con difficoltà, anzi, stavolta da entrambe le parti, con reticenza. Silvia era chiusa come un'ostrica, la sentivo, e lo sentivo dal suo atteggiamento esteriore, perfettamente calmo, quasi allegro, molto affettuoso e in qualche momento perfino freddo, di quella freddezza formale ed educata cosidetta sociale. Eravamo stanchi tutti e due e ci addormentammo una mezz'ora. Al risveglio mi avvicinai al volto di Silvia e la baciai. Siccome ci si baciava molto poco in un certo modo, Silvia capì subito e disse, con un miagolio lamentoso:

«Adesso no, adesso aspettiamo, magari prima dormiamo stanotte tutti abbracciati, dammi un po' di tempo.»

Di nuovo quel miagolio bugiardo ed esasperante. Insistetti e facemmo l'amore in quel modo al tempo stesso intenso e generico con cui si era fatto molte volte. Durante l'amore cominciai a parlare, a interrogare Silvia su come faceva all'amore con il ragazzo. Anche in quei momenti Silvia era reticente: miagolava, evitava, diceva e non diceva. Ma, in quei momenti e subito dopo, io ero preso dall'ossessione, da ciò che la visione mi aveva suggerito e pensavo che, quali che fossero le sue reticenze, esse erano dovute ad un solo fatto. Che Silvia si vergognava, non confessava nemmeno a se stessa ciò che a me e, appunto, perfino a lei, rimaneva un mistero. Silvia non avrebbe mai pronunciato, per esempio, queste parole: "Sì, ho perduto la testa per il cazzo di questo ragazzo" e io l'avrei voluto perché sapevo che questo fatto così umano e così diffuso nelle donne della sua età in qualche modo e col tempo si sarebbe risolto. C'era invece qualcosa di più e questo qualche cosa di più era, appunto, il destino.

Come conoscere le tracce del destino quando esso si avvicina e tocca una persona? Volevo troppo. E tuttavia, dovevo fare di tutto, se non per conoscerlo, per avvicinarmi a conoscerlo e in certo modo prevenirlo. Fu proprio quel primo giorno che cominciò una indagine che sarebbe durata mesi e una schermaglia fatta di interrogatori e di analisi. Per esempio, di colpo e quasi scherzando, le chiedevo com'era fatto il cazzo del ragazzo.

«Come vuoi che sia fatto? Come gli altri.»

«Non sono tutti uguali lo sai anche tu, ne abbiamo parlato altre volte. Quando avesti quella storiella con lo studente mi dicesti che aveva un cazzo bellissimo.»

«Ah, questo è vero, aveva un cazzo bellissimo.»

«Perché bellissimo?»

«Esteticamente bello. Peccato che non funzionava.»

«Cosa vuoi dire, che veniva troppo presto?»

«Diciamo così.»

«Ma com'era fatto?»

Silvia mugolava un po', poi parlava. Avevo cominciato a prendere le cose alla larga, parlavo cioè di una persona che non aveva nessuna importanza per lei, di un'esperienza quasi clinica.

«Era fatto in modo strano.»

«E cioè?»

«Era piatto, e pure essendo grande un poco più sottile alla base e grossissimo in cima.»

«Fammi un disegno.»

Silvia era imbarazzata ma anche pareva divertita quasi come una ragazzina. «Adesso basta, sembri un matto.»

«No, fammi un disegno.» E cercai carta e matita. Silvia fece un disegno che somigliava a quanto aveva detto.

«E la consistenza com'era?»

«Sai, era giovane, ce l'aveva durissimo, una sbarra di ferro. Ma, come ti ho già detto, inutile.»

«Cioè non ti faceva venire?»

«No, era troppo rapido. Ma poi gli veniva subito duro ancora e ricominciava.»

«E tu allora venivi?»

«Qualche volta, ma non in modo soddisfacente. Era come una sbarra di ferro dentro di me. E lui era stravolto.»

«Cosa intendi per stravolto? Mugolava, gridava?»

«No, stava zitto, ma impallidiva, e quando veniva mi stringeva come una morsa.»

«E il ragazzo di ora come ce l'ha il cazzo?»

«Ora basta Filippo, lasciami stare.»

«Che ti costa, sai che sono curioso e tu levami questa curiosità.»

Silvia sbuffava, come per scherzo.

«Normale, ce l'ha normale.»

«Normale non vuol dire niente.»

«E cosa vuoi che ti dica. Ce l'ha normale, proporzionato alla sua persona.»

«E com'è la sua persona?»

«È forte, alto, muscoloso.»

«E anche il cazzo è così?»

«Certo, gli assomiglia.»

«E fate molto l'amore?»

«Ti ho già detto di no. Non è, come tu credi, una cosa sessuale. È un sentimento, questo non posso nasconderlo, un'attrazione.»

«Che non è sessuale.»

«È anche sessuale, ma non è la cosa più importante.»

«E cos'è allora più importante, quale è il motivo dell'attrazione, del sentimento?»

«Non so, è la sua gioventù, la pelle, i capelli, che so io, è come se fosse mio figlio. Se avessi un figlio vorrei che fosse così. Te l'ho già detto. Ecco, è un sentimento materno.»

«Ma le madri non fanno all'amore con i figli, di regola.»

«Ti ho detto che non è la cosa più importante.»

«Per te, ma per lui sì.»

«No, nemmeno per lui. Passiamo giorni senza fare all'amore.»

«E cosa fate allora?»

«Parliamo, lui sembra assetato di parlare, di comunicare, come molti ragazzi oggi, io credo.»

«E di che parlate?»

«Di tutto.»

«Di tutto non vuol dire niente. Tu hai interessi particolari, una società, dei gusti, una cultura.»

«Lui invece è ignorantissimo.»

«E allora di che parlate?»

«Mi parla molto di sé, della sua infanzia, delle sue balorde idee politiche, delle sue idee sulla vita, sul lavoro, sul mondo.»

Queste parole mi apparvero quasi comiche. Ora mi toccava sentire anche le idee sul lavoro, sulla vita e sul mondo, di un ragazzo ignorantissimo. Come non fossero prevedibili, prevedibilissime e raffazzonate qua e là dalla pattumiera di informazioni in <cui> oggi vanno a pescare i ragazzi della sua età!

«Ma in sostanza perché ti piace? perché ti attrae così tanto?»

«Perché sono stata molto sola, e la casa era vuota. Questo ragazzo mi riempie la casa e in certi momenti anche la vita.»

«Ma non ti stufi mai?»

«Sì qualche volta mi stufo, e lo caccio via, anche perché lui farebbe le tre, le cinque, le sei del mattino. E io ho sonno. E poi mi stufo perché qualche volta è ossessivo.»

«Perché ossessivo?»

«Perché vuol venire a stare in casa con me. E lo ripete ossessivamente. E io mi stufo.»

«Allora ti piace perché ti riempie la casa. E anche la vita hai detto.»

«Mi piace perché mi bacia, perché mi stringe, perché mi carezza e sopratutto perché ha bisogno di me.

Questo mi commuove.»

«In che senso ha bisogno di te?»

«Perché è debole, è fragile, anche se prepotentissimo.»

«Cosa intendi per prepotentissimo?»

«Intendo che è prepotente, che vuole dominare gli altri, che ha come una mania di dominio sugli altri e certe volte un vero e proprio delirio di potenza.»

«Non capisco. Intendi dire che vuole farti fare tutto quello che vuole lui.»

«Vorrebbe, ma non ci riesce. Per esempio le chiavi di casa non gliele do e mai gliele darò.»

«Intanto ha cacciato di casa me, è già una bella vittoria.»

«Anche questo si sistemerà, figurati, è una cosa assurda che tu non possa venire a casa tua.»

«La casa non è mia.»

«È tua come mia.»

«Pare di no. Non è né mia né tua, è di questo ragazzo. Il vero padrone è lui.»

«Vorrebbe ma appunto è prepotente come tutte le persone deboli. Con quei genitori che ha, con l'infanzia che ha avuto. E poi è anche epilettico.»

«Questo non me lo avevi detto.»

«Bèh, insomma ha una forma di epilessia, che sta curando. Ma ha avuto degli attacchi. Per fortuna non li ho mai visti. Ma sopratutto ha un enorme bisogno di affetto. Pensa, poverino, che quand'era piccolo e faceva una marachella come tutti i bambini, per paura della punizione e per avere un po' di affetto, si tagliuzzava con una lametta. È tutto pieno di cicatrici. Brrr, è una cosa che mi sconvolge.»

L'identikit del ragazzo andava facendosi sempre più

preciso. Quest'ultima dei tagli con la lametta dava chiaramente il suo ritratto psichico: masochismo per sadismo, cioè il ricatto. Era come dire ai genitori: o mi amate o mi taglio con la lametta. Più il ritratto usciva dall'anonimo, dal grigio, dall'indistinto di una lastra fotografica in fase di sviluppo, più vedevo, ahimè, avverarsi le coincidenze tra il carattere di Silvia e il suo. Era chiaro che Silvia si commuoveva ai racconti del ragazzo. Le chiesi:

«Ma perché, è stato maltrattato, i genitori non lo amano? Mi pare di sì, gli lasciano fare quello che vuole e per di più gli danno anche soldi».

«Certo che lo amano ma sai, sono genitori borghesi, romani, cosa vuoi che capiscano dell'animo di un ragazzo così dissestato, complicato, fragile e prepotente. Inoltre pare che la madre abbia un cancro.»

Ci voleva anche la madre con il cancro. Così chiesi a Silvia:

«E allora la madre dovresti essere tu? Ma tu non sei sua madre».

«Appunto, è tutta una cosa irreale, un'assurdità senza senso, non solo non può avere nessun futuro ma deve finire anzi al più presto.»

«Ma tu non sei capace di finirla, anzi.»

«Te l'ho già detto: ho un sentimento, un'attrazione, non lo posso negare.»

«Me l'hai detto ormai mille volte.»

«Sì, ecco. Deve finire da sé, con naturalezza. Non è stata la stessa cosa anche per te, con la ragazza?»

«No, è stata una cosa completamente diversa e non c'è nessuno di quei parallelismi che ti andrebbero tanto bene.»

«Tanto bene perché?»

«Perché hai un alibi, e ti senti a posto.»

«Ma io non ne ho nessuna colpa Filippo, te lo giuro, è stato un caso.»

«Anche per me è stato un caso. Ma non è affatto la stessa cosa.»

«Ma anche tu mi hai detto di provare un sentimento paterno per questa ragazza.»

«È vero, ma non è la stessa cosa. La ragazza non è malata. E qui tutto è malato, te compresa. Ti interessa sapere il mio parere, ti fidi di me?»

«E come non potrei fidarmi? Sei l'uomo della mia vita, la persona a cui voglio più bene.»

A questo punto provai una forte commozione per Silvia. E, carezzandola, le dissi: «Povera Silvia, povero amore mio».

Silvia vide la commozione nei miei occhi e subito si allarmò, il suo volto e i suoi occhi furono invasi dall'ansia.

«Perché mi dici così, con quel tono?»

«Perché sei caduta in una brutta trappola. Una trappola che a te sembra sentimentale e invece è ricattatoria.»

Ansiosamente si avvicinò a me, mi chiese:

«E perché?».

«Perché questo ragazzo è una specie di pappone, un pappone dell'animo intendimi. Si attaccherà a te e ti succhierà il sangue. E siccome io ti conosco, e un poco masochista sei, con il ricatto dell'affetto, della mancanza d'affetto, del bisogno di esprimersi, di comunicare, ti si appiccicherà addosso come una sanguisuga.»

Silvia si impennò.

«Ah, tu non lo conosci, è capace di sparire, di non farsi più vedere.»

«Ecco il ricatto. Ma poi torna. Finora è sempre tornato?»

«Sì.»

«E tornerà sempre, sarà sempre lui a tornare perché è lui che ha bisogno di te, l'hai detto tu stessa.»

«Non lo conosci.»

«Lasciami finire. Ma tu, siccome sei innamorata, hai il terrore di perderlo e vivi nell'ansia di perderlo. Macché perderlo, un tipo così non lo perderai mai, purtroppo.»

«Non lo conosci» ripeté Silvia e riconobbi nei suoi occhi la ben nota caparbietà. Lei voleva avere paura di perderlo, voleva essere ansiosa, voleva, in una parola, soffrire. E per il momento soffriva e temeva di perderlo.

«E poi è giovane, figurati, si stuferà, ci penserà lui a liberarsi da questa storia. Avrà le sue ragazze, ha i suoi amici, la sua vita.»

«Sei gelosa?»

«Come potrei esserlo? Deve fare la sua vita, appunto con le ragazze della sua età, con i suoi amici. E poi se devo dirti la verità non sono gelosa. A me basta vederlo. Per il resto può fare quello che vuole.»

«E lui ogni tanto minaccia di non farsi più vedere, non è vero?»

«Sì, come fai a saperlo?»

«Si sente da come parli e si capisce da come è. Ma questo, ancora una volta ti dico, purtroppo non succederà mai.»

«Succederà invece, tu non lo conosci.»

Silvia si chiudeva nella sua caparbietà e nel suo inconscio desiderio di soffrire, di essere in ansia. Come sapevo ormai molto bene quello era in lei il segno certo dell'amore.

La reticenza di Silvia andava allentandosi. M'accorgevo, sempre dalla forma del linguaggio, che in alcuni momenti, simili a improvvise fessure in una parete, era lei stessa a parlare, senza essere sollecitata da me. Lei stessa dunque sentiva la necessità di parlare ma sapevo che anche questo suo improvviso dire, ammettere, confessare, era calibrato e tutto sommato ancora reticente. Insomma era la qualità della reticenza che era cambiata. Evidentemente, se prima Silvia supponeva che la sua storia con il ragazzo fosse cosa di poco conto, tale da tenerla per così dire segreta o comunque ammessa entro i limiti della propria discrezione, ora cominciava a temere: e, temendo, a chi avrebbe dovuto o potuto parlare se non a me? Sapevo che a qualcuno parlava, sempre però in modo leggero, sociale, quasi mondano. Quasi sorridendo di se stessa e di quanto le accadeva. Con me, da quanto mi accorsi fin da quel primo giorno a Bologna, parlava di più: rompeva perciò quella discrezione mondana a cui si era attenuta e aggrappata fino a quel momento, e che usava con gli altri, e si lasciava un po' andare sperando in me quel supporto che, dopo vent'anni di matrimonio, non le sarebbe dovuto mancare. E infatti non le mancava: io ero lì, come si dice, tutt'orecchi. Qualche volta un po' impaziente, questo sì, e perché l'amavo e perché la curiosità chiamiamola così scientifica mi premeva. Ma sopratutto perché mi pareva di sentire avvicinarsi quel destino, che non conoscevo ma che tanto temevo.

A Bologna passammo dei giorni neutri, Silvia era un po' presa da affari di famiglia, e decidemmo che, subito dopo, si sarebbe andati a passare alcuni giorni in un'isola della Iugoslavia che sapevo molto bella in quella stagione. Tuttavia una certa tensione c'era, a momenti si

173

allentava, altri momenti incalzava ed ero io ad incalzare, più con il sentimento che con la ragione. E Silvia lo sentiva come un sentimento di gelosia che, dopo anni di matrimonio e dopo quanto era accaduto a me con Paloma, non avrei dovuto assolutamente provare. Come ho già detto, questo pensiero di Silvia di coprirsi dietro il mio tradimento era un alibi, ma in realtà i fatti erano accaduti, io avevo una ragazza in campagna, e Silvia ne aveva preso atto, lei sì con tutto il realismo e la pazienza del caso. Ora, a quanto mi pareva di capire, toccava a me. Anch'io avrei dovuto essere, come lei era stata, realista e paziente e sopratutto non geloso. Nonostante i miei cinquantacinque anni, era per me impossibile non essere geloso, come del resto lo era stata anche lei, e sopratutto era impossibile far finta di niente. Sopratutto perché ero tormentato da un'ossessione e questa ossessione non sapevo cos'era. Dovevo appunto scoprirla.

L'isola della Iugoslavia era bellissima, ma chi la vide? Io no di certo, e Silvia, forse, neppure, poiché sentiva emanare da me, come un fluido magnetico, la tensione e l'impazienza. C'erano però, al mare, sdraiati su spiaggette di ciottoli bianchi che affondavano poi in un'acqua meravigliosa e tersa, momenti di distensione, quasi di sonno, durante i quali era Silvia stessa a parlare. Io assecondavo il flusso delle sue parole senza far domande o con domande poste qua e là ogni tanto, più come didascalie a quanto lei diceva che come veri e propri interrogativi. Fu così che Silvia mi mise al corrente della sua vita con il ragazzo.

«Tu forse pensi, come del resto è naturale, che si tratti di una faccenda di sesso. Ma non è così. Molto nasce anche dalla novità, da tutto un mondo completamente nuovo e che non conoscevo. Ricordi che ti dicevo nei nostri momenti di noia: bisognerebbe frequentare altra gente, altre persone, una società tutta diversa?»

«Mi ricordo, sì.»

«Ecco, ora sta accadendo esattamente questo e ti assicuro che una novità, <in> un certo senso, lo è. Sai che non mi annoio un solo minuto e mi capita di fare le tre, le quattro di mattina senza accorgermene? Non che la novità sia una grande novità, anzi, è la novità dell'ignoranza, della banalità, del vuoto, ma è lo stesso una novità. Per esempio ho conosciuto dei ragazzi, amici suoi, che erano stati in prigione per ragioni politiche...»

«Ragazzi di destra...»

«Sì di destra, se così si può dire. Ma sono molto confusionari, stanno perfino al di là della destra, girano intorno a Ordine nuovo, poi lo contestano, qualcosa di simile a quello che accade nella sinistra. Ma la politica c'entra poco: sono tutta gente alla ricerca di qualche cosa, c'entra perfino la mistica, il disimpegno assoluto, la teorizzazione del non far nulla, di non agire. Una specie di romanticismo nichilista, insomma una gran confusione...»

«E vengono a casa?»

«Sì qualche volta li invito, si mangiano delle gran pastasciutte, parlano, parlano e poi se ne vanno. A star appresso a loro si farebbe appunto le tre, le quattro di mattina, ma io mi stanco e ad un certo momento li caccio tutti via e vado a letto.»

«E sono tutti ragazzi giovani?»

«Non tutti, ci sono anche dei mezzi leader, dei tipi sui quarant'anni, chiaramente dei falliti della politica, che, a quel che mi sembra di capire, sarebbero i maestri. Ce n'è uno con una faccia molto curiosa, gonfia e tutta sformata, una specie di Peter Lorre. Non è stupido.»

«E di che parlano?»

«Te l'ho detto, teorizzano il rifiuto dei consumi, il rifiuto della politica, di tutta la società in blocco.»

«Bèh, questo l'avevano già fatto nel '68.»

«Ma questi sono tipi diversi. Certamente vengono di lì e la cosa è cominciata lì, ma ha preso tutte le strade possibili e questa è una. Ma guarda però che non sanno nulla, vanno per sentito dire, sono di un analfabetismo incredibile. Il punto centrale è, come ti ho già detto, il culto della forza fisica, del disprezzo per le donne. Ci sono loro e il loro cazzo e basta.»

Stupivo a sentire Silvia parlare così, non perché Silvia usasse sempre un linguaggio puritano, ma perché mi pareva avesse preso troppa confidenza e troppa disinvoltura con parole che non le stavano bene in bocca: nata e cresciuta ragazza per bene, educata e spregiudicata quel tanto da usare parole, come si dice, sboccate, solo con sfumature ironiche o perché necessarie senza ricorrere a quelle ipocrisie verbali che la sua classe sociale ancora oggi impone, Silvia mostrava ora i segni di un'influenza, appunto verbale, che sono sempre la spia all'amore o per meglio dire al plagio amoroso. D'altra parte, conoscendo molto bene Silvia, signora romana e borghese, sapevo come molte altre volte, di fronte alla novità, a qualunque novità, lei si fosse adattata, a cominciare appunto dal linguaggio. La borghesia, specie la borghesia romana, si adatta sempre a tutto, specialmente a quel tutto che le sembra una novità. Per Silvia tutto questo era una novità, una grande novità rispetto al rito più o meno costante delle sue amicizie mondane. E dunque il suo adattamento verbale al linguaggio che era certamente quello del ragazzo, non era per me una novità. Vedevo in quel momento, e con un sospiro di sollievo,

Silvia per quello che era: una signora borghese romana, perfettamente inserita nella buona società romana, che, annoiata nel perbenismo di questa società, è attratta dalla delinquenza. Perché di delinquenti si trattava. Attratta quel tanto da viverne una parte e da respingerne un'altra. E Silvia viveva, per amore, un po' la delinquenza, e, per educazione borghese, la buona società. Menava cioè una doppia vita, un po' come il film di Buñuel *Belle de jour*, e questo la attraeva, la affascinava e la divertiva. Ero e ancora oggi sono certo che non si rendeva minimamente conto del pericolo che stava in questa dissociazione, anche perché, di solito, non c'è nessun pericolo. In casi normali, quella che ho definita una signora borghese romana come Silvia, quando vede il pericolo vero, se ne fugge via a gambe levate. Ma tutto mi diceva che questo non era un caso normale. E la prima spia fu appunto il linguaggio. Silvia, parlando, seminava di cazzi e di fighe il discorso, lo concludeva con okay, che non le avevo mai sentito usare, e in generale, se parlava di cose che riguardavano il sesso, il suo linguaggio non soltanto era liberissimo ma appunto allegro e sboccato come quello di chi lo usa in modo appunto allegro e sboccato: i giovani, quell'indistinta massa di ragazzi e ragazze, di classi sociali magari opposte, che però si confondono e si mischiano tra loro, a cominciare dal linguaggio. Suppongo che quella che Silvia chiamava una novità fosse anche questo: abbandonare il proprio linguaggio borghese, che l'aveva annoiata, per assumere un altro linguaggio anche quello borghese, ma lei non lo sapeva, che l'attraeva e la faceva sentire giovane. Non le dissi nulla di tutto questo e mi adattai con molta curiosità scientifica all'esame del nuovo linguaggio di Silvia: infatti esso mi diceva di lei e della sua attuale esperienza molto più delle parole. Mi preoccupavano invece le riunioni per così dire politico-ideologiche in casa sua. Intanto Silvia le raccontava con la più grande e vera innocenza. Disse per esempio: «Sì, parlano, dicono, ma poi non vanno oltre un certo punto perché mi pare di aver capito che fanno parte di certe cellule segrete».

Mi preoccupava è dire poco. Direi piuttosto che mi angosciava e mi sbalordiva. Ma come? Silvia, sempre così prudente, così borghese, addirittura così tremebonda e ansiosa, e così ripugnata di fronte alla violenza, ora ne parlava con tanta calma, innocenza e quasi con allegria? Eppure anche questo dovevo prevederlo: faceva parte del gioco, del rischio della novità, e anche questo rientra nelle regole del gioco borghese quando, appunto, si tratta di novità. Ma lo stesso mi pareva troppo. E tuttavia anche su questo non commentai, non dissi una parola. Sentivo che la macchina si era messa in moto e io non avrei potuto fermarla in alcun modo. Altre volte Silvia aveva rincorso come si dice la moda, anzi sempre. Faceva parte anche questo della sua educazione borghese. E questo rincorrere la moda e accettare come naturale perfino il superomismo fascista, il nichilismo da quattro soldi e perfino, a questo punto, le frange del terrorismo di destra, anche questo era il frutto della sua congenita borghesia. In fondo anche questo non era una novità in un paese come l'Italia. La borghesia, e, ripeto, la borghesia romana in particolare, accetta sia l'estremismo di sinistra sia quello di destra, il fascismo, e perfino il comunismo. Gli va bene tutto e il contrario di tutto. E tuttavia anche questo, l'innocenza di Silvia nell'accettare gente così, non fosse altro che per la sua schizzinoseria e il suo temperamento tremante, farla venire in casa, sedere alla sua tavola, preparare lei

178

stessa il cibo, mi pareva un'altra spia di un tipo di plagio che andava oltre la novità, oltre la cotta per un ragazzo, oltre i limiti, appunto, che la borghesia impone a ogni pazzia a cui ha voglia di abbandonarsi.

Si andava su e giù per l'isola, tra le ginestre in fiore che io non vedevo e che nemmeno Silvia vedeva. Pensava ad altro. E parlava, indubitabilmente sentiva il bisogno di parlare e, parlando con me, in qualche modo, di liberarsi del peso di qualche cosa. Ma, anche qui, non sapevo che cosa. E facendo un grande sforzo su me stesso, evitavo di chiedere, di indagare. Pensavo che a un certo punto le sarebbe venuto naturale, come le era venuto naturale mutare la qualità della sua reticenza fino ai limiti della confidenza, ma soltanto fino ai limiti, non interamente. Del resto fu lei stessa, come aspettavo, a sciogliersi. Improvvisamente, una sera – passeggiavamo lungo il porto di quell'isola, un porto che sembrava veneto e del 1937, tutto rétro, e disseminato di immagini del maresciallo Tito in guanti bianchi – mi disse:

«Sai, ti ho detto una bugia, una sola. Tu mi hai chiesto se ero sola a casa una sera che mi hai telefonato. Non ero sola».

«Questo lo avevo indovinato.»

«Certo questo lo immagino perché ti conosco, ma non indovinerai mai quello che stavo facendo.»

Mi parve nella semioscurità di vederla arrossire e perfino tremare. Avevo indovinato o credevo di avere indovinato ed ero vicino, vicinissimo alla verità. Ma non lo dissi. Anzi dissi: «Fino a questo non arrivo». Ebbe uno strano gesto del capo, di vanità femminile, come se si stesse guardando allo specchio:

«Stavo facendogli un pompino».

Strano a dirsi, come sempre accade quando l'imma-

179

ginazione diventa realtà, lì per lì quasi non ebbi emozioni. Non avevo immaginato esattamente questo? Non avevo forse previsto, è il caso di dirlo, la scena a Firenze? Quella volta però non era stato così, era stato diverso, quella era stata una scena erotica per così dire simbolica, ora bisognava scendere ai dettagli della realtà. Finalmente cominciava la verità e, quasi impossibile a credere, ero quasi felice. Angosciato ma felice.

«Fate sempre l'amore così?»

«Ogni sera. Anche più volte.»

«E perché proprio un pompino?»

«Perché a lui piace.»

«Dove eravate?»

«Sul divano.»

«Su quale divano?»

«Quello rosso.» Il divano rosso era vicino al telefono. Vedevo perfettamente la scena.

«E stavi facendo il pompino proprio nel momento in cui è squillato il telefono?»

«Sì. Non ho risposto perché volevo finirlo.»

«Hai impiegato poco, ho richiamato subito.»

«No, era già un pezzo che si stava lì.»

«E perché lui preferisce un pompino piuttosto che fare l'amore normalmente?»

«Io non ne avevo molta voglia, non ho mai molta voglia di fare l'amore con lui, ma mi piace prenderglielo in bocca, quello sì.»

«Perché?»

«Non lo so, non mi è mai piaciuto con nessuno ma con lui mi piace molto più così che fare all'amore.»

«E ti viene in bocca?»

«Sì, è proprio quello che mi piace. Viene in bocca e io ingoio.»

«Proprio come un'ostrica, vero?»

«Sì, ha lo stesso sapore. Come fai a saperlo?»

«L'hai detto a me.»

«Ah!» Arrossì ancora e tacque. Eravamo entrambi molto turbati ed eccitati. L'avrei presa lì per la strada. Al tempo stesso provavo un moto violento di repulsione e di vomito.

«Spiegami perché vuole proprio i pompini.»

«Qualche volta facciamo all'amore normalmente, ma lui preferisce così, mi prende per i capelli e me lo fa ingoiare.»

«E questo ti piace?»

«Sì, molto.»

«Secondo te perché fa così?»

«Perché disprezza le donne, o dice di disprezzarle.»

«A te perché piace in modo particolare?»

«Perché mi piace fare tutto quello che vuole. Ha una forte personalità e questo mi eccita.»

«Ce l'ha molto grosso?»

«Sì, ce l'ha grosso ma non moltissimo. Proporzionato.»

«Cosa vuol dire proporzionato?»

«Vuol dire proporzionato alla sua statura, ai suoi muscoli. Insomma gli somiglia.»

«Non mi hai mai detto com'è questo ragazzo.»

«È uno come tanti altri, fisicamente non si discosta da molti.»

«E cioè?»

«È alto, muscoloso, irsuto e con i capelli così ricci che non gli passa neppure il pettine. Ha le gambe un po' troppo fini e quando ride gli si sganghera tutta la faccia. Non è particolarmente bello. Però è forte, quando mi abbraccia certe volte ho l'impressione che mi stritoli.»

«E questo ti piace?»

«È la gioventù.»

Ecco di nuovo l'odore del sangue, questa volta pienamente, come mi avesse riempito la bocca e le narici, il sangue stesso o lo sperma che è la stessa cosa. Provavo le stesse emozioni di Silvia, sentivo le stesse cose o tentavo di sentirle dissociandomi da me stesso. E in questo sentivo una strana identificazione che, in quel momento, mi parve il massimo dell'amore per lei.

«Cioè ti senti giovane?»

«Sì mi sento giovane, e anche bella e desiderata.»

Silvia parlava quasi meccanicamente, un po' come in stato di ipnosi o di sonnambulismo. In più aveva negli occhi quella luce che ben conoscevo, la fiamma del fanatismo amoroso e religioso.

«Ma ti piace particolarmente il cazzo di questo ragazzo?»

«Te l'ho detto, no, non è quello. Anche se lui ce l'ha sempre duro, come ce l'hanno i ragazzi.»

«Cos'è allora?»

«Anche questo ti ho detto: è una cosa complessa che non riesco a capire, a spiegare, ho un grande conflitto dentro di me.»

«Cerca di spiegarlo.»

«Secondo me, ma potrei anche sbagliarmi, potrebbe essere un alibi, è una cosa materna. Se avessi un figlio vorrei che fosse come lui.»

«Normalmente le madri non fanno all'amore con i figli.»

Silvia scosse la testa e i riccioli come una mano, gesto ben noto di incertezza.

«Ma non è mio figlio, questa è la cosa irreale. Lo è, perché certe volte mi sembra un bambino di dodici anni, ma è anche un uomo, e poi è prepotentissimo. Sotto molti aspetti ti somiglia. In proporzione minima naturalmente.»

«Mi hai già detto che è prepotentissimo. Cosa significa, come si esprime questa prepotenza?»

«In tutto, nel volere i pompini per esempio. Ma sopratutto nel voler venire a stare con me. In questo è ossessivo. Certe volte lo caccio via.»

«E perché non lo fai venire in casa, a stare con te, visto che ti piace tanto?»

«Non lo farò mai.»

«E perché?»

«Per istinto di conservazione. Me lo dice l'istinto. Sento che sarebbe la rovina. E so anche che questa è una storia completamente irreale, per tutto, a cominciare dalla differenza di età.»

«Perché? Anch'io ho una ragazza di venticinque anni, proprio la stessa età.»

«È vero, anche tu ce l'hai. Ma in questo caso è diverso. Per una donna è diverso. Che futuro può avere? Devo assolutamente finirla, almeno prima che mi abbandoni lui.»

«Perché non me ne hai mai parlato prima così chiaramente?»

«Perché mi vergognavo e ancora mi vergogno.»

«Di che?»

«Di tutto, a cominciare dall'irrealtà di questa faccenda e di tutto il resto.»

«E allora perché continui?»

Silvia tacque per un momento, poi, con quell'espressione che già aveva avuto poco prima, di fanatismo, disse:

«Perché lui ha bisogno di me».

«In che senso? Ha venticinque anni, figurati se ha bisogno di te.»

«Sì ha bisogno di me», ripeté Silvia guardando davanti a sé e come ispirata. La vedevo per quello che era: una donna di cinquanta anni, una bella donna, ma della sua età, anche se dimostrava quattro o cinque anni di meno. In quel momento il suo bel volto, di solito sorridente e un po' sempre infantile, era come pieghettato dall'ansia. Vedevo le sue spallucce un po' curve, sotto una giacchina di lino bianco che le avevo regalato io, una giacca che allora si chiamava casual e casual era davvero perché senza fodera e tagliata apposta per apparire appunto casuale, spiegazzata, larga, per ragazzine in motorino. Sopratutto le spalle e la schiena, un po' ingobbite da quella giacca crudele, mi davano una grande pena. Gli occhi, quegli occhi lunghi e bruni, da film di Marcel Carné, circondati da piccole rughe e con un'orbita profonda dietro le palpebre sottili che si infossava dietro la parte superiore dell'occhio come nelle persone molto malate. E i capelli, ricci, devitalizzati, sempre un po' schiacciati alla nuca dal letto o dal cuscino, anche quello dava l'impressione di una persona molto malata. Il corpo no, nel suo insieme, sia per l'altezza, la leggerezza delle gambe e una certa forza e corposità del bacino, quello restava la parte migliore e più giovane di Silvia. Ma le mani, e le braccia, erano mani gracili, con dita un po' rugose e già un po' arcuate, e braccia sottili, con poca carne intorno all'osso, mani e braccia da vecchia. Non potei fare a meno di provare una immensa pietà per lei, non tanto per la sua condizione di persona già avanti negli anni, quanto per quello che le stava accadendo e per cui lei si sentiva giovane. Del resto se ne rendeva conto lucidamente anche lei. Solo, a quanto mi pareva, non poteva farne a meno.

«E perché ha bisogno di te? Anche lui ha una madre, dei genitori, una famiglia, a quanto mi dici, e anche denaro. Inoltre ha la gioventù.»

«Ma non sa nulla, è malato, la madre sta morendo di cancro, con il padre sono sempre litigi perché lui non vuole fare niente di niente, anzi teorizza il nulla. Quello che gli piace è andare in giro per la città di notte. Bar, discoteche, ancora bar, fino all'alba. Poi gli amici, il culto per gli amici e la palestra.»

«Evidentemente si stufa anche di questo se mi dici che è sempre da te.»

«Non è sempre da me, va e viene. Certe volte sono io a cacciarlo via perché ho sonno e voglio restare sola. Non sono persone con cui si può avere un dialogo anche se parla anche troppo.»

«E di cosa parlate?»

«Te l'ho detto, in fondo di niente. Mi diverto a sapere com'è la sua vita, quella dei suoi amici, quello che pensano, come la vedono... è un disastro, guarda. E poi parlano ininterrottamente per ore, hanno un bisogno incredibile di comunicare.»

«E anche di fare all'amore.»

«Meno di quanto si pensa. Hanno bisogno di esprimere se stessi, il loro intimo, ma siccome sono nevrotici sono anche egocentrici, con manie di grandezza, di dominio. Non so spiegarmi bene.»

«Infatti non ti spieghi bene. Mi pare che sopratutto questo ragazzo voglia dominare te. Lo sai perché vuole venire a stare a casa con te?»

«Lo so benissimo.»

La guardai ancora, curva nella sua giacchettina bianca di lino, e non potei trattenermi dal farle una carezza, e mormorare: «Povera Silvia».

Parve capire il senso di quella carezza e si ritrasse come morsa da una vipera, guardandomi con un certo odio e paura.

«Perché mi dici così?»

«Perché questa storia è una passione.»

«Macché passione, durerà al massimo fino all'estate, ci penserà lui a farla finita, vedrai.» E gli occhi le si riempirono di lacrime.

«È una passione» continuai, «molto simile a quella di certe puttane con i magnaccia. Questo ragazzo è il tuo magnaccia, non di denaro, non voglio dire che ti mangerà denaro, può darsi di no, a meno che non ne abbia bisogno. Ti mangerà la vita però. Si attaccherà a te in modo ossessivo, geloso, possessivo, dandoti così l'illusione di amarti. Anche le puttane pensano di essere amate dai loro magnaccia. Amate perché protette, e tutte le donne hanno in un modo o in un altro bisogno di protezione. Le puttane hanno bisogno di protezione proprio fisica, di essere protette dalla violenza degli altri magnaccia, dagli uomini occasionali con cui vanno, dalla violenza della vita che fanno, in poche parole. Ovviamente non è il tuo caso. Ma c'è qualche cosa di simile, la prepotenza di questo ragazzo, che tu non fai che ripetere, ti dà l'idea di forza, insomma ti piace perché inconsapevolmente ti dà l'idea di protezione animale. Anche lui, come i magnaccia, è prepotente, possessivo, geloso, vuol venire a stare da te e tutto questo ti sembra interesse; cioè amore.»

Un po' sprezzantemente Silvia si limitò a dire: «Può essere». Ma poi aggiunse: «In ogni modo un po' di interessamento a me c'è, ci deve pur essere, perché mi sta sempre alle calcagna. Non dico amore, perché di ragazze giovani infinitamente più belle di me ne deve avere parecchie».

«Ma è chiaro che preferisce te. Che dice, come si esprime, su chi si appoggia, delle ragazze della sua età? Tu fai anche da madre, certo, e poi ti conosco, figuriamoci se non fai da madre; lo vizierai in tutti i modi, come hai sempre fatto con me. Inutilmente.»

«Perché inutilmente?»

«Perché io non amavo essere viziato, coccolato, protetto da una donna, bensì amare, coccolare, viziare e proteggere. Ecco perché scappavo sempre e ho trovato una ragazza giovanissima, per fare da padre semmai, non da figlio.»

Silvia sospirò e con un sorriso disse: «Può essere» e, come riflettendo tra sé, aggiunse: «È incredibile».

Ci fu una lunga pausa. Eravamo giunti dal porto a una specie di povero lungomare, una passeggiata lungo la parte larga della baia che conduceva al faro e poi al mare aperto. Accanto a noi passavano dei tedeschi, vecchi, malfermi, chi perfino senza un braccio, chi senza una gamba.

«Che mostri!» disse Silvia con schifo. Certamente pensava alla gioventù, alle fattezze del suo ragazzo, ci pensava sempre. Ed io pensando a noi due, che non eravamo più ragazzi anche se non dei mostri, dissi, polemicamente:

«Sono degli esseri umani». Silvia aveva ragione, erano dei mostri e non soltanto per le fattezze e le mutilazioni ma anche per qualche cosa al tempo stesso di crudele e di animalesco nelle loro forme e nelle loro espressioni. In realtà non erano esseri umani, erano tedeschi, anziani, probabilmente reduci dell'ultima guerra, che andavano in villeggiatura in comitive in Iugoslavia per risparmiare. Era giusto che il senso estetico, italiano, romano e borghese di Silvia si ribellasse. Tuttavia, per quel senso di impotenza e di inadeguatezza che provavo nei suoi confronti, m'era uscita quella infelice frase moralistica. Ma tranquillamente Silvia ripeté: «No non sono degli esseri umani, sono dei mostri».

Lei era invasa da un altro spirito, ben lontano da quello onnicomprensivo che stupidamente, meschinamente, avevo voluto dimostrare di avere io e in realtà non avevo. Il suo spirito era tutto pieno della gioventù del ragazzo, dell'odore del sangue, del suo modo di averlo sempre duro davanti a lei donna e di farla sentire tale proprio per questo. E il suo corpo era pieno di quei baci, degli abbracci sempre impetuosi della gioventù, della grande quantità e della forza dello sperma di una persona giovane al momento dell'eiaculazione. Questo era il suo spirito, e a me, certamente non più giovane, non restava che soffrire, appunto, di impotenza, di inadeguatezza.

Eravamo giunti ai piedi dell'albergo, una specie di clinica, probabilmente prefabbricato, con quei materiali miseri e americaneggianti con cui si costruisce in tutte le repubbliche socialiste. Il mare era nero, erano le dieci di sera, ora in cui, a Roma, avrebbe cominciato la vita notturna con il suo ragazzo a casa e fuori casa. E pensai quanto squallido le doveva sembrare quel luogo, quell'albergo, quella gente e quella calda stanzetta dove ci accucciammo alla meglio per dormire. Ero disperato e pensavo di partire. Irrimediabilmente Silvia non mi amava più, aveva, come si dice, fatto una sostituzione, che giudicava irreale, impossibile, di breve durata ma che intanto le dava, giorno per giorno, l'illusione della gioventù, dell'amore, insomma la gioia della vita. Così pensando, ancora più squallido mi parve il luogo, la stanza, l'isola dove eravamo, e decisi tra me e me che saremmo partiti il giorno dopo.

Non mi veniva naturale, in tutto questo, rivolgere un pensiero a Paloma, che pure era giovane, che mi aveva dato per pochissimo tempo anche lei l'illusione della gioventù, dell'amore, la gioia della vita. Non ci pensavo e non ci potevo pensare perché dominato, soggiogato da Silvia e da quanto mi aveva rivelato quella sera. Avevo immaginato tutto e tutto si era avverato. Ma la mia immaginazione non si era fermata lì, era andata avanti e continuava ad andare avanti costruendo un copione sempre più preciso, sempre più erotico e sempre più sinistro. Non capivo come mai l'erotismo, che è il segno della vita, si accoppiava sempre di più ad immagini di morte. Forse anch'io avrei dovuto psicoanalizzarmi e ricercare proprio in questa associazione, erotismo morte, forse il segno di una educazione, di un moralismo cattolico che così decretava. E invece mi pareva di trovare il disegno sempre imperscrutabile di un destino, che a me era stato dato di prevedere ma non di prevenire. Con questi pensieri e con una forte dose di sonnifero mi addormentai e sognai. Sognavo di Silvia naturalmente – specie di incubi –, improvvisamente mi svegliavo piangente e sudato e la trovavo lì accanto, appiccicata a me come sempre. E la realtà, quella di avere per il momento il suo corpo lì presente e vicino, mi calmava e mi riaddormentavo.

Il giorno dopo non seppi trattenermi e dissi a Silvia che desideravo partire. Calma come al solito Silvia acconsentì e prima di mezzogiorno eravamo a Trieste, dove si decise di stare un giorno. In albergo Silvia mi abbracciò e mi baciò, volle fare all'amore, presa da un estro che, anche quello, non mi sapevo spiegare. Dopo quanto mi aveva detto apparivano impossibili le ragioni e perfino la possibilità di farlo, ma invece avvenne. Poiché io la desideravo sempre, la desiderai ancora di più quel giorno, proprio per quanto mi aveva detto. Stranamente, Silvia fu subito molto eccitata come non era quasi mai, e dovetti concludere amaramente che lo era certamente non per me ma per qualche ricordo particolare, ricordando cioè di fare all'amore con il ragazzo. Non si poteva fare all'amore normalmente perché Silvia aveva le mestruazioni, ma si fece lo stesso. Nell'abbraccio, durante il quale Silvia mostrò ancora una volta dopo tanto tempo il suo volto eccitato, con le sue labbra contorte e ripugnate, il pube proteso che lei sfregava con una mano mugolando, le domandai cosa voleva fare.

«Voglio prendertelo in bocca» disse e lo fece.

«Lo prendi sempre in bocca, eh? ne fai tanti di pompini?»

Non rispose. Allora domandai, di proposito in modo generico.

«Ma gli altri cosa ti fanno quando chiavate?»

«Mi leccano tutta» rispose Silvia gemendo, e ancora una volta ebbi la prova che quel suo estro si rivolgeva a me in mancanza del vero partner, del ragazzo.

Eppure, ancora dopo tanto tempo, c'era in Silvia una certa quale innocente incapacità nel prenderlo in bocca. C'era molto impeto ma poco istinto.

«Vuoi che ti venga in bocca?» le chiesi.

«No, voglio vedere quando sborri, mi piace vederlo» e sempre strofinava la mano sul pube eccitata e mugolava. Mi misi a cavalcioni su di lei e schizzai una grande quantità di sperma sul suo ventre, ma in modo, come dire, indiretto. Come fossi un altro e forse proprio perché il suo desiderio era riuscito a sostituirmi Silvia mi guardava il cazzo tra le palpebre socchiuse, tra le ciglia, mentre i getti di sperma le bagnavano il ventre e il petto che lei carezzava e stringeva.

Più tardi, dopo pranzo, andammo a riposare e fui io a voler fare l'amore, ma Silvia mi disse chiaramente e freddamente che non ne aveva voglia. Mi arrabbiai, protestai che lei intendeva anche questo fatto a senso unico, cioè solo quando ne aveva voglia lei, e non tutti e due, ma non ci fu niente da fare. Si partì ancora il mattino successivo. Avrei dovuto rimanere con lei altri due o tre giorni, a Bologna, ma sentivo che i miei nervi non reggevano. Pensavo: "Qui vicino a me c'è una donna che non mi ama, in campagna c'è una ragazza che mi ama. Tra le due scelgo chi mi ama". E così dissi a Silvia che la avrei accompagnata fino a Bologna e sarei tornato immediatamente in campagna. Con la sua solita calma, che copriva invece una sua grande inquietudine inespressa, che io non conoscevo, Silvia disse:

«Fai come credi, come pensi sia meglio per te. Io starei ancora due giorni con te a Bologna ma se tu preferisci partire, se senti che sei più tranquillo in campagna, mi fermo a Bologna da sola e riparto dopo due giorni».

La calma, quella saggezza di Silvia che pareva fare e pensare tutto per il mio bene, per la mia calma, per la mia tranquillità intima, mi esasperava. Come dire: "Io faccio quello che tu preferisci che faccia, come sempre". Mi esasperava perché sentivo il distacco completo di lei da me, o meglio, la parvenza di un affetto troppo calmo e troppo materno che dubitavo non autentico: in altre parole anche questo atteggiamento affettuoso e dedito mascherava qualcosa, serviva da alibi, come dire: "Come vedi io faccio tutto per il tuo bene, quello che vuoi, dunque non sono colpevole in nulla. Inoltre per me è facile fare tutto questo perché amo un altro e al pensiero della persona di cui sono innamorata questi piccoli sacrifici famigliari sono nulla".

Più avanti, in macchina durante il viaggio, le dissi improvvisamente: «Senti, facciamo così: tu pianti questo ragazzo, io la mia ragazza e torniamo insieme a Roma».

Così dicendo le vidi dipingersi sul volto quello che non posso definire con altra parola che terrore. Silvia contrasse il volto in una vera e propria smorfia di terrore. Ma anziché dire ed esprimere questo terrore che appariva chiaro nel suo volto, disse, con voce formale e con faccia terrorizzata: «È una faccenda da prendere in considerazione».

Ancora una volta mi spaventai. Quale prova più forte di quell'espressione e perfino di quelle parole! Ma <a> colui che ama, a questo punto perdutamente, le prove di non essere amato, anzi, le prove che la persona amata ama invece un altro, non bastano mai, non sono mai sufficienti, improvvisamente cadono di fronte a quel misericordioso e al tempo stesso crudele sentimento che è la speranza. Questo sentimento è così forte in chi ama che riesce a contagiare un poco anche chi non ama. Per processi oscuri, se per di più, come per me e Silvia, c'erano vent'anni di matrimonio e appunto di amore, il sentimento della speranza si trasforma, come è noto, in pietà, in vera e profonda e struggente pietà umana, e produce quella calma, talvolta quella rassegnazione, che può durare un'intera vita. Devo ammettere che anche per Silvia c'era e doveva esserci una parte di speranza. In fondo, per quanto fosse innamorata e perduta dietro l'immagine sempre ingannevole della sua passione, Silvia manteneva ancora e sempre il suo buon senso. Questo le diceva che comunque la sua storia col ragazzo sarebbe durata poco, che se avesse tirato troppo la corda avrebbe perduto me come il ragazzo e si sarebbe trovata sola: cosa che nessuna donna a cinquant'anni è disposta ad accettare, qualunque sia il grado della passione. E presa, come era, da questo conflitto, il suo animo era naturalmente dimezzato e sconvolto. Da un lato voleva vivere la sua passione, con tutto il fanatismo amoroso che era nel suo carattere, dall'altro non voleva perdere me, con tutta la saggezza del suo buon senso. Ma sapeva, intuiva però che, dopo vent'anni, di amore vero e proprio tra noi due non si sarebbe potuto più parlare, e che una senilità infelice e precoce sarebbe caduta inesorabilmente tra noi due. Anch'io pensavo tutto questo, e più si avvicinava Bologna più desideravo tornare indietro, da Paloma, che, se non amavo più da parecchio tempo, in compenso mi amava. Arrivammo, ci salutammo con qualche pianterello di Silvia, ripartii. Paloma [mi aveva detto], il giorno prima che io partissi con la solita bugia: «Parti ma stai lontano da me, non farti più vedere» come aveva detto molte altre volte, perché, anche lei, sentiva di non essere amata e che anzi io amavo un'altra, proprio Silvia che avevo abbandonato per lei. Dunque tornavo non certissimo che mi avrebbe accolto. Invece ancora una volta ebbi la prova che mi amava perché, appena le telefonai, dopo pochi secondi di reticenza, accettò di vedermi all'uscita dall'ufficio. A vederla veramente mi commossi:

questa volta della commozione di chi è amato. E questo sentimento spesso protegge e avvolge nelle spire dell'illusione di una falsa calma chi ne ha bisogno. Andammo subito a casa mia e si fece l'amore, questa volta sì con grande abbandono e riconoscenza da parte mia. E tuttavia non mi bastava, avrei voluto al suo posto Silvia. Così l'amaro cerchio si chiudeva per riaprirsi: io amavo Silvia, che amava un ragazzo che probabilmente non l'amava, anzi lo amava proprio per questo; ed ero amato da una ragazza che mi amava forse proprio perché sentiva che io amavo Silvia. Nessuno di noi amava di un amore corrisposto salvo il ragazzo che certamente non amava Silvia. Era dunque lui, come si dice, ad avere il coltello per il manico e in realtà era lui a condurre questo disperante gioco.

Al mattino successivo cominciarono le solite, le quotidiane telefonate di Silvia. Non trovandomi a casa al mattino, e forse pensando, come è nel suo carattere ansioso, di perdermi, mi trovò al bar del paese. Presi quella telefonata per quello che avrebbe dovuto essere e che volevo che fosse: ancora una telefonata amorosa, confortata dalle parole sincere di Silvia. E ricominciò, nonostante tutto, il pendolo dell'amore, sempre illuso e sempre deluso. Sentivo che, a questo punto, avrei dovuto gettare la spugna. Scomparire da tutte e due le donne, dalla campagna, dall'Italia. Si pensa sempre così e qualche volta queste risoluzioni sono salutari. Pensavo di fare un viaggio in America, dove avrei dovuto andare da tempo, ma dopo pochi secondi naturalmente rinunciai. Senza le telefonate o la presenza di Silvia mi pareva che la mia esistenza non avesse ragione e si perdesse in una specie di niente così simile ai satelliti che si disintegrano. Al tempo stesso mi sentivo appoggiato e sotto certi aspetti confortato dalla presenza della ragazza, che però era sepolta dall'immagine perenne di Silvia davanti ai miei occhi. Ma decisi lo stesso di fare un viaggio a Capri con Paloma. Stavo per dirlo a Silvia quando lei stessa mi comunicò che se ne sarebbe andata al mare qualche giorno con il ragazzo.

Era tornata ad essere reticente, non voleva dire né dove, né quando, forse Montecarlo, forse vicino a Roma. Poi, improvvisamente come era accaduto in Iugoslavia, la reticenza cadde, e con gli stessi segni della volta precedente. Cadde contemporaneamente nella sostanza e nel linguaggio. Mi disse, al telefono:

«Sai, mi sono fatta inculare». Per la seconda volta il mio progetto di gioco della verità funzionava. Era un gioco al massacro ma funzionava.

«Come? proprio tu, che non l'hai mai voluto, abbiamo provato una volta e ti faceva così male e nessun piacere.»

«Anche questa volta mi ha fatto male.»

«E perché l'hai fatto?»

«Perché lui lo voleva.»

«E ti è piaciuto?»

«In certo senso sì. Mi faceva male ma mi piaceva.»

«In quale senso?»

«Non lo so esattamente.»

«Prova a pensarci.»

«Non so, in senso non proprio fisico, perché mi faceva male, ma forse in senso psicologico, mentale.»

«Spiegati meglio.»

«Lui lo voleva, lo voleva così tanto.»

«E così ti sentivi desiderata di più?»

«Forse sì, ma non capisco bene, è stata una sorpresa anche per me.»

«Allora ti sentivi posseduta di più?»

«Sì.»

«In altre parole sentivi che desiderando incularti e tu accontentandolo non ti sfuggiva, non lo perdevi.»

«Sì, forse è proprio così, perché in fondo non mi piace. Ma c'era una grande sensualità, è venuto per caso.»

«Non è venuto per caso, è venuto perché lui lo voleva.»

«Ecco, sì, ma in quel momento, poiché lui lo voleva, lo volevo anch'io.»

«Ma tu, fai tutto quello che vuole lui?»

«Quasi sempre sì, alle volte no.»

«E perché?»

«Non lo so, ha una fortissima personalità, è prepotente e mi attrae, ti ho detto che mi attrae.»

«Questo me l'hai detto mille volte. Ma fare tutto quello che vuole è molto di più dell'attrazione e anche dell'amore, e anche della passione.» Volevo dirle, è malattia, plagio, che so, e mi vennero in mente ancora una volta gli strani e complessi rapporti tra i magnaccia e le puttane. Prepotenti e al tempo stesso fragilissimi, violenti e teneri, madri e figli.

«In che senso ha una fortissima personalità, cosa vuol dire?»

«Vuol dire che ha una specie di volontà di dominio sugli altri.»

«Su di te?»

«Su di me ma anche sugli altri. Fa dei discorsi da pazzo, una specie di volontà di potenza, di vanità, che so io. C'è lui e il suo cazzo contro il mondo, il resto non esiste.»

«Cos'altro ti vuole far fare?»

«Alle volte niente. Sono io che cerco di indovinare cosa vuole e lo faccio.»

«Come i pompini per esempio?»

«Sì.»

«Lo sai perché vuole farti fare i pompini e non l'amore normale?»

«Credo di immaginarlo, ma non capisco bene, non capisco più niente.»

«Perché anche questa è una dimostrazione appunto di potenza, di vanità del proprio cazzo e sopra ogni altra cosa di disprezzo per le donne.»

Silvia si risentì.

«Ad ogni modo sono io che glieli faccio, lui ormai non lo chiede mai. È quasi una regola. Lui arriva, io sono seduta sul divano, gli tiro giù la lampo, gli viene fuori il cazzo duro e io gli faccio un pompino. È come un ordine, ma non è lui che me lo dà, è come fosse lui, in realtà sono io che lo eseguo. Non mi so spiegare bene.»

«Ti spieghi benissimo. E mandi giù lo sperma?»

«Certe volte sì, certe volte no. Certe volte tiro indietro la bocca e mi faccio schizzare tutto sulla faccia. Poi mi strofino la faccia con lo sperma.»

«E lui che fa?»

«Ride.»

«Viene molto, voglio dire fa molti schizzi?»

«Sì, molti.»

«E a te piace?»

«Sì, mi piace.»

«Parlamene ancora, ma con più dettagli.»

«No, a questo punto basta, ti ho detto tutto.»

Silvia era caduta nella trappola, o ero caduto io. Chi tra noi due era più masochista? Lei che faceva tutto, che seguiva le volontà del ragazzo come una schiava, o io che pur di non perdere nulla della sua vita mi facevo raccontare ogni cosa? E fino a che punto Silvia era innocente, sincera in queste sue confessioni, e fino a che punto crudele, in una parola sadica? E ancora: fino a che punto non era plagiata anche da me, visto che mi raccontava tutto?

Sapevo che il massacro era cominciato, non sapevo chi era il regista: se il ragazzo, oscuramente e genialmente dotato di violenza, se Silvia masochista ma sadica come tutti i masochisti, se io stesso. Veniva spontanea una domanda. A chi serviva tutto questo? A un oscuro e crudele piacere femminile di Silvia, al ragazzo che forse era a conoscenza di simili telefonate, e forse le suggeriva o le imponeva egli stesso per quella sua follia di dominio, o a me per amare sempre più disperatamente Silvia? Erano tutte domande senza risposta, che mi lasciavano in uno stato fisico e psichico come fossi stato battuto a sangue. Era forse quello che cercavo? A questo punto una domanda così era la sola sensata.

Il giorno dopo partii per Capri con Paloma. Il mio pensiero era fisso a Silvia, ogni minuto, ogni secondo. Era impossibile liberarmi di lei, della sua persona, delle visioni che accompagnavano sempre la sua presenza: ora, forse nello stesso momento, Silvia era al mare con il ragazzo. Si abbracciavano, si baciavano, dormivano insieme, facevano all'amore, si amavano. Anzi, Silvia lo amava, di lui sapevo soltanto quanto lei mi aveva detto, e mi bastava: c'erano tutti gli elementi, già previsti e preventivati, del plagio e del plagio crudele. Ma, lo stesso, non volevo crederlo ed ero convinto che Silvia pensasse a me, se non sempre come io pensavo a lei, certamente molte volte della giornata. Io rappresentavo la sua coscienza che, come è noto, è totalmente staccata dal corpo e dai sensi: la sua coscienza le suggeriva, a centinaia di chilometri di distanza, quasi magneticamente, che quanto stava facendo non era un libero e allegro gioco dell'amore, bensì un oscuro e fatale abisso in cui stava precipitando. Era una donna che, sempre nella sua vita, aveva amato perdutamente un solo uomo: perdutamente, ansiosamente, da schiava; ora toccava ad un altro ma quest'altro, la cui figura appariva ad ogni sua telefonata più chiara nella mia mente, per giovanile, scherzosa crudeltà voleva la rovina di Silvia. Così, piano piano, anche questo avevo previsto, il demone oscuro suggerito dall'immaginazione, sempre cattiva spia, diventava una banale e chiara figura di ragazzo qualunque che scherza con il fuoco: e cioè l'animo infiammato d'amore di Silvia, una donna di cinquant'anni di cui certamente parlava con gli amici come della "tardona", della "vecchia", di cui a un certo punto anche vergognarsi.

Paloma, pure nella sua gioia semplice e contadina di vedere per la prima volta luoghi molto belli e di lusso, sentiva la mia inquietudine e, con una intuizione che mi stupì, disse una sera al ristorante.

«Ti voglio confessare una cosa: sono sempre stata tormentata da un dubbio, che tu, da due anni a questa parte, salvo forse per un mese o due, sia sempre stato innamorato di tua moglie, che ci pensi sempre e che in realtà non l'hai mai lasciata.»

Mi disse questo con occhi profondi, addolorati e ansiosi e un po' canini. Tuttavia la sofferenza era, benché canina, autentica, intelligente e lucida. Fui molto colpito dalla sua intensità e dalla sua innocenza e, ancora una volta, mi sentii in colpa verso di lei che, con la sua innocenza di ragazza, dava una chiara e semplice interpretazione di cose <che> per me, uomo quasi vecchio, erano estremamente complicate e insolubili. L'esperienza della mia età mi suggerì di rispondere a mezzo, come sempre quando non si ha il coraggio di dire né la verità né una bugia.

«Ti ho sempre detto che per Silvia ho un grande affetto e che questo affetto non cesserà mai. Abbiamo vissuto troppi anni insieme e questo legame non può e non potrà mai essere reciso con un colpo di forbice.»

«Non si tratta di affetto, si tratta di amore» disse Paloma abbassando gli occhi.

Non sapevo cosa dire, risolsi, come avevo fatto altre volte, di scegliere la meschina via della didattica: di assumere cioè un tono tra pedagogico e didascalico, come per chiarire una cosa che lei nella sua inesperienza non poteva conoscere. Basso sistema che aveva, benché provvisoriamente, sempre funzionato. E del resto anche in questa didascalia c'era della verità.

«Può darsi che sia l'uno e l'altro. Ma poiché io sto con te da due anni, e faccio l'amore con te e non con Silvia, vuol dire che sono innamorato di te e non di Silvia.»

«Questo non vuol dire niente» disse Paloma tristemente.

«E poi, guarda, lei è innamorata di un altro, anche lei di un ragazzo giovane.»

«E tu ne soffri.»

«Non ne soffro, sono preoccupato, perché non è la stessa cosa come tra me e te. Innanzitutto tu mi vuoi bene, e poi insieme potremmo anche costruire, bene o male, più male che bene, una vita. Lei con un ragazzo non può. Lo capisci anche tu.»

«Le passerà, sono cose che passano, vuoi che ci scommettiamo» disse Paloma quasi allegramente. Lo diceva per rassicurarmi, per confortarmi, e mi commosse: quanta saggezza e quanto vero amore c'era in una ragazza di campagna che avrebbe potuto essere mia figlia.

«Non conosci Silvia. Quando si innamora dà tutto e ad un solo uomo, chiunque esso sia. Non è un'avventura, almeno per lei.»

«Lo sarà per lui allora. Vuoi che ci scommettiamo, la cosa non durerà.» E così toccava a Paloma, che mi amava, confortarmi nei confronti di Silvia, che certamente non mi amava più.

La cosa non durerà. Era la mia speranza, la speranza della ragione, ma tutto mi diceva il contrario: che invece sarebbe durata, non so quanto a lungo, ma sarebbe durata, e Silvia ne sarebbe uscita con le ossa rotte per entrare definitivamente in una vecchiaia precoce. Certo io volevo fare di tutto per impedirlo e credevo che il migliore sistema terapeutico fosse quel gioco della verità che si era stabilito quasi automaticamente tra me e Silvia, le poche volte che ci vedevamo e durante le lunghissime telefonate. Ma una cosa era la ragione e un'altra la passione: due cose che non possono e non potranno mai andare d'accordo. Sapevo, lucidamente sapevo, che la ragione mia e quella di Silvia sarebbero state travolte da un sentimento che nessuna ragione è mai riuscita a frenare e tantomeno a vincere.

Quei pochi giorni a Napoli e a Capri furono per Paloma e per me un vero inferno. Si litigava per niente, in modo talvolta feroce e da parte mia addirittura disumano e violento. In due o tre occasioni la sua musoneria, quel suo modo di tacere per difendersi dalla mia aggressività, che era più forte di me e usciva da tutte le parti come la pressione da una bombola bucata, mi esasperava, e la picchiai, tentai perfino di strozzarla. Paloma era, più che addolorata, impaurita. Piangeva disperatamente e, dopo, non soltanto mi perdonava ma si faceva colpa della mia esasperazione.

«Ho paura, ho paura di te» mi disse, «se tu potessi vederti nel momento in cui stavi per strozzarmi, con quegli occhi da pazzo. Ho paura di te, ti rendi conto?»

Mi rendevo conto benissimo. Provavo ripugnanza e vergogna per me stesso e, in un vortice di vigliaccheria, insinuavo in Paloma il dubbio che, se non proprio tutta sua, la colpa della mia esasperazione, della mia pazzia, era in parte anche sua. Cercavo di convincermi con certi sempre ossessivi parallelismi: pensavo a mia moglie con cui avevo avuto le stesse reazioni di pazzo, alle moltissime volte che l'avevo picchiata e, appunto, tentato di strozzarla. E spiegavo a Paloma tutto questo in termini, appunto, quasi didattici.

«Vedi» le dicevo, «l'uomo è dotato di parola. Con la parola si può dire tutto, si può spiegare tutto, appianare tutto. Quando mi vedi nervoso tu non parli, io ti chiedo perché non parli e tu continui a non parlare. Che cosa fa un uomo, che è dotato di parola, di fronte a chi non parla? Si comporta come si comporterebbe verso un animale. Sente l'istinto di picchiare, perché la parola esca di bocca. Perdonami, so che è una cosa orribile e vergognosa ma è più forte di me. Io sono un uomo di parola, per me la parola ha un valore enorme, è tutto.»

«Ma io ho paura, come faccio a parlare se ho paura. Se vedo nei tuoi occhi l'odio, la pazzia, non mi esce neanche un suono di bocca.»

«Tu sei troppo permalosa, ti arrabbi troppo facilmente, è una questione di carattere ma sopratutto di educazione. Pensi, in fondo, che la parola non sia tutto.»

«È vero, la parola non è tutto.» Paloma aveva gli occhi pieni di lacrime. «La parola non è tutto. Se ci si vuole bene si può stare anche senza parlare. Bastano un gesto, una carezza, niente, uno sguardo.»

Ancora una volta aveva ragione. Ma come spiegarle, confessare a Paloma, che avrebbe potuto essere mia figlia, quello che avevo nell'animo? Tuttavia qualche momento di dolcezza c'era: ed era esattamente quando Paloma mi appariva come fosse veramente stata mia figlia. Quando, sapendo nuotare appena, la conducevo con un piccolo salvagente e una maschera a guardare la flora e la fauna sottomarina dei faraglioni, e Paloma, proprio come una figlia e una figlia molto più giovane della sua età, emergeva dall'acqua con gli occhi sbarrati dalla meraviglia, rideva, batteva le mani. Allora, quel sentimento di profonda commozione che deve prendere un padre nei confronti di un figlio che fa i primi passi, mi avvolgeva l'animo di una tenerezza senza fine. Sì, Paloma era mia figlia, e proprio in quei momenti sapevo che, pure amando Silvia, era impossibile che non continuassi ad amare anche Paloma. La guardavo mangiare: scopriva tutto: dagli spaghetti alle vongole alla pizza, così diversa da quella che fanno al suo paese, dal pesce alla frutta al vino. Di tutto era fanciullescamente animata e quasi esaltata, con il candore appunto della giovinezza. Così nel fare all'amore. Le sue reazioni erano immediate e quasi animali come le sue secrezioni, il suo piacere come quello di mangiare gli spaghetti alle vongole o immergersi a guardare il fondo dei faraglioni, immediato, forte e semplice. Alle volte, facendo all'amore, mi accorgevo che era vicina all'orgasmo da due rivoli di lacrime che le scendevano lungo le tempie. I suoi occhi erano come estatici e ipnotizzati nella tensione ma, ancora una volta, semplici, limpidi e, come dire?, totalmente privi di cultura, della cultura dell'esperienza. A guardarla così in quei momenti, mentre mangiava, dormiva o faceva all'amore, insieme alla commozione provavo una immensa tristezza, una tristezza molto simile alla coscienza della morte: che io nemmeno da ragazzo avevo mai provato, né avrei mai più provato, quelle semplicissime gioie che non sono soltanto le gioie della gioventù ma quelle della vita. E quella tristezza si tramutava in dolore pensando che anche Silvia molto probabilmente provava le stesse emozioni, materne da parte sua, qualunque cosa facesse con il ragazzo. Provava quelle emozioni che io avevo provato all'inizio con Paloma, quella di sentirsi innanzitutto più giovani, poi di partecipare a quella cultura elementare che è la cultura fisica quando si esprime con tutta l'energia della gioventù, poi quella di toccare una pelle giovane, con tutti gli odori e gli umori che solo la gioventù sa secernere, poi le parole, l'entusiasmo, l'allegria che, ancora una volta, la gioventù esprime con totale naturalezza, appunto senza il diaframma di qualunque cultura di mezzo. E così pensando accomunavo Silvia a me, come se stessimo facendo in realtà le stesse cose e insieme. È vero, io ero a Capri con una ragazza che pareva ed era mia figlia, e anche lei stava al mare con un ragazzo che pareva ed era suo figlio; è vero, facevamo tutti e due all'amore, io con Paloma e lei con il ragazzo, e, insomma, le sue emozioni erano le mie e le mie, sue. Non mi ero forse perduto io stesso in quell'innocenza, in quella pelle, in quel sudore, in quegli umori, e perché Silvia non avrebbe potuto perdersi nella pelle, nel sudore, negli umori, nello sperma del ragazzo? Nei momenti di queste riflessioni, ogni angoscia e gelosia spariva, la comunione con Silvia era completa, e sentivo la sua mano dentro la mia come nulla di male fosse accaduto e come, infatti, nulla di male era accaduto. Ma la tristezza rimaneva e anzi si faceva più profonda quando pensavo alla nostra età, un'età in cui si incomincia, ahimè, a intravedere i primissimi segni della fine e in cui il solo piacere, parafrasando Longo Sofista, è quello di vivere casti e di guardare gli amori degli altri. Perché di questo si trattava, sia per Silvia che per me: guardare e godere di riflesso del piacere altrui, di Paloma e del ragazzo. In questo sentimento di profonda tristezza e soltanto in esso stava, e sarebbe stato d'ora in poi, qualunque cosa accadesse, il nostro amore.

Come ho già detto, il grande vuoto tra me e Paloma era la parola e, ne ero certo, lo stesso vuoto provava Silvia con il ragazzo. Dopo aver guardato e partecipato a quei piaceri della gioventù non restava altro. Una lastra di cristallo <si> frapponeva tra noi e i nostri ragazzi, ed era inesorabilmente la lastra di cristallo spessa, infrangibile ed afona, costituita dall'età. Erano due tipi di vita diversi e ancora una volta, ahimè, due tipi di vita inconciliabili. Loro avrebbero avuto la loro esperienza, la loro cultura, in una parola la loro vita, e noi l'avevamo già avuta. Io conoscevo tutto questo, Silvia non ancora e forse si illudeva, come io mi ero illuso, che le due grandi età della vita, giovinezza e vecchiaia, potessero miracolosamente fondersi in virtù dell'amore. Io sapevo che non era possibile, Silvia ancora non lo sapeva. E per di più c'erano le improvvise e innocenti confessioni di Silvia, tanto innocenti quanto macabre, che, al contrario di quanto era accaduto a me, illuminavano, a passi successivi, quel destino così oscuro che avevo intravisto per lei fin dall'inizio.

Avrei voluto parlare di tutto questo a Paloma, ma, appunto fatalmente, era impossibile. La lastra di cristallo non avrebbe permesso alcuna comunicazione: erano cose di cui soltanto io e Silvia avremmo potuto parlare. Ma Silvia non c'era.

Tornai da Capri a mezzanotte. Entravo in casa e il telefono squillava: era Silvia.

«Ti sto cercando da due giorni dappertutto.» La sua voce era ansiosa e amorosa.

«Sono tornato in questo momento.»

«Io sono tornata venerdì, come avevo lasciato detto a Giovanni. Non te l'ha detto Giovanni?»

«Sì me l'ha detto.»

«Ero in ansia.»

«Perché?»

«Perché mi pareva di aver capito che tornavi prima. Ero in ansia.»

«E tu dove sei stata?»

Dal tono delle prime sillabe sentii la reticenza.

«In un posto di rocce.»

«Cosa vuol dire un posto di rocce? Dove?»

«Vicino a Roma.»

«Ti è piaciuto?»

«Mi è piaciuto con qualche momento di noia.»

«Ho molta voglia di vederti.»

«Anch'io. Ci vedremo tra poco a Venezia.»

«Quando?»

«Io conto di aver finito certe cose alla fine della settimana ventura.»

«Perché non subito?»

«Te l'ho già detto, ho alcune cose da fare.»

Non insistei, ma era chiaro che non aveva nessuna cosa da fare, se non quella di vedere il ragazzo il più a lungo possibile.

Ormai avevo capito: le reticenze di Silvia si stavano allentando ma doveva essere lei a decidere quando come e dove parlare. Il conflitto, di cui Silvia era cosciente solo a metà, stava appunto in questo: parlando a me lei parlava anche alla sua propria coscienza, non parlando lei occultava a se stessa, anche alla propria coscienza, ciò che accadeva. Ma lei aveva bisogno di tanto in tanto di parlare e di confessare a me, proprio come si fa con un confessore o come, appunto, con uno psicoanalista, un po' di verità: ma solo un po', tutta l'avrebbe turbata troppo: una parte, detta poi a me, la giustificava. Tanto più che io non commentavo, non giudicavo, non condannavo. Mi limitavo ad ascoltare, qualche volta a suggerire, altre volte a interrogare, ma solo a proposito di qualche minimo particolare. Appunto lì il libero flusso della parola si arrestava di colpo, nei particolari minimi e di nessuna importanza. E questo era dovuto al fatto che appunto i particolari minimi le facevano apparire la realtà meno sfocata, meno confusa, anzi chiara, e questo Silvia non lo voleva. Non potevo forzare più di tanto, non avrei ottenuto nulla; e molto spesso Silvia chiudeva di colpo con "questo non te lo dico".

Restammo due giorni senza telefonarci, poi, improvvisamente, una sera di domenica, molto tardi squillò il telefono. Era Silvia che, con voce calma, tranquilla, quasi didattica, mi disse:

«Arrivo domani mattina con la Freccia della Laguna».

«Come mai, non dovevi arrivare alla fine della settimana?»

207

«Sì, ma son successe delle cose per cui ho deciso invece subito. Ora non ho voglia di dirti cosa.»

Dissi: «Va bene» senza chiedere altro.

Purtroppo ero ansioso, come del resto lo ero ormai da parecchi mesi. E in questo stato d'animo andai a prendere Silvia alla stazione di Venezia. Vidi immediatamente il suo stato d'animo: i suoi movimenti erano quelli di un automa, pareva drogata. Andammo in albergo e per quasi un giorno non le chiesi nulla; poi, come sempre, fu lei a parlare.

«Sai, c'è stato un litigio, abbiamo litigato e io ho preso la palla al balzo, era il momento buono per tagliare la corda. Insomma ci siamo lasciati. E anche lui era d'accordo. Non è stupido, anche lui ha fiuto e ha sentito che era il momento di finire una cosa assurda.»

«Perché assurda?»

«Ma perché è irreale e assurda. Perché lui ha un carattere impossibile, è pazzo e malato, di una prepotenza impossibile.»

La parola prepotenza, che Silvia usava sempre per rimanere sul generico, mi mise in allarme.

«Perché prepotentissimo? Dammi degli esempi di questa prepotenza.»

«Ma, non so, così...» Di nuovo Silvia lottava tra la verità e la reticenza.

«Un esempio pratico.»

«Non so, telefona a mezzanotte e mi trascina fuori di casa, fino al mattino per esempio.»

«Un altro.»

«No Filippo, sarebbe meglio non parlare di queste cose, fanno star male te e anche me.»

«Dimmi pure.»

«Non so, per esempio al mare, per una sciocchezza,

una cosa da nulla, è caduto in un eccesso d'ira, di bron-
tolamenti. Ha cominciato a dire: io mi sono rotto il cazzo, non voglio stare.»

«Al mare dove?»

«A Porto Santo Stefano.»

«E in quale albergo?»

«Non te lo dico.»

«Perché, che c'è di male?»

«Che fa male a te, a me, solleva ricordi inutili...»

«Mi hai detto che sei stata al mare, mi hai detto a
Porto Santo Stefano, perché non l'albergo?»

«Perché no.»

«Va bene, andiamo avanti.»

«Niente, lui era senza costume da bagno, gli ho detto che glielo regalavo io e siamo entrati in un magazzi-
no, lui è andato a sceglliersi il costume e anche per quello un sacco di storie. Io avevo preso il giornale, mi sono
distratta a leggerlo e poi siamo usciti. Da quel momento, "mi sono rotto il cazzo, non ne posso più", insomma
un muso spaventoso. E io a rompermi il cervello per
pensare cosa poteva essere successo, così di colpo. Siamo andati avanti così fino alla sera, solo alla notte ho saputo il perché.»

«Ed era?»

«Era che io mi ero dimenticata di pagare il costume
da bagno. Perché mi ero dimenticata di lui un secondo,
leggendo il giornale. Non per i soldi, che lui ne ha, per
il pensiero, perché avevo detto che glielo regalavo e poi
non ero andata a pagare.»

«Questo non è ancora prepotenza, questo è capriccio, infantile...»

«Basta, smettiamo di parlare.»

«Ma non è questo un esempio di prepotenza.»

«Non parliamo troppo.»

Sorrisi e dissi: «Cosa vuoi che sia...»

Fu forse quel sorriso rassicurante a ricacciare indietro la reticenza.

«Non credere che mi picchi, al contrario, è sempre gentilissimo...»

Dissi, rassicurante: «Lo credo».

«Insomma è prepotentissimo.»

«Non mi hai ancora detto perché.»

Lo disse quasi tutto d'un fiato, con estrema calma, come gli episodi raccontati prima.

«Per esempio è venuto con un suo amico, uno che trova nei bar di notte, un borgataro, credo; e ha voluto che mi facessi scopare da lui.»

Come ormai di regola, Silvia aveva di colpo mutato linguaggio.

«E lui stava a guardare.»

«No no, siamo andati di là; in camera.»

«Ed è stato piacevole, voglio dire ti è piaciuto?»

«Sì.»

«Perché, era uno che sapeva fare all'amore?»

«Non era quello che mi piaceva.»

«Che cosa ti piaceva allora?»

«Far piacere a lui.»

«A lui chi, al ragazzo?»

«Sì.»

«E come sai che questo gli faceva piacere?»

«Perché me lo ha chiesto, perché lo ha voluto.»

«E lui che faceva nel frattempo, voglio dire il ragazzo?»

«Sentiva dei dischi di là o guardava la televisione, non ricordo.»

«E quanto è durato, diciamo così, l'amore?»

«Ah niente, dieci minuti, non so.»

«E poi siete tornati di là?»

«Sì, siamo tornati di là e il borgataro ha detto: "Che scopata cazzo! È una caldona questa qui."»

«E poi siete rimasti in casa?»

«No, siamo usciti. Abbiamo fatto notte alta in certi bar che non ricordo nemmeno dove sono.»

«A far che?»

«A bere cappuccini. Lui beve dieci cappuccini al giorno.»

Non andò oltre, stesa sul letto a un certo punto scoppiò in lacrime.

«Cos'hai, perché piangi?»

«Perché sono rattristata, addolorata.»

«Perché vi siete lasciati?»

«Perché l'idea di non rivederlo più mi addolora.»

«Lo vedrai quando vorrai. Figurati. Fai un fischio e quello arriva.»

«Non lo conosci.»

«Non lo ha fatto altre volte? Non è tornato? Basta che tu lo rincorra, gli chiedi perdono ed è fatta.»

«Figurati, quello ne troverà delle altre in questi giorni, e poi è giovane, per lui sono scherzi, scherzi da ragazzi.»

«E per te no, lo so bene. Tornerà, tornerà, vedrai.»

Sul letto stava una donna dalle cosce ben tornite, dalle caviglie sottili, con un seno ancora bello ma con un volto e delle mani inesorabilmente al limite estremo della vecchiaia. Provai per lei una pena infinita, e in questa pena mi avvicinai e trovai, nel contatto con il suo corpo, un primo accenno di desiderio. Sì, la desideravo e la baciai. Silvia capì subito e disse, quasi implorando: «No, ora no, ti prego, lascia passare almeno due o tre giorni».

Rimase così, in uno stato quasi catatonico, due o tre giorni: non vedeva nulla, non sentiva nulla, le persone che le stavano vicino, vecchi amici da sempre, pareva quasi non riconoscerle. Formalmente era ineccepibile: ma appunto di un formalismo freddo, generico e inespressivo, velato di totale indifferenza. Silvia pensava a una cosa sola e, come tutti coloro che pensano a una cosa sola, fissa come un'ossessione, non poteva vedere e sentire nulla. Vidi il suo sguardo puntarsi su qualche cosa due o tre volte. O su una testa di ragazzo con i capelli ricciuti, a casco, e il suo ragazzo aveva i capelli ricciuti a casco, o su un altro ragazzo in motoretta che calzava scarpe da ginnastica sui piedi nudi, o su un articolo di giornale che parlava della "cultura dell'immediato" a proposito dei giovani, e certamente lei immetteva il ragazzo nella cultura dell'immediato. Ero angosciato, e purtroppo sapevo ogni volta tutto prima che Silvia parlasse. Avrei potuto dirlo con le mie parole, senza bisogno delle sue, e infatti i legami del discorso da me tenuti avevano la funzione delle congiunzioni, di una e. Sempre la guardavo e vedevo in lei la donna della sua età, per la prima volta nella sua vita travolta dal cazzo. Era comune, era banale, era cosa nota e che capita una infinita quantità di volte a una infinita quantità di donne, tra cui molte mie pazienti. Ma era impossibile per me considerare Silvia una paziente, appunto perché era mia moglie, perché ero convinto di amarla. Non era vero, ma io lo credevo. E anch'io, molto più profondamente di lei, esercitavo la censura più forte, contro me stesso, come non fossi stato io stesso a innescare quella catena di reazioni che ora vedevo compiersi nel cuore, nella mente e nel corpo di Silvia.

Un episodio mi colpì violentemente. Dopo quei primi giorni tentammo di fare all'amore, tuttavia lei non era più così chiusa, così impossibile. Anche lei capiva che, per tutti e due, era il rapporto sessuale il più tranquillante per quei nostri giorni di soggiorno, e la cosa più importante, molto più che parlare. Un pomeriggio eravamo a letto, senza riuscire tutti e due a dormire. Lei si avvicinò a me, dolce e volonterosa, ma io non capii le sue intenzioni, perché soffrivo e basta. Ero in una trappola e non facevo niente altro che soffrire. Allora disse, con una punta di risentimento:

«Io me ne vado, vado nel mio letto».

Mi prese una furia tremenda e dissi, con voce durissima e violenta:

«No, tu resti qui» e in quello stesso istante mi alzai sul letto e l'afferrai al collo. Silvia ebbe un leggero sorriso, tra stupito e scherzoso, perché spesso, per scherzo, le facevo un gesto simile. Ma io non scherzavo ed ero deciso. Strinsi forte il collo finché divenne paonazza. A quel punto mi resi conto di quanto stavo facendo e alzai i pugni stretti, mugolando e come preso dalla pazzia. La guardai, lo ricordo molto bene, con un odio tremendo e omicida. Silvia aveva preso paura, congiunse le mani come a pregarmi e disse, due o tre volte:

«Ma io ti voglio bene, voglio bene a te, amore, cosa fai?».

Poi mi accasciai sul letto rantolando. Fu quasi un collasso. Dopo poco, quando il mio respiro si fu calmato, facemmo all'amore, un amore breve e violento di cui non ricordo quasi nulla.

Più tardi, quando ebbi possibilità di pensare, perché ero come fuori di me, pensai appunto alla reazione di Silvia. Era impaurita sì, ma non addolorata, disperata, piangente, come Paloma a cui avevo fatto la stessa cosa: era appagata. E mi disse che era stato bello, ancora più bello, e qui si fermò.

«No, non te lo dico, se no chissà a cosa pensi.»

«Dimmelo invece.»

«Dimmelo, ormai hai cominciato, dimmelo.» Eravamo entrambi rilassati, per la strada, era una conversazione quasi allegra.

«Dunque, tanto più bello... ma se stavo per strozzarti, non te ne sei accorta?»

Silvia sorrise: di un sorriso innocente, innocente allo stesso modo del suo tono di voce quando mi raccontava tutto ciò che faceva con il ragazzo. Un sorriso casto, appunto appagato, e perciò scherzoso.

«Direi che è stata la ciliegina sul dolce.»

Aveva previsto che avrei pensato a una frase come questa, rivelativa. Che Silvia fosse masochista, ormai ne avevo le prove. Ma mi colpì la felicità fanciullesca di questa rivelazione. Era semplice e tremenda; per essere appagata nell'amore Silvia doveva addirittura arrivare alle soglie della morte. E fu in quel momento che capii, senza volerlo capire, che cosa aveva trovato Silvia nel ragazzo. E l'angoscia mi riprese con una violenza inarrestabile, che non potevo in nessun modo dominare.

Stranamente mi viene da collegare questo episodio con la sua vera origine, che avevo notato in Silvia ormai da più di un anno. Chiamerò questo l'episodio del sonno. Dunque, alla sera, prima o dopo cena, da soli o con amici, la solita società romana, Silvia dava chiari quanto innocenti segni di noia. Sbadigliava, dapprima educatamente e gentilmente, poi, a poco a poco, con sempre maggiore frequenza fino a slogarsi le mascelle: erano sbadigli che non so come altro definire se non disperati, malati; si susseguivano uno dopo l'altro senza interruzione e alla fine, spossata si sarebbe detto dal sonno, Silvia cominciava ad agitarsi per dominare il sonno. Muoveva la testa, arruffava i capelli, girava la testa di qua e di là, insomma lottava con il sonno. Finché, decisamente vinta, si acquietava, le palpebre che volevano chiudersi nonostante tutti i suoi sforzi effettivamente cominciavano a chiudersi, dapprima a palpiti, poi definitivamente, e Silvia dormiva. In modo così profondo che la bocca si apriva e si storceva e, talvolta, un piccolo filo di bava le scendeva dall'angolo. Da questo fatto quanto meno inquietante fui, chissà perché, dolorosamente colpito. In quei momenti Silvia sembrava una vecchia, proprio una vecchia: la testa reclinata, pallida, come sfiancata dalla stanchezza, non c'era persona o compagnia o argomento che riuscisse a tenerla sveglia. Accadeva sempre più spesso, anche a pranzo da amici, con una tavola che, se non allegra, era quello che era: una tavola di amici. Anch'io spesso sentivo la necessità di distrarmi, e pensavo ad altro per non annoiarmi troppo, e anch'io provavo quell'insofferenza cui, dapprima, attribuivo il sonno di Silvia. Ma, al contrario di lei, le mie reazioni erano piuttosto nervose, di nevrosi motoria, come si dice, così che mi alzavo dalla tavola o dal divano, facevo un giretto, mi rimettevo a tavola, sfogliavo un libro, bevevo qualcosa, insomma occupavo il tempo noioso con un eccesso di attività appunto motoria. Silvia cadeva, sebbene per pochi minuti per poi riaprire delle palpebre stanche e lente sugli astanti e poi richiuderle, in un sonno di piombo. Le prime, primissime volte, mi sentii offeso, per lei e anche per me. Una noia simile era più vicina alla malattia che alla noia vera di una noiosa serata. Due o tre volte la svegliai violentemente battendo le mani, come una protesta. Silvia si svegliava e riprendeva, seppure artificialmente, interesse agli astanti: come chi si sveglia all'improvviso da un sonno profondo, riconosceva lentamente e come annebbiata chi le stava intorno, forse afferrava qualche brano della conversazione. Ma poi, inesorabilmente, dopo pochi minuti ecco i gesti soliti, l'arruffarsi la testa, lo spostarsi continuamente sulla sedia, il tentativo di tenere gli occhi aperti. Niente da fare, passava qualche minuto e Silvia ripiombava inesorabilmente nel suo letargo: come ho detto, sembrava una vecchia, in particolare una vecchia tartaruga con il lungo collo serpentino che ciondolava, dapprima, per lasciare andare, poi, il piccolo e lungo capo, appunto di tartaruga, un po' verso la spalla. Era per me uno spettacolo orribile e inquietante. Quando accadeva e poi quando si risvegliava, anzi quando la risvegliavo, Silvia adduceva ragioni di salute, di fegato.

«È il fegato» diceva, «non posso e non devo bere più vino a tavola: il vino mi fa di questi effetti.»

Non era questo il mio parere. Certamente Silvia, che soffriva di fegato, poteva avere queste reazioni, ma il fegato non era la vera ragione di quelle pause di letargo. La vera ragione era la noia, una noia molto più profonda di qualunque insofferenza, un vero stress, insomma una noia esistenziale.

Silvia si difendeva con le ragioni di fegato, perché voleva nascondere a me o a tutti e due, per la sua solita reticenza, le ragioni vere di quel sonno. In ogni caso era uno spettacolo a dire poco ripugnante: l'avevo già visto in altre donne della sua età, che avevano però motivi

216

reali di noia, di iterazione nella vita, nel cuore. Cioè donne che si rassegnavano rapidamente ma inesorabilmente quanto però dolcemente verso una precoce e definitiva senilità.

Ma io non volevo vedere Silvia vecchia, innanzitutto perché non lo era, e poi, lo confesso, perché sentivo che coinvolgeva non so per quale ragione anche me, e infine perché, come ho detto, mi ripugnava.

«Vedi» dicevo a Silvia, «tu dai la colpa al fegato, ma non è vero. C'è qualcosa d'altro, tu ti annoi profondamente, e, a quanto vedo, ti annoi anche con me e non c'è in fondo nulla nella vita che ti interessi veramente. Ecco perché dormi.»

Silvia negava con violenza, non so se più vergognosa o irritata, sempre adduceva le ragioni di fegato e sempre negava nel modo più reciso sopratutto che anch'io la annoiassi. Ma io sapevo che non era così, e mi chiedevo fin da allora perché Silvia si rifiutava caparbiamente di esaminare i suoi letarghi sotto questo aspetto ben più profondo. Forse Silvia già da allora presentiva che qualcosa doveva risvegliarla, sapeva anche in modo molto confuso che cosa, ma non lo poteva né lo voleva accettare. Io mi limitavo al mio intuito: partivo con la considerazione che Silvia si trovava in un particolare momento della sua vita, in cui la vita, appunto, ha ben poche soluzioni: o abbandonarsi con rassegnazione alla senilità o provare, come si dice, emozioni forti.

«Forse bisognerebbe frequentare altra gente, gente diversa, magari dei giovani, che so io, non lo so neppure io.»

«Già, ma come?»

«Non lo so neppure io.»

In realtà Silvia, con la sua natura amorosa e fanati-

217

ca, aveva per così dire necessità di una nuova fede, di cambiare fede, in una parola di cambiare uomo. Anche questo io sentivo oscuramente ma non volevo, io stesso, rendermene conto con lucidità. "In fondo" pensavo, e questo lo pensavo quando stavo in campagna con Paloma, "se Silvia trovasse un amante, io non mi troverei così nelle panie: piano piano la cosa si scioglierebbe da sé, come sempre avviene, e io potrei stare con una donna sola, in questo caso con Paloma, senza tutte quelle dissociazioni che mi danno tanta angoscia." Ma era questo un pensiero, per così dire, volante, non un vero desiderio, perché subito dopo si cancellava automaticamente dalla mia mente e spariva. Tuttavia, nel momento in cui lo pensavo, non vedevo nulla di drammatico, e spesse volte, quando sapevo, durante le nostre telefonate, che questo o quell'amico aveva portato Silvia fuori a cena, attribuivo a questo o a quello e a Silvia stessa l'intenzione di un flirt, di un tentativo di amicizia affettuosa come si dice, se non addirittura una relazione, senile anche quella, alternativa alla mia sempre più prolungata assenza. Insomma Silvia dormiva perché aveva bisogno, un intimo bisogno di muoversi: in tutti i sensi, sentimentale, coniugale, sessuale, sociale, perfino geografico forse. Ma ecco, a questo punto dei miei pensieri, scendere su di me quella narcosi, quell'anestesia benefica che serviva a lasciare le cose come stavano. E cioè: mi piaceva stare con Silvia ma mi annoiavo, e allora tornavo da Paloma pieno di vivacità e di interesse, poi mi annoiavo con Paloma, e con interesse e vivacità ancora maggiori tornavo da Silvia. Sapevo, ero perfettamente conscio che qualcosa sarebbe accaduto che avrebbe sciolto le cose da sé, come mi piaceva immaginare, e nel migliore dei modi, ma tutto pensavo sarebbe accaduto fuorché la potente mazza di un destino sempre ignoto sospesa sulla nostra testa.

È proprio vero che non si può giocare con l'amore. Questo sentimento, certamente il più bello e il più potente nella vita degli uomini, non soltanto va curato giornalmente come un bambino anche nelle vite più normali, soprattutto non va ignorato nella vita di chi ci ama. Silvia, con quegli sbadigli e quei sonni, aveva già cessato di amarmi, cioè, data la sua natura, aveva cessato di amare la vita. Tutto qui. Ma io non volevo ammetterlo e pensavo, come del resto era vero, che io in realtà amavo sempre Silvia, anche se, dopo venti anni di matrimonio e un'amante, questo sentimento si era modificato, non soltanto in affetto famigliare, ma forse in un amore molto più profondo di tutto ciò che somigliava all'idea pura e assoluta dell'amore, che per nessuna donna di qualunque età può esistere. Ecco perché non si faceva mai all'amore, ecco perché non ci si baciava mai con quel trasporto e quello slancio così simile alla gioventù e che ridà la gioventù, ecco perché Silvia si annoiava, sbadigliava e dormiva, ecco infine perché era accaduto ciò che oggi accadeva.

A Venezia naturalmente frequentammo alcuni amici, non diversi da quelli romani, e che si possono chiamare in blocco "la bonne société". Erano al tempo stesso affettuosi e noiosi. E anche lì, ma anche quando eravamo soli, Silvia inesorabilmente sbadigliava e si addormentava. E anche lì io glielo facevo intendere, ma stavolta Silvia rispondeva semplicemente alzando gli occhi al cielo e sbuffando, come dire: "Ho trovato chi non mi annoia nemmeno un minuto, chi mi fa stare alzata fino alle cinque del mattino, chi mi entusiasma, chi mi bacia, chi io desidero amare, insomma ho trovato la persona, le persone e la società diversa da quella tanto noiosa che abbiamo frequentato per anni, che mi sveglia, mi fa sentire giovane e perfino bella, e sopratutto che mi permette di essere innamorata, come che sia".

Avrei voluto che le dicesse, specialmente ora a Venezia, queste parole, ma non le avrebbe mai pronunciate e, caparbiamente, cocciutamente, avrebbe tirato fuori il solito fegato e la solita società noiosa. In realtà vedevo da ogni suo atteggiamento che Silvia era stata catturata da una illusione, da una chimera, che ella stessa riconosceva come tale, ma di cui, lo stesso, ne pativa terribilmente la mancanza.

Tutto ciò serviva soltanto ad aumentare il mio senso di impotenza: non c'era niente da fare e sarebbe stato folle, per me, solo pensare di poter offrire a Silvia una alternativa. Avevo cinquantacinque anni, lei cinquanta, eravamo tutti e due alle soglie della vecchiaia e non c'era niente da fare. Qualunque cosa avvenisse, il ragazzo era per Silvia l'illusione della gioventù, Paloma la stessa cosa per me. Come io ai primi tempi con Paloma, Silvia era schiava del ragazzo, motore del suo rinnovamento amoroso e dunque vitale. Ma, come <che> fossero andate le cose ora che ci eravamo ritrovati, facevamo all'amore e un barlume di rinnovamento in realtà c'era, era comunque una finzione di breve durata, utile al massimo per qualche anno, per poi precipitare entrambi nella vecchiaia, quella dolce e solitaria vecchiaia delle coppie anziane che hanno smesso perfino di litigare e di avere pareri o sentimenti contrari, opposti e bellicosi.

Così, lo stesso se ci fossimo definitivamente abbandonati; io mi sarei messo con Paloma, lei con il ragazzo. Con Paloma io avevo qualche scarsa possibilità di portare la vita un po' più avanti, di qualche anno e niente più, magari tentando di fare dei figli, una tardiva famiglia. Ma non era detto, perché Paloma non era donna così semplice come la sola società a cui apparteneva, quella di campagna, poteva far supporre: anche Paloma aveva quello che si dice un temperamento, cioè una fortissima carica amorosa ed erotica, sopratutto femminile. E come si sarebbe trovata, giovane come era, con un uomo di trent'anni più vecchio di lei?

Forse, ma soltanto forse, ancora peggio di me:[9] con una specie di figlio adottivo, certamente ansioso di essere in molti sensi adottato da una donna di vent'anni più vecchia di lui, capriccioso, dominatore, sadico come tutti i figli, prepotente quanto basta da esercitare un plagio amoroso che avrebbe potuto durare, con infinite sfumature, tutta la vita, da parte di Silvia, ma, in ogni caso, da quanto era accaduto fino ad oggi, molto pericoloso. Tutto sommato eravamo entrambi in pericolo, e questa era la ragione per cui ci trovavamo insieme a Venezia nel tentativo di salvarci.

Durò poco: una ventina di giorni. Del resto, fin dai primi giorni Silvia mi aveva annunciato che sarebbe tornata a Roma per una certa data perché "aveva da fare". Cosa, lo sapevo benissimo. E così fece. Io me ne ritornai in campagna.

Ricordo perfettamente il giorno della sua partenza,

9. In questo punto la frase, *Forse, ma soltanto forse, ancora peggio di me*, pensata come risposta alla domanda immediatamente precedente, il cui soggetto è Paloma, si è convertita in introduzione prolettica al passo immediatamente seguente, che riguarda invece i rapporti di Silvia col suo giovane amante. È altamente probabile che Parise in un primo tempo sia rimasto fedele alla specularità della simmetria, facendo rivolgere al Narratore il pensiero su di sé; poi, in un secondo momento, ha istituito un nuovo parallelismo, una nuova simmetria, non più tra Paloma e il Narratore, ma tra il Narratore e Silvia, e quindi tra Paloma e il ragazzo di Silvia. E da qui il pericolo da cui il Narratore si sente minacciato, sia in prima persona, sia, per effetto dell'identificazione, nella persona di Silvia.

alla stazione di Venezia, anche perché fu l'ultimo in cui la vidi, anche se in preda al suo destino, quella che più o meno era sempre stata.

Corsi, naturalmente, tra le braccia di Paloma; al tempo stesso ricominciarono le telefonate con Silvia. Come avevo previsto, e contrariamente alla certezza di Silvia che sarebbe scomparso, lui era invece lì che l'aspettava. Anche questo era naturale ma Silvia, che voleva assolutamente negare un sentimento che l'aveva ormai travolta, lo voleva negare con se stessa per prima cosa e poi con me. Tuttavia, attraverso il telefono, le sue censure spesso cadevano.

Con quel particolare timbro di voce, calmo, sereno e fanciullesco che avevo udito altre volte in occasioni del genere, Silvia mi disse un giorno, improvvisamente:

«Dice che vuole sposarmi».

«Allora sposatevi, perché no? Anch'io ho una ragazza di venticinque anni e potrei sposarmi.»

«Ma è una pazzia, non è la stessa cosa, ti rendi conto? E poi io amo te, nel mio futuro non ci sei che tu, la mia vita è con te, come con te abbiamo vissuto insieme venti anni.»

«Niente è pazzo di quanto succede. Succede quel che succede; è reale, dunque è razionale.»

«Lo dice Hegel, vero?»

«Sì.»

«Una cosa è certa, non gli darò mai le chiavi di casa, mai. Questo è certo.»

«Ma ha già quelle del tuo corpo e del tuo cuore, perché non quelle di casa?»

«Perché la casa è anche tua, è nostra e io amo anche te.»

«Tu ami me, o meglio, credi di amarmi, perché abbiamo vissuto tanti anni insieme, per abitudine, per volontà, perché lo vuoi, ma ami un altro.»

«Non è così, non è vero.»

«Vuoi che non sia vero, ma senti che è vero.»

Parlammo d'altro, dei nostri amici, quelle pause quasi mondane che spesso ci trattenevano al telefono con piacere. Poi, di nuovo la sua voce di fanciulla.

«Ieri sera è venuto qui con una banda di amici. Mi sono anche divertita, dicono tante scempiaggini, ma sono ragazzi, sono allegri, pieni di slanci. Ad un certo punto Ugo ha cominciato a baciarmi davanti a tutti, e poi, insomma...»

«Avete fatto all'amore davanti a tutti.»

«Sì.»

«E poi?»

«Poi, quando lui ha finito, gli altri avevano già il cazzo fuori e mi hanno scopata uno dietro l'altro.»

«E lui che faceva?»

«Come l'altra volta, ogni tanto guardava, rideva, dava delle sculacciate a chi stava sopra di me.»

«A te è piaciuto?»

«Sì, sono venuta molte volte.»

«E come mai?»

«Perché vedevo che a lui faceva piacere, si divertiva, scherzava, rideva.»

Dopo queste telefonate mi sentivo così spossato che spesso dormivo, di colpo, dove mi trovavo. Sognavo quello che Silvia mi raccontava al telefono, vedevo e rivedevo ogni cosa.

Partii per Roma perché Silvia mi aveva detto che

avrei potuto andarci quando volevo. Ma poche ore prima della partenza ancora una volta cambiò idea e mi disse:

«Scusami, ma ho pensato che sarebbe meglio se tu andassi allo studio».

Non seppi dire altro che «Ho capito».

«No scusami, sai ma...»

«Ho capito», ripetei.

La rividi anche a Roma, ma sempre fuori della nostra casa. Si faceva qualche volta colazione insieme. A cena o dopo cena era impossibile.

Durante una di queste colazioni mi disse che, scherzando, una sera lui e i suoi amici l'avevano accompagnata a Tor di Quinto, dove stanno le prostitute.

«Io avrei dovuto battere, secondo loro. Alla mia età.»

«E tu l'hai fatto?»

«Loro si divertivano e io anche e ho provato. Avevo un po' di paura.»

«Paura di che?»

«Eh, sai, delle altre, che mi guardavano male.»

«E qualcuno ti ha raccolta?»

«Pensa, è perfino incredibile. Tre, e tutti giovani.»

«Quanto ti hanno dato?»

«Ventimila lire per uno.»

«E ti è piaciuto?»

«No, fu un affare di pochi minuti. A uno ho fatto un pompino, gli altri mi hanno scopata ma col preservativo. È stata tutta una cosa fatta per scherzo. Poi, sempre per scherzo lui e i ragazzi hanno finto di fare i papponi e hanno voluto i soldi. Io glieli ho dati. Ma era uno scherzo naturalmente, io mi divertivo.»

«Perché ti divertivi?»

«Perché lui si divertiva. Più tardi, quando eravamo soli, mi disse che mi avrebbe picchiata se non l'avessi fatto. Aveva ragione.»

«Perché aveva ragione?»

«Perché io devo fare tutto quello che vuole lui. Almeno per ora. Poi io lo cambierò, non farà più di questi scherzi e si metterà a lavorare. E guarirà anche.»

«Perché tu pensi che l'amore può tutto, non è vero?»

«Sì.»

«Senti, e di soldi non te ne chiede mai?»

«No, non ne ha nessun bisogno, ti ho detto che la sua famiglia è ricca.»

«Ma tu gliene dai lo stesso?»

«Sì, ma lui non li vuole. Anzi mi fa anche dei regalini, molto carini devo dire.»

«Cosa?»

«Non so, qualche cassetta di musica, una bottiglietta di profumo.»

«Ma quando andate a cena fuori paga lui o paghi tu?»

«Facciamo metà per uno, oppure alle volte paga lui, alle volte pago io.»

«E il fascismo?»

«Oh, quello gli sta passando. Sono cose da ragazzi, sai non hanno idee chiare, sono pronti a tutto ma si tratta di fargli capire alcune cose.»

«E tu dici di amare me.»

«Certo che ti amo, amo anche te, come potrei non amarti.»

«Ma non posso mettere piede a casa.»

«Per ora, per il momento, ma è una cosa che passerà, è capitato a te, capita anche a me. È una sbandatina, devi avere pazienza. Poi tu tornerai a casa e io lo vedrò ogni tanto, così più per amicizia che per altro. È tutta una cosa cominciata per scherzo e per scherzo finirà.»

Venne con me allo studio e volli tentare di fare all'amore. Non si schermì, al contrario, si dispose molto affettuosamente. Ma non mi fu possibile. Mi sentivo ed ero impotente, come nella realtà dei fatti. Come non potevo in nessun modo agire, così non potevo in nessun modo fare all'amore.

Di quanto accadeva a Silvia gli amici di Roma erano tutti al corrente. Lei raccontava, non tutto, anzi pochissimo e niente di quanto diceva a me. Diceva che era molto confusa.

Ripartii per la campagna e sempre, dopo questi miei ritorni, vedevo Roma in una strana prospettiva, una città dentro un colore violaceo che sapeva odore di sangue. Partendo dissi a Silvia che certamente era meglio non telefonarci più. Del resto non mi avrebbe trovato.

«E dove vai?»

«Non lo so.»

La vidi di colpo in ansia. Cominciò a singhiozzare.

«E allora non posso sapere dove trovarti, niente?»

«Per il momento no. Ti chiamerò io di tanto in tanto.»

«Va bene, ma un recapito...»

«Te lo saprò dire.»

«Ma se avessi bisogno di te?»

«Te l'ho detto. Ti chiamerò io.»

Pianse ancora disperatamente.

Dalla campagna le telefonai qualche volta, infine le dissi di chiamarmi quando voleva. Qualche volta lo fece. Le chiesi se era felice.

«No, sono molto infelice perché penso a te, non posso non pensare a te, sei tu la mia vita. Perché non proviamo a stare insieme un po'?»

«Se vuoi, ma hai visto a Venezia.»

«Già, forse devo sbrigarmi da sola, come dici tu.»

«Forse. Non lo so.»

Poi le telefonate diventarono sempre più rade. Alla fine smise di telefonare.

Nel frattempo io vivevo praticamente con Paloma. Tutti i giorni eravamo insieme, alle volte calmi, alle volte no. Io pensavo a Silvia, ma piano piano, sempre di più Paloma con la sua vera innocenza e i suoi sorrisi prendeva posto nella mia vita. Così immaginavo sarebbe stato anche per Silvia. Ma si trattò di due mesi.

Finché mi telefonò Giovanni, alle 3 del pomeriggio. Disse poche parole.

«È accaduto qualcosa a Silvia. Vieni subito a Roma.»

Calmamente, per la prima volta calmo dopo molti mesi, domandai:

«È morta?».

«Sì, è morta», disse Giovanni, quasi silenziosamente.

Silvia era stata trovata morta dalla nostra governante, che arriva sempre al mattino alle nove. Era nuda, sul divano, e coperta di sangue. Qualcuno l'aveva tagliuzzata con una lametta in varie parti del corpo, e poi, forse strozzata. Giovanni mi attendeva all'aeroporto e andammo insieme all'obitorio. La sottile bara di zinco posata sul carrello venne fatta scivolare fuori da quella specie di grande cassettiera che è un obitorio di una capitale e di una capitale come Roma. Giovanni si allontanò pallidissimo e mi lasciò solo con Silvia. In quel momento mostrava anche di più della sua età. Il suo corpo, reso verdastro dalla morte, portava i segni delle lamette, intorno al pube e intorno ai seni. I suoi occhi erano chiusi, le belle e gonfie labbra di un tempo di un colore violaceo e leggermente contorte, come la smorfia ripugnata e ripugnante di sensualità che conoscevo così bene.

Chissà perché in quel momento mi venne in mente *Giulietta e Romeo*, non il dramma di Shakespeare che conoscevo bene e con molti passi a memoria, bensì un vecchio film con Leslie Howard e, mi pare, Merle Oberon.[10] [E mi] sentii Romeo accanto al corpo di Giulietta nella tomba. Allo stesso modo, da bambino, nei miei giochi solitari, da bambino, mi vestivo da Romeo con delle vecchie calze e cercavo Giulietta nella cantina dei miei nonni. Con una spada di legno e delle vecchie calze nere che fungevano da calzamaglia, mi aggiravo da solo nelle vecchie e vaste cantine di casa, umide e risonanti, e con voce dolce in una specie di canto chiamavo: «Giulietta, Giulietta». Così mi scoprivano spesso mia madre e mia nonna. Non sapevo bene quello che volevo: quando me lo chiesero rispondevo che cercavo Giulietta ma non la trovavo e non rispondeva mai ai miei richiami.

Poi, più tardi, nella vita, forse senza nemmeno saperlo, io avevo trovato Giulietta e il suo corpo nudo, verdastro e martoriato era lì davanti a me. Lo toccai: era ghiacciato e con una lunga e bella gamba come storta. In

10. Il film, girato da George Cukor nel 1936, aveva come protagonista, accanto a Leslie Howard, Norma Shearer.

modo automatico girai intorno alla bara e mi avvicinai al cassetto di acciaio vicino a quello di Silvia. Stranamente si aprì e apparve un carrello vuoto che feci scivolare fuori. Come nel gioco dell'infanzia mi dissi che avevo ritrovato Giulietta, ma morta, come nella favola, e che anch'io ora dovevo morire e giacere per sempre vicino a lei. Come Giulietta e Romeo eravamo stati separati non dalle nostre volontà, ma, era proprio il caso di dirlo, dal destino. Un uguale destino ora ci avrebbe riuniti per sempre. Non avevo però né il veleno, né il pugnale, lì, al momento, e allo stesso modo come avevo pensato di riunirmi a lei per sempre, perché così voleva il destino da me interamente previsto, ora il destino ancora una volta ci separava per degli stupidi dettagli: il pugnale, il veleno o comunque il modo di darmi la morte, lì, subito, immediatamente.

Credo di non avere mai amato Silvia in vent'anni come in quel momento. L'avevo cercata per gioco a cinque anni, ora era passato mezzo secolo e l'avevo finalmente trovata, ma anche oggi, dopo tanto tempo Silvia-Giulietta non rispondeva al mio richiamo. Credo di non averla mai amata come in quel momento in cui immaginai, anzi vidi me stesso disteso accanto a lei sul carrello dell'obitorio. Poi entrò Giovanni e mi portò fuori, a Roma, nell'odore del sangue.

Il ragazzo di Silvia venne arrestato e fu fatto un processo. Ma esistevano prove assolutamente certe che l'assassino non era lui. Volli vederlo, quello che era stato il demone della nostra vita. Era effettivamente un ragazzo qualunque del generone romano, circondato di parenti romani, bacchettoni e papalini, smarrito. Era come lo immaginavo ma senza alcuna luce in volto che potesse in qualche modo illuminarmi sul mistero della passione di Silvia. Un ragazzo certamente nevrotico come mille altri, dei Parioli, di Piazza del Popolo, del Pantheon, ma anche delle borgate, del sottoproletariato, uno delle centinaia di migliaia di ragazzi di cui è impossibile riconoscere l'origine sociale. [Frutto] di quel mutamento, di quella omologazione antropologica di cui parlava Pasolini.

Non si seppe chi aveva ucciso Silvia e io sapevo però che il vero mandante ero io stesso.

Fu sepolta nella sua tomba di famiglia, io tornai in campagna e poco dopo sposai Paloma. Ho due figli, quelli che non riuscimmo ad avere io e Silvia. Vivo una vita, come si dice, tranquilla, Paloma non è al corrente di nulla di questa storia. Sono vecchio per essere padre ma gli strilli dei bambini e certi sorrisi strizzati sui bei denti giovanili di Paloma mi fanno compagnia. Penso naturalmente sempre a Silvia, specialmente la sera. Alle volte la ricordo, ricordo cioè i nostri venti anni di matrimonio, ma soprattutto penso a lei e la rivedo all'obitorio e rimpiango spesso che il destino non mi abbia messo nelle mani il veleno o il pugnale per coronare quello che è stato, è proprio il caso di dirlo, un grande sogno romantico iniziato nel mio cuore di bambino di cinque anni e finito in quello di un uomo ormai vecchio.

Appendice
Roma

Mi svegliai prestissimo e andai allo studio, a pochi passi dalla casa di Giovanni. Via del Babuino, Piazza del Popolo, Piazza di Spagna, erano ancora deserte e infatti vidi che erano le cinque del mattino e non me <ne> ero nemmeno accorto. Dovetti aspettare che aprissero i bar, e così girellai per Piazza del Popolo. La piazza, così bella in altri tempi, era disseminata di rifiuti e seduti, anzi stravaccati, sulle sedie esterne del Bar Rosati, che mi ricordava sempre il mio primo incontro con Silvia, stavano dei ragazzi. Anche loro in blue-jeans, in maglietta, con un giubbotto nero, i capelli ricci e arabi tagliati corti. Alcuni andavano, altri venivano con grosse motociclette. Dico anche loro perché così doveva essere, esattamente così, come migliaia in tutta Roma, il ragazzo di Silvia. Erano, per così dire, il complemento dei rifiuti che invadevano la piazza: sapevo benissimo che Piazza del Popolo era il ritrovo, anzi il covo naturale dei ragazzi fascisti e borghesi di Roma, insieme a Piazza Euclide e il Pantheon. La piazza del popolo[11] si adattava di più in quel particolare momento del mattino, poco dopo

---

11. Si mantiene, qui e subito dopo, la minuscola, come probabilmente voluta risemantizzazione del nome della piazza.

l'alba, e coperta di rifiuti a quella scena in certo modo emblematica della città di Roma, città fascista da sempre. Mi avvicinai per guardarli. Nel corpo erano belli, slanciati, muscolosi e naturalmente vanitosi. Con quella apparente sicurezza di quelli che un tempo a Roma si chiamavano bulli. Conoscevo perfettamente le loro famiglie, gente ricca, palazzinari, quelle famiglie che si erano tramandate la violenza fin dai tempi della famiglia Giulia, palazzinari anche quelli, ai loro tempi. Giù giù al servizio dei papi, dei Borboni, in un inestricabile groviglio di interessi e di corruzione, fino a Mussolini, e fino ad oggi. Lì, in piazza del popolo, Almirante teneva i suoi comizi e proprio quella piazza del popolo rigurgitava di fascisti che inneggiavano a quell'uomo mediocre, dai baffetti grigi e mediocri, a quell'uomo medio a quel prodotto medio contemporaneo che ancora era tollerato e dalla città e dall'Italia. Quei ragazzi borghesi, travestiti da proletari, da borgatari o anche borgatari travestiti da borghesi che era la stessa cosa, mostravano nelle loro facce la faccia di Roma. La Roma della Stazione Termini, colonizzata da etiopi, somali e donnette beduine dai denti sempre rosicchianti qualcosa, la Roma del cinema, la Roma sempre inesorabilmente papalina che Stendhal aveva definito il paese dello stiletto. La Roma della putrefazione politica, sopratutto la Roma della violenza schizofrenica e consumistica. Strane facce, le osservai a lungo. Anch'essi, di tanto in tanto, mi gettavano un'occhiata, ma non era l'ora, quella, del linciaggio. Il linciaggio era già stato forse compiuto da qualche parte durante la notte. La spedizione punitiva di quelle facce aveva itinerari casuali che nascevano sempre come scherzi, come occasioni di fare qualche risata e soprattutto di esprimere se stessi. Il pestaggio di un omosessuale, per esempio, se non, puro e semplice, l'assassinio e la fuga, come topi nelle fogne. Pure essendo giovani, dai venticinque anni, non avevano le facce da giovani. La faccia di Roma non è giovane. Avevano, lo ripeto, facce strane: uno strano miscuglio di occhi di topo o da arabo pugnalatore, pelli alcuni scure altri tempestate di foruncoli e in tutte le facce dominava appunto quella mollezza interna, quella debolezza, quella fragilità nervosa, brutale ed egocentrica appunto della città di Roma. Avrei potuto indovinare i loro pensieri, sempre punitivi verso qualcuno o qualche cosa, le loro miserabili idee che oscillavano tra l'ordine e l'anarchia, il nichilismo nevrotico e distruttore, l'assassinio rapido, spietato e sempre in agguato. Al tempo stesso quella loro mollezza, antica come Roma, la mollezza interna ed esterna della faccia diceva che erano pastasciuttari e mammoni, pronti sempre, dopo l'assassinio, a correre dalla mamma, a farsi dare i soldi da papà, a fare i bamboccioni, i bambini. Facce pronte a chiedere perdono in ginocchio come a minacciare a ricattare, con la prepotenza e la violenza di quella loro stessa debolezza. E così guardandoli, mi venne da pensare a Roma quando l'avevo conosciuta io, che era pur sempre quella ma diversa: forse perché ero io più giovane e mi sembrava meno vecchia. Forse perché, nonostante la *Dolce vita* che l'aveva così ben ritratta c'era, anche nella dolce vita, un rimasuglio di qualche cosa di agricolo, di laziale, insomma di paesano. Poche macchine, innanzitutto. Forse, anzi sopratutto, perché mi ero innamorato di Silvia ed era stata proprio lei a condurmi per mano, se così posso dire, in una Roma che mi pareva diversa, perché nuova per me. La Roma di Villa Borghese, di

Villa Medici, e anche quella Roma intellettuale, ora del tutto scomparsa, che aveva i suoi miti, talvolta frivoli, talvolta addirittura stupidi, altre volte allegri e certo spensierati che furono il cinema di allora, la letteratura di allora, la pittura di allora. Silvia frequentava i pittori e ci si trovava tutti proprio a Piazza del Popolo dove, sopra Rosati, c'era una galleria d'arte, la più viva e più giovane di Roma. Furono, quello che si dice, i migliori anni della nostra vita. Ora, a Piazza del Popolo, a via del Babuino, a Piazza di Spagna, avvicinandomi allo studio vedevo e sentivo scomparso del tutto non soltanto quel mondo e perfino quelle persone, come se fossero morte, e sostituite immediatamente da individui di altra specie.

INDICE

Prefazione di Cesare Garboli .... p.   V

Nota al testo di Giacomo Magrini XXIII

L'ODORE DEL SANGUE 1

Appendice 231

235

Finito di stampare nel mese di maggio 1997 presso
il Nuovo Istituto Italiano d'Arti Grafiche - Bergamo

Printed in Italy